全民阅读精品文库

当代中国最具实力中青年价

U0672527

郑局廷中篇小说选

眼缘

郑局廷／著

中国言实出版社

图书在版编目（CIP）数据

眼缘：郑局廷中篇小说选 / 郑局廷著. — 北京：
中国言实出版社, 2016.1

ISBN 978-7-5171-1700-1

Ⅰ. ①眼… Ⅱ. ①郑… Ⅲ. ①中篇小说—小说集—中
国—当代 Ⅳ. ①I247.5

中国版本图书馆 CIP 数据核字（2015）第 292878 号

出 版 人：王昕朋
责任编辑：胡　明
文字编辑：张凯琳
美术编辑：张美玲

出版发行　中国言实出版社
地　　址：北京市朝阳区北苑路 180 号加利大厦 5 号楼 105 室
邮　　编：100101
编辑部：北京市西城区百万庄大街甲 16 号五层
邮　　编：100037
电　　话：64924853（总编室）64924716（发行部）
网　　址：www.zgyscbs.cn
E-mail：zgyscbs@263.net

经　　销　新华书店
印　　刷　北京温林源印刷有限公司
版　　次　2016 年 1 月第 1 版　　2016 年 1 月第 1 次印刷
规　　格　710 毫米 × 1000 毫米　　1/16　　印张 15.75
字　　数　242 千字
定　　价　35.00元　　ISBN 978-7-5171-1700-1

目录

眼　缘

一

在宁阳市全市领导干部大会上，省委组织部常务副部长苏鸿明郑重宣布了省委决定：宁阳市委书记武国华被任命为玉都市委副书记，提名市长候选人。

瞬时，会堂内掌声雷动经久不息。

市长黄新明也在主席台上，和武国华分坐在苏副部长两边。他扫视台下一眼，看到好多干部并不是那种真心实意的欢迎和祝愿，而是表现出一种舒口长气、如释重负的轻松之感。"宁阳人真是精明到家了！"他在心里喟叹道。

苏副部长例行公事地对着文稿照本宣科，甲乙丙丁戊地概括归纳起武国华的优点和特长。从"政治立场坚定"讲到"大局意识很强"，从"工作作风扎实"讲到"工作政绩突出"，从"作风民主"讲到"廉洁自律"。在苏副部长的讲述中，武国华俨如一足赤足纯的"完人"。黄新明越听越像在宣读一篇永垂不朽的"悼文"，只是致辞的苏副部长语音没有那般低沉和怨伤，而略显张扬和高亢。

听过了太多的这种廉价贬值的赞扬，黄新明感觉很乏味，思绪不自觉地飞往别处。在恍惚之间，荷包里的手机剧烈震动起来，他悄悄掏出手机，在屏显上看到有短信进入的提示。他偷偷地打开收件箱，看到号码就知道是副市长贾林丰的，往下瞅，十二个字赫入眼帘："十点钟顺舒公司发生第五跳"。他的头霎时懵了。为什么偏偏在这个时候发生这种事呢？他起身来到主席台右侧的音控室。本来，省委组织部领导在讲话时他是不能离开主席台的，否则显得对掌管自己政治生命的人不尊重，何况主席台上只坐着三个人。但是，情急时分，他顾不得那么多了。他回拨贾林丰的电话，响了几声，贾林丰才接，抢问道："黄市长，您有什么指示？"他冷峻地说："当务之急是要尽可能地控制知晓这件事的范围。"贾林丰说："目前只有几人知道。"他接着布置道："'五连跳'传出去被媒体炒作，对宁阳不利，对顺舒公司更不利。得想办法化解。"贾林丰赶紧问："您明示，我该怎么去化解？"他心里有些窝火，像处理这种事情，我能说出明确意见吗？你作为分管工业的领导，按照上司的暗示去做得了。不出问题皆大欢喜，即便出了纰漏，上司可以为你担责为你开脱。你怎么能让领导明示呢？再说，高明的上司此时只能说说原则意见，怎么会给你明确指示呢？虽然心有不满，但他不能表露出来，因为这件事还得靠贾林丰去运作。他含糊指示道："按有利于顺舒公司发展的思路处理吧，该变通的要变通。"说完，便挂了电话，悄悄溜到座位上坐下，再迟一点，苏副部长讲话完了，环顾右边座位空着，心里不定会多恼怒咧。

苏副部长对武国华的充分肯定和高度褒扬终于收场，随着"谢谢大家"的结束语弹出口腔，会场内没有大家期许的那种热烈和潮动，只有几拨稀稀落落的掌声。黄新明隐隐感到，这稀稀拉拉的掌声并不是给武国华的，兴许是对苏副部长将近半个小时拼命鼓聒的勉强回应。想到这里，黄新明的心里流过一阵快意。

接着轮到武国华作"辞别演讲"。武国华站起身，挺直腰板，双手食指紧贴裤缝，毕恭毕敬地给台下的人鞠了一躬，不是应付似的不得已的弯腰，而是那种庄重而虔诚的躬身行礼，且时间达十秒之久。黄新明用眼睛的余光瞥了一下曾经的"班长"，看在心里，想在心头，暗自发问：昔日的那股子飞扬之气和跋扈之态呢？冬天的僵虫要经过几个月的冷冻和蜕变才把自己的那股活气和张力蜷缩在躯壳之中，而武国华只有几天时间就摇身变得规规矩矩服服帖帖，不怪世上有"变色龙"之说。细细一想，黄新明觉得武国华应该收一下翅膀、夹一下尾巴，不然，他何以能在宁阳的全体领导干部民主推荐中获得九成以上的得票，顺利从副厅提拔为正厅，并且得以重任？本来，直管市的市委书记只要在任不出大乱子、不闯大豁子，平平稳稳地干上三年，就能提拔。在武国华之前的五任市委书记，都是干满三年后，两任直接提任到大市做市委书记，三任提拔到大市任市委副书记、市长。而那五任书记都在其任上做出了不菲的业绩，创造了宁阳一个又一个的神话。不然，宁阳不会有如此好的基础和局面。武国华是第六任市委书记，也是做得最差的一任书记，不仅没让宁阳继续走向辉煌，相反是"半夜玩龙灯——越玩越转去"：全国"百强"县市玩丢了，全省县域经济首强玩退了几位。按理，武国华根本不能提拔重用，但是，武国华占据了直管市市委书记这个位置，想不提拔都难。因为直管市市委书记职位是升迁仕进的最佳平台，也是向省辖市输送主职领导的特别通道。这些年来，从直管市调任出去的市委书记，能力卓越、政绩卓著，在所在地评价颇高。省委更加坚定提拔重用直管市主职领导的决心。武国华在宁阳工作三年多一点，虽然能力一般政绩平平，但省委还是依照提拔惯性委以重任，当省辖市的市长职位空缺出来后，把他作为后备人选，派省委组织部前来考察。在考察中，先进行民主推荐，武国华得了超过九成的票，可见呼声颇高。在个别座谈中，按理宁阳的干部应该实事求是客观公正地向组织反映武国华的政绩平庸和能力低下，但他们都像得了某种命令似的，当着省委考察组，众口一词地恭维武国华品德好能力强。后来，黄新明才悟出了宁阳人的用心良苦：如果大家普遍反映武国华无德无能，那么武国华将继续执政宁阳。与其让一个平庸之辈领航宁阳贻误宁阳发展，弗若顺势而为推其离开。所以，宁阳的干部用了"捧杀"而非"棒打"，其结果是"抽屁股一掀，送'瘟神'离去"。武国华身为官员，总要执掌一个地方。宁阳人觉得，在这个前提无法改变的情况下，只能改变的就是结果：只要你武国华不留在宁阳，随便你贻害哪里与我何干？

宁阳的干部终于如愿以偿，他们躲在下边偷着乐咧。

虽然宁阳人心机过重不太厚道，但是，武国华却从中讨了大好，拣了大便宜，他的政治仕途不仅没打盹受阻，反而向前迈进一大步。武国华呀武国华，你在宁阳的党员领导干部面前，光有这恭恭敬敬的90度鞠躬远远不够，你应该三跪六揖九叩首才能表达你的谢意咧。没有台下这些领导干部的抬举和恭维，玉都市政府首脑的乌纱能扣到你武国华的头顶之上吗？黄新明很不屑于武国华做这种虚情假意般的致礼，好像只有规规矩矩地跪拜，自己心里才平衡。

名曰平衡，其实不过是心头怨愤的暂时消退。这一时半刻，心里怎么能平静下来呢？前几天从省上传来消息：武国华提拔调走，自己从市长转任书记。发布消息的渠道还挺靠谱，说得似乎有鼻子有眼的。但是，在今天的领导干部大会上，却只有武国华的提拔和免职任命，而没有宁阳市委书记这一职务的任用。按道理，应该是一免一任，自然衔接，皆大欢喜。怎么发生与传说中的变卦呢？是突生变故，宁阳市委书记另调人来？还是时机不到，压一阵子再任命呢？黄新明的心悬得老高，怎么也不能够平复下来。

武国华的身子终于绷直，缓缓坐下，双肘支桌，用眼光扫视会场一圈，没看讲稿，也没瞧笔记本，清清嗓子，声洪嗓大地即席"告别演讲"起来。黄新明听着听着，又依稀听出了那种盛气凌人的意味和唯我独尊的语气。"江山易改，官腔难变"，宁阳人对武国华的总结真是到位呀！什么时候，武国华都显得那么自信、那么霸道、那么目空一切，在这个本该谦恭顺首低声屏气的场合，他却高腔高调毫不收敛，夹了小半刻的尾巴，还是藏不住露了出来。

这副样子，黄新明看在眼里，恶在心头。多大的一点官呢？话说得极慢，字咬得特紧，调拖得老长，像某位大首长参加奠基仪式宣布项目开工一样。那种场合，一句话的事，大首长必须拖腔拉调地说，体现出一种气势和气魄。而你武国华在宁阳党员领导干部面前作卸职演讲，怎么能生搬硬套那种腔调呢？

黄新明听着，满是鄙夷。心想，宁阳的党员领导干部真是瞎了眼，几乎全票地推举武国华提拔仕进，在即将作别之时，还要忍受他的张狂、高调和颐指气使。而一贯谨慎、低调、务实的自己不仅没有随同宣布，接任市委书记的事也许出现了变数，政治前途也变得黯淡起来。他有些焦躁地挪动一下身子，屁股底下似乎火燎一般，让人坐不住。如果这一次不能顺利接任书记，继续留级当市长，窘境难堪，何以立身？宁阳的干部会怎么看？朋友、同行会怎么看？当前中国的这种市级政治格局，大凡一把手书记调走，不出意外，一般都是市长接任，既体现干部的任用惯例，又照顾工作的连续性。倘使自己这次不能接任，当属"特例"之一，那就验了流传民间的那段脍炙人口的顺口溜："书记升迁去，市长不能提，要么人品低？要么缺能力？要么养小蜜？要么廉洁出问题？若是关系没处好，十足一个大傻逼。"应该说，自己不是那种逐名逐利、贪慕虚荣之人，不说完全淡泊名利，但起码在这个问题上看得较开，可能是受"生死由命升贬在天"的思想影响太深，总觉得只要凭良心把事办好就行了，提拔仕进是组织的事，即便不提拔，为老百姓做了事良心也安逸了。但是，当与众不同的清高受到浓浓世俗的纷扰，冰清玉洁的脱俗遇到滚滚红尘的包裹，你有再高尚的想法和品质也会遭受涂炭和辱没。何况，那些想法都是自己一个人独处时滋生的想法，没有伤及你的切身利益，触及你的灵魂深处。爱过知情重，醉过知酒浓，当你身临其境地经历你上我下、你升我降、你尊我卑的残酷的官场竞争时，你才感觉到那些想法是多么幼稚、多么简单、多么不切实际。

黄新明收回眼光。再不敢瞧会场下边的那些干部，仿佛他们审视的眼里，透射出疑惑和不解的眼神，异样而刺人，像一道道皮鞭抽打着他的身体。"市委书记升迁走了，黄市长为何不能顺势而上？""黄市长不会有什么问题吧？""考察时我们那样抬举他，算是白白浪费了我们的一番口舌。"……他像一个做错事的孩子站在家长面前，家长没打没骂，只是拿眼睛盯了一眼，但孩子感到比骂几句打几下还要难受。

"我在宁阳工作了1345天。"武国华突然变调，语气变得沉抑而低缓，好比一个初学小提琴的人突然从高音区滑向低音区，有些刺耳和滑稽。"这片充满生机的沃土始终会是我魂牵梦绕的第二故乡。150万善良的宁阳人民将是我永志不忘的再生父母。在座的广大的党员领导干部，是你们培养了我，是你们包容了我，是你们成全了我……"武国华说到这里，情不自禁地哽咽起来，眼里滴出了豆大的泪珠，他没去擦拭，任泪珠在面颊滚过。

会场里气氛骤紧。

人之将走，其言也善。看来大凡人的心中都有一块柔软的地方，情急之时，稍一触碰，就会表现出柔弱之举和人性之美。搭班子共事三年，黄新明第一次看到"班长"武国华如此真心、如此动情、如此流泪。真情是装不出来的，眼泪是挤不出来的。这样看来，武国华也算是一个有情有义的人。但是，他为什么在省委组织部的考察组面前没有推荐自己作为他的继任者呢？

想到这个问题，黄新明感到纠结。前不久，省委组织部考察组来宁阳考察，走了几天后，省里就有人向他透露：武国华向考察组没推荐你作为继任者。他当时听了很感吃惊，不太相信。和武国华之间的配合虽没达到默契之程度，但也称得上是合作愉快。作为搭档和副手，他尽量内敛低调，尽量维护一号的权威，尽量见困难就上、见荣誉就让，尽量按市委的决策也就是按一号的意图和思路去抓督办、抓落实。

他素以实干精神强和善于处理棘手问题而著称，三年前从边远县委书记调任宁阳做市长以来，全力以赴落实市委决定，尽责尽职地处理政府事务。不可否认，武国华在工作中很热衷于搞形式主义和面子工程，他心里厌烦得要命，但他只在心里谴责而已，从未把它说破而影响关系。因为他知道，在党的一元化领导下，"一"就是"一"，"二"就是"二"。"一"和"二"看似挨得挺近，亲如弟兄，但却有天壤之别："一"可以发号施令，"二"只能执行号令；"一"是决策人，"二"是落实者；"一"是主体，"二"是附属。何况初入仕途，他的启蒙老师曾告诫过他："好打架的狗子没一张好皮，其后果是两败俱伤"；"副手比一把手更难当，最需要的是忍让和宽容"；"一、二把手闹矛盾，上级组织多是听一把手的，调二把手走"。所以，为了顾全面子，保持和谐，他有些委曲求全，有些苟且偷安，有些丧失自我。他什么办法呢？组织安排他是书记你是市长，那你就得无条件服从这种安排。不然，别人会指责你乱抻腿咧。

为了应付武国华的"形式主义"，他该做了多少违心的事；为了成全武国华的"面子工程"，他该签批市财政投进去多少瞎钱。他怎么也不相信武国华在关键时刻做出这种小人之举。一般来讲，书记市长之间，只要不是立场相左、有原则分歧，或是撕破脸皮、矛盾公开，或是身陷派系争斗关系无法调和，书记临走之时，绝对应该推荐市长接任。推荐市长接任有几条好处：其一，表明你所领导的班子团结和睦。其二，顺水推舟落个顺手人情。其三，没有人能够保证任内没有遗留和隐患，擦屁股的事由接任的市长去做最为合适。武国华是聪明绝顶之人，不可能不考虑到这些因素。

　　为了求证这件事的真伪，他专程驱车省城，和那位朋友共进午餐。他问："考察干部这么隐秘的事，怎么传到你的耳里？"那位朋友说："原来最给人神秘感的是研究干部调整人事，现在最不隐秘的也是这个东西。会上还在汇报考察情况、研究人事任免，会下就已经有人知道结果了。信息时代嘛！"他不甘心地再问道："既然他不推荐我，总有他不推荐的理由吧。"那位朋友笑道："当然，只是你听了别受打击，武国华说你'过分呆板不善变通，过分原则不讲灵活，不具备做一把手的气质和胸襟'。"听完这席话，他彻底相信了，因为这些话是武国华在班子会上挂在口头经常教育大家要解放思想、变通政策的"语录"，一般人是编都编不出来的。

　　他只能闷在心头苦笑。

二

领导干部大会十一点多钟才散，黄新明本打算召集四大家领导为武国华举行一个简单的茶话会，大家伙聚在一块，送一番祝愿祝福，说几句离别感言。可玉都市的市委书记、副书记以及组织部长一行数人已经恭候在酒店，像迎娶"新娘"一样浩浩荡荡来接武国华到任。按照省委组织部统一安排，玉都市那边已经下发通知，下午三点召开全市领导干部大会：宣布武国华的任命，苏副部长讲话，武国华发表"就职演讲"。宁阳到玉都有三小时车程，所以中午吃饭的时间都掐得紧紧巴巴的。

虽然心有怨愤，但面子得顾着，都是在官场混的人，该讲的礼数要讲，该走的过场要走，该说的场面话要说。何况还有苏副部长在场，更要表现出坦然淡定的神态和懂礼数、有涵养的姿态，让人看出你的沉着、稳健和强大。有事搁心里别写在脸上。黄新明不停地告诫自己。

午餐前，黄新明把武国华拐到隔壁厅房，嘿地一笑，说："武书记，不，武市长，欢送茶话会只能等您在玉都上任后，再接您回来开了。大家都希望当面聆听您的教诲呢。"

武国华当然明白他所说的是套话，装着毫不在意的样子，摆手道："那些形式的东西，搞与不搞无所谓的。"接着武国华拍着他的肩膀，很哥们地说："等你的任命下达，如果你还瞧得上我这个曾经的'班长'，我非常乐意来参加你们的茶话会。"

黄新明清楚，武国华口头上说不需要搞那些形式的东西，实际上他特在意这些迎来送往之类的礼仪。如果武国华不提任命之类的话，他的心里没有朝这个方面考虑，还好受一些。而武国华偏偏提出这个话题，好比用手撕开了心口的那道伤疤，让他的心疼了一下。他用眼睛盯着武国华，笑着反问道："武市长觉得我能接任吗？"

武国华听出了话音，眼里流过一缕慌乱，口里喃喃道："当然，当然。"

做事点到为止，"赶人不上百步"，"伸手不打笑脸人"，再说下去等于是把武国华抵到门角，那就没意思了。黄新明正要寻求如何破解这份尴尬，武国华"唉——"地长叹一声，小声地说："老黄，我一直从心底里认可你，觉得你能接任。"

哼！心里认可而嘴上不认可，背底里认可而当着考察组的面不认可，这样的认可有什么用呢？不说则好，一说黄新明心里就来气。他不客气地诘问道："你的这种认可有什么意义吗？"

武国华面色微变，沉痛地说："当着考察组，我的确没有举荐你接任。我是被逼无奈呀！不瞒你说，讲这句昧心话，一直到现在，我的良心再也没有安宁过。"

看武国华的神态语调的确有苦难言，虽然他做了对不起自己的事，但他敢于面对，勇于认错，不像有些干部阴鹜你还在你面前讨好卖乖。武国华的这种襟怀和坦荡倒让黄新明很是钦佩，无话可说。

包房内既沉闷又尴尬，空气好像凝固一般。黄新明想张嘴说点什么，但不知说什么好。刚好市接待办主任推门而入，说苏副部长催两位领导迅速入席。两个人如释重负，赶紧走出包房。

菜上了满满一大桌，白酒、红酒已经开启，搁在玻璃转桌上。黄新明拿起酒瓶正欲倒酒，被苏副部长制止下来。黄新明说："今日为武书记饯行，没有酒怎表敬意？"苏副部长说："按理这个场合必须有酒凑兴，用酒壮行，但时间太紧，别喝得荤不荤素不素的难得尽兴。用茶代酒表达意思就行了。"

官大表准，苏副部长金口一开，大家纷纷应和。黄新明求之不得，搁下酒瓶，坐上座位，轻松地端茶举杯当起"东家"。

用茶互敬虽然没有用酒互敬那般浓烈、那般豪迈、那般过瘾、那般能表达心意，但以茶代酒免了一种精神负担，无须提防什么。大家想吃则吃想喝则喝想敬则敬，想聊则聊，落了个一身轻松。

十二点，宴会完毕，大家簇拥着苏副部长和武国华上车。黄新明自己带队，安排了市委、市政府、人大、政协各一名领导作为"娘家"人，陪送武国华到玉都赴任。

和稀稀落落欢送的人握手告别时，黄新明看到武国华眼圈潮红、泪欲下滴，落寞之中有些失落。他不敢继续瞧那副眼神，慌忙转过头，快快坐上车，心里不住地责怪自己小心眼。回想自己被提拔到宁阳赴任时，县长让人组织乡镇党政正职以及科局一把手几百人齐聚酒店，自觉排成两条长龙一样的队列站在出酒店的路边，夹道欢送的场面，热忱、热闹、热烈，蔚为壮观。自己像大首长一样一边挥手，一边慢走，走了一路，泪洒一路。那种场面组织得自然、妥帖、真实，根本看不出人为操纵之嫌。当时自己在省委组织部领导面前赚足了面子，在宁阳接任人员武国华一行人面前出尽了风头。然而今天在欢送武国华离开宁阳之时，场面如此冷清，人员如此稀落，气氛如此寂寥。设身处地站在武国华的立场考虑，要是自己调走时出现这种场景，自己会是什么心态呢？武国华可是在宁阳工作了将近四年，把自己最好的年华献给了宁阳，没有功劳有苦劳，没有苦劳有辛劳。而在他临走之时竟是这般光景。其实昨天晚上，市委秘书长专门摸到自己办公室问过：要不要发动发动一下给武国华送别？当时自己想也没想地说：别搞那些形式的东西。秘书长欲言又止，扭头而去。现在想来，武国华也许暗示过秘书长，但被自己的报复心生生地扼杀。不论武国华是否暗示点拨过秘书长，秘书长提醒自己了，作为官场之人，这种起码的迎来送往礼节应该遵循吧。退一万说，干群关系没有融洽到那步田地，老百姓不能自发地欢送，给一个在这儿工作几年的人以应有的尊重，难道咱们自己也不会尊重一下自己吗？虽然是走走过场的形式，面子上的事，但却能反映本质的东西。主管干部的苏副部长看到这种场景脑子里会出现疑问：民主推荐那么高的票，怎么送别的却没几个人？这个干部是不是人缘关系有问题？玉都来接的市委书记、副书记和组织部长看到这种场景，心里会感到失望：省委说给我们市派来了优秀能干的市长，而这个市长曾在宁阳主政几年，在离开之时，竟然没几个人欢送，乞丐都有几个护围的咧……

他不知道这是不是官场潜规则？即便含有某种沽名钓誉的成分，但是，却能为大家所接受进而遵循。他认识到自己犯了官场之大忌。知情者会笑话自己心胸狭隘、小肚鸡肠，为泄私怨破坏规则。不知情者会小瞧自己不懂礼数、不懂规矩，白在官场混了二十多年。

小车飞速行进在宁阳至玉都的高速公路上。黄新明倚着车椅背，微闭双眼，希望能休息片刻，从那种深深的自遣自责中解脱出来。然而，大脑皮质上依附的全是这些元素，赶都赶不走。他索性睁开眼睛，拿出手机，分散注意力。他拨通贾林丰的手机，问道："顺舒公司第五跳处理得怎么样了？"贾林丰在手机中回答道："处理得比较顺利，正朝好的方向发展。"他嘱咐道："一定要处理好，不能留下一点隐患。"贾林丰爽快地答应道："好的！"

顺舒公司的事处理得顺利，让他的心稍感安稳。顺舒公司是宁阳第一纳税大户，近期为一些事情和政府闹得不太愉快。如果第五跳处理不好，也许要加快顺舒公司全部搬迁至省城的步伐，那代价可就大了。这种事迟不发生早不发生，偏偏发生在市委书记调走自己代理期间。倘若顺舒公司搬走，自己无疑会成为宁阳的罪人。他不敢想象那种后果，想起来觉得胆战心惊。

"嘟——嘟——"手机短信提示音响起，把他从惊惧之中解脱出来，他打开收件箱，一看号码，是省委组织部干训处处长袁仁祥的。不用看，他也知道这位大学同学发过来的是幽默段子。屏显上写着："市长有事，叫司机把奖金送回家，并叮嘱司机不要让家母知道。司机小心将钱放在内裤贴身口袋里，到了市长家，司机先悄悄问市长夫人：您婆婆在家吗？夫人答：串门去了。司机：那就好！边说边解裤带。夫人说：你要干吗？别乱来！司机：我给您钱。夫人：给钱也不行！我可不背着老公干这种事。司机：是市长让我来的。夫人稍加犹豫后边脱衣边说：挨千刀的，这事也安排给别人干……"

这则短信曾经有人给他发过，所调侃的对象是董事长，袁仁祥却把发生在董事长身上的事移植到"市长"头上，借此编排自己。黄新明苦笑一阵，打开发件箱，写道："取笑逗乐就想到'市长'，提拔仕进一点也不记着老同学。"便发了过去。过了一会儿，袁仁祥的短信回复过来："知道你心情不好，所以发条短信逗乐一下。虽处要害部门，但没在要害位置，很想关心，但鞭长莫及。"袁仁祥说的是实情，虽在省委组织部工作，但只是干训处处长，不是县市干部处处长，提拔任用的事他不便打听，也不能打听，所以关于这方面的信息黄新明是从来不为难这位老同学的。但是，今天在非常紧要的节骨眼上，他实在有些沉不住气了，迫切想知道个中奥秘，便一改常态，刨根问底地写道："不知道还有没有戏？"发了过去。

他知道有些难为袁仁祥了。过了好久，袁仁祥的信息才回过来："有戏没戏你心里最有底。我猜：如果不让你接任，在免武国华时，新书记应该同时到任。"

他的心里真有了些底儿，但他不知道上级这么安排的用意，便想从跟在领导身边的袁仁祥那儿挖出个究竟明白，于是打破砂锅问到底地写道："既然迟早要任，为何要拖着挨着？"发了过去。

过了许久，袁仁祥的短信才回复过来："这是组织上考虑的事。依我分析，你实干精神强，口碑很好，省里主要领导对你印象也不差。这次不能同时宣布对你的任命，兴许是有'杂音'作怪。"

他把短信反反复复看过几遍，想在字里行间琢磨出端倪。老同学袁仁祥不会胡乱地随意地、武断地、给你一个结论，而是用"似乎""兴许""大约"等不确定词、看似不确切地推断，实则蕴含着他需要表达的准确信息。袁仁祥念大学时就沉稳持重，又经过组织部门二十多年的磨砺，修炼得较之从前更加严谨和稳重，没有确切的消息，他不会给自己透露"杂音"之说。

思来想去，他断定"杂音"来自武国华。无论从哪个角度来看，武国华都不应该在自己接任问题上制造障碍和阻力。两个人调来宁阳之前都是县（市）委书记出身，只是武国华所在的是经济强市，而自己所在的是边远小县。两人同时受过省委"十佳县（市）委书记"表彰，年龄相差不到两岁，都长着一张被人赞为"官相"的国字脸。男女恋爱讲眼缘，有眼缘一见钟情结为连理。合伙搭班子讲眼缘，有眼缘一见如故相处和谐。应该说，和武国华初次接触，从双方的眼神之中，两人彼此眼缘不错，互有好感。最初相处的一段时光，两人琴瑟和奏、步调一致、相互协调，配合甚欢。随着时间的推移，武国华那种盛气凌人的霸道和咄咄逼人的张狂逐渐显露出来，但他没有过多地与之较真，因为他知道一把手当久了的人都有这种臭毛病。一个班子要保持团结，市长的态度最重要，要能忍耐、会退让。一个班子好比一口腔，书记是牙齿、市长是舌头，只要舌头自如转动适时收缩，是不会被牙齿咬住的，况且一旦发生撕咬，受伤的总是舌头。所以，他总是不唱高调默默无闻地做人，不事张扬勤勤恳恳地干事。他觉得自己不越位、不揽权，在处理和武国华的关系上做得小心翼翼、战战兢兢，像那忍让谦恭、忍气吞声、忍辱负重的小媳妇，时时看着"婆婆"的眼色，低眉顺首，生怕做错了丁点儿事遭到暴打怒骂一样。

在人生最为紧要的关口，武国华没有推荐自己接任，其托词是"被逼无奈"。武是一个有思想、有主见、有观点、有立场的人，不是一个三岁的娃儿，凡事要受到大人的支使和摆布。他在考察组和省领导面前反对自己接任，除了有外界因素的些许影响，更多的还是他对自己持有成见。不然，他不可能在自己人生的紧要关口设置障碍，生生阻止自己的仕进之路。

搜寻和武国华共事将近三年的点点滴滴，细细回味、反复思量自己的一言一行，发现自己在处理三件事情上说了三句"错"话。也许就是这三句话冒犯"天尊"、触怒"龙颜"，让武国华对自己耿耿于怀。

第一句话是去年十月份在武国华新农村建设的驻点镇——王场镇说的。省里要求县（市）委书记要包镇驻点搞新农村建设试点，武国华将点选在地处国道边的王场镇。为了早出形象、快出效果，武国华下令沿路三村近五百户民居按"白墙绿瓦紫红窗"的要求统一进行立面改造，并且在参差不齐的沿路而居的民房前打一道长龙一样的院墙，每家每户砌一个门楼。从外观上看，的确给人整齐划一、清爽美观、眼前一亮的感觉。为此，王场镇为每户投入两万多元，共计投入一千多万。武国华从土地整理资金中整合500万，还有500多万镇上背着，讨债的不离门。镇委书记、镇长拿着解决资金的请示到市里找常务副市长，说是武书记让找的。面对预算之外的这么大的一笔资金，常务副市长不敢做主，便让书记、镇长来找他。他也不敢擅自做主，便抽空到王场镇跑了一趟。在那些民居里，他真切地看到了"金玉其外，败絮其中"的惨状。在走访中，老百姓没有半点喜色，悲戚地给他说了一段顺口溜："屋外胜金銮，屋内像牛栏。生产不发展，生活没改观。吃了没得穿，穿了没得玩。如此装'门面'，百姓心发寒。"他在心里悲叹、唏嘘不已，铁青着脸回到镇上，对镇委书记、镇长恶吼道："拿一千万粉饰墙壁、装点门面、美化外在，搞这种劳民伤财的形式主义、花里胡哨的面子工程，你们不只是在作秀，更是在犯罪！"因为当时太气恨，没太注意语气和分寸，话说得很急很陡很重。据说，话很快就传到武国华耳里。没几天，在一次全市的大会上，武国华讲道："在新农村建设中，该讲的形式得讲，该顾的面子得顾，形式搞美观、面子弄光堂，没什么不好，既让老百姓看了舒服，又能起到示范作用，让群众看到建设新农村的美好构图嘛！"他听了喉头发哽，无话可说。为了缓和关系，他和常务副市长商量，通过别的渠道为王场镇解决了 500 万元资金，替武国华擦净了屁股。

第二句话是去年底为统计年报的相关数据当着几位科局领导的面讲的。省里对市州直管市实行经济考核，涉及近二十项指标，有些指标是根据业绩自动生成无法更改的，如财政收入，税收以及用电量等。而更多的指标是靠上报的，如工业增加值、人均 GDP 及固定资产投资等。统计局局长问他数据怎么上报？他说了一个原则："财政收入、税收以及用电量在去年基础上增加了十个左右的百分点，其他上报数据至多相应增加二十个点。"统计局局长按他的要求拿出数据，他也签了"同意上报"的字样和自己的名字。没想到统计局局长拿到武国华那里，被武国华狠狠训了一顿，说数字报得太小，增幅太低。统计局局长、经委主任又按武国华的要求拿出了一组增加了40%的数据给他看，并让他签字上报，他看后大为光火，当着统计局局长、经委主任说："你们懂不懂数字之间的逻辑关系？像这样虚报、瞎报、滥报，是要负法律责任的！"他不肯签字，心里对武国华的做法深为不满，觉得他不该为了追求增幅高快数字好看，而不顾数字之间的逻辑联系，瞎报一气。他能够理解武国华的想法和处境，在宁阳任书记将近三年，处于提拔仕进的紧要时刻，想通过虚报数字积聚"政绩"，在省里排位落个好名次，在省领导心目中留下好印象。但武国华不会想不到，像这种增幅虚高、水分极大的数字报到省里也会被砍下来。他不愿签名，是因为不希望自己签报的这组数据被省统计局的内行看后笑话："连起码的数字逻辑都不懂，还是学经管的在职硕士。"他没有签字，统计局局长、经委主任几人把他说的话转告给了武国华，据说武国华脸色铁青，一言未发。最后，武国华让常务副市长签字上报了那组数据。果不其然，省统计局全部只按18%的增幅重新核定了宁阳的数据，把虚报的那些全部砍了下来。

第三句话是两个多月前在常委会上说的。那个时候，关于武国华要提拔的舆论甚嚣尘上，他从省里的渠道也打探到了这一消息。那天常委会的主要议题是传达全省县域工作会议精神，武国华结合贯彻全省县域工作会议精神，就宁阳的发展洋洋洒洒讲了两个半小时。会议开到十一点钟，此时散会，各位常委回办公室处理一下事务，蛮恰当的。但是，武国华没宣布散会，而是让贾林丰提出支持顺舒公司的议题。贾林丰说，"顺舒公司是国内仅存的为数不多的本土日化企业，面临着洋品牌的极大冲击和价格打击。顺舒的销售总部设在省城，省城高新技术开发区已建成20万平米标准化厂房，准备零租金给顺舒使用。所以，顺舒想将设在宁阳的厂整体搬迁到省城。顺舒是宁阳的财政命脉，我们必须挽留！但顺舒公司提出留下可以，只有一个条件：宁阳政府支持补贴他们货物运送到省城火车站的费用，每年2000万左右。如果政府没有现金补贴，他们希望得到时代广场旁边的150亩土地，要求市里采取变通方式以每亩100万出让给他们。"接着，武国华又讲了支持顺舒公司的三大理由：一是留住顺舒公司这个纳税大户的需要……二是保护顺舒公司这个民族工业品牌的需要……三是壮大顺舒实力、培植顺舒发展后劲的需要……武国华讲完，拿眼睛朝他看，投射过来两束复杂的眼神。他躲闪过去，心里有些不爽：讨论这么大的事，你武国华居然连气也不跟我通一声，根本没把我这个市长当回事？临时即便你让我出来响应你的提议，哪有这么简单轻易的事情？何况，时代广场旁边的那块地是一块人人都想吞食的"肥肉"，多少人在垂涎啊！从北京到省城到市里，好多人在削尖脑袋拱，在动用关系跑，都想拿下这块地。按市场价估算，这块地每亩至少要拍到300万，而只用100万给顺舒，顺舒从地价上就净赚3个亿。这件事传出去，那些盯视已久、垂涎欲滴的人能服气么？仅告你政府在土地拍卖中"暗箱操作"一项就够你受的。再说，社会上还有谣言，说武国华把时代广场旁

150亩地许给顺舒公司，顺舒公司送给他100万美金。他不相信武国华会受贿这笔钱，但你武国华总得避点嫌，何必伸着指头送到别人嘴里咬呢？在提拔仕进的关键时刻，讨论这种敏感而棘手的事情，是不是太缺乏冷静和智慧了。不行，得劝阻武国华放弃这种想法。

他打定主意，抬起头，迎着武国华久久注视着的目光，笑道："武书记，这是一件很复杂、很慎重的事情，一时半会儿恐怕说不清楚，建议您日后花一天半天时间专题讨论。"常务副市长立马接口道："150亩地每亩100万给顺舒公司，宁阳不啻发生一场地震。我建议慎重一点。"常务副市长当然打着他自己的算盘，希望公开拍卖150亩地，筹得几个亿，填补财政的虚空。又有几个常委附和，说这么重大的事急不得。看到自己的提议遭到众人反对，武国华没有像往日那样刚愎自用、硬性定夺、强行拍板，可能也是顾忌这件事产生的巨大影响，便顺坡下驴地说，"大家说得在理，这件事太重大，时间太短，议不透，下次安排时间专题讨论。散会。"

他的那句话是笑着说的，好比给一名百米冲刺的人在中途拦了一篙子，即便拦不住，但起码可以起到缓冲的作用。他是真心实意替武国华考虑，不希望在他提拔的当口闹出沸沸扬扬的负面影响。同时，降价送地给顺舒公司程序上不合规、操作上不合法，授人以柄，让政府形象大打折扣。再则，像这样支持顺舒公司不是良策妙计，会把顺舒公司拖入社会舆论的漩涡中心。所以，他没有应和武国华。当时，他分明看到武国华瞧着自己的那两束目光，有期许，有希望，但仿佛更多的是交换式的承诺："只要你顺着我的话说，我升任了，我推荐由你接任。"然而，他婉拒而没有顺应。所以，武国华很不高兴，觉得他没顺他的意、捧他的台，认为他砸了他的场、灭了他的威。

想一想自己说过的这三句话，都是在一种特定场合、特定氛围下说的，是一种无意识的心理发泄，或是一种急愤之后的忠言逆耳，或是站在旁观者立场上的冷静提示，绝对没有歹心恶意。但是，话却被传的人传偏了，被听的人理解歪了……

三

欢迎武国华的晚宴在玉都大酒店举行。玉都有悠久的酒文化，作为"来亲"代表，黄新明酒量不大加上面情又薄，搁不住玉都人的那般敬酒和劝喝，几遭下来，人被灌得脸红耳赤，晕晕乎乎。最后只能被司机搀着上车。回宁阳后，又是司机扶着上楼。到了家，对着面盆干呕一阵，什么也没呕出来。他懒得去洗倒床便睡，沉沉的，像一堆烂泥铺摊在床上，人事不省，直到早上八点才勉强睁开眼睛，恍如到阴曹地府走过一遭。妻子陪护女儿在省城参加高校少年班的考试，要是她在家里看到自己醉成这副样子，又会挂在嘴边絮絮叨叨一个月没完。男人醉了，没女人照护是当时遭罪，有女人照护是过后被说。

他挣扎着爬起床，来到洗手间随便梳洗一把，抬头从镜子里照见自己那张变了模样的脸，蜡黄中泛着潮红。还有那双眼睛，本来像金鱼泡有些小，因酒精的刺激和昏睡的缘故而变得更加浮肿，像熟透的桃子裂开的一道缝隙，成了名副其实的"眯眯眼"，努力睁开只见眼眶里布满血丝。"醉一次酒等于害一场病。"俗话说得何其在理。上桌前暗自使力反复告诫自己：不能喝！不能喝！坚决不能喝！天王老子敬酒也不喝！还赌咒发誓地骂自己如果喝了就是乌龟王八蛋。但是，上了酒桌，别人一敬几劝，就把持不住放量豪饮，难道真是应了俗话所说"人在酒桌身不由己，端起酒杯人犯迷糊"吗？

从冰箱里取出一只小钢锅，里面装的是妻子熬好的绿豆汤，他倒了一碗，仰脖咕噜一气喝了，又吃了一片面包，然后匆匆赶往办公室。

身体坐在大班椅上，脑子混混沌沌，木得像植物人一般。他揉揉眼睛捶捶脑袋，力求让思路变得活跃起来。

贾林丰敲门而入。他示意贾林丰坐，说："昨天的事处理得怎么样了？"昨日上酒桌之前都还在惦记着这件事，可把酒一喝，就把这件事忘得一干二净，这会儿碰到贾林丰，他突然记起了这件事。

"相当圆满"，贾林丰坐在沙发上，有些兴奋地说，"昨晚给您打电话，您未接，又给秘书打电话，说您不方便接，所以没有给您及时汇报。"

"昨晚被玉都的人灌醉了，现在这头还像裂了一样，难受得要命。"他指着脑袋，说。

"我是这样处理的。先给您申明一点，有问题算我的，有责任我来负！"贾林丰神色凝重大义凛然地说。

随着贾林丰的讲述，他才知道处理这件事的来龙去脉：

顺舒公司给我打电话后，我迅速赶往"第五跳"现场，只见一名青年像一摊泥瘫在水泥地上，辖区派出所已有两名警员划出隔离线勘查现场，因为是上班时间，没人围观看热闹。顺舒的副总不知如何是好，急得直跺脚。我俯下身，把手指放在跳楼青年的鼻翼之下。一名警员蹲下来，对我说："根据现场分析勘定，死者是跳楼自杀。"我又问副总跳楼青年的姓名、年龄、籍贯。副总回答说："死者叫刘宏明，21岁，邻市刘垴村人。"我大声吼叫道："谁说他是死者？我刚才在他鼻翼下用手指试探，还有气儿，说明他生命体征还在，迅速打120，赶紧送医院抢救。"

在等救护车的间隙，我让副总把老总叫来，副总说顺舒公司刚刚经历权力更替，夏总昨天走了，新任老总今天下午才到。我问："想从这条负面消息中挖掘出有助于提升你们顺舒形象的正面新闻吗？"副总惊惶失措赶紧点头。我进一步启发道："顺舒是我们宁阳的税收支柱，最近一段时间又闹搬迁又闹罢工很是不顺，今天又出'五连跳'的事件，对顺舒更为不利。所以说，你们要通过这件坏事去做正面文章。"副总像一个不开窍的学生一样，很茫然。我继续说："只是，必要的赔偿不可少，该放血的要不吝放血！"副总说："赔偿不成问题，只是我们该如何由坏转好、化害为利呢？"启发、诱导、提醒、暗示，点化不开副总的榆木脑袋。我只得把嘴拢到副总耳边，循循指点一番，副总这才领悟过来。

救护车来了，我和两名警员把刘宏明抬上车，并随救护车一同来到市一医急救室。在车上我给院长打了电话，让他在急救室等候。

院长摸了脉搏，测了心脏，翻开眼皮察看，最后得出结论："患者已经死亡。"接着院长不解地问："明明早已死亡的人，为何还要往医院里送？"

我把院长拉到一旁，小声说："需要您这样的专家做出权威结论，并出具证明，说刘宏明是在送医院的途中死亡的。"

院长有些为难。

我把院长拐进里间，说："刘宏明的死已是铁打的事实，无可逆转，顺舒公司将给他最高金额赔偿。在这两个方面都已确定的情况下，为了宁阳大局，您就破一次例吧，有什么责任我来背负。"

院长按我的要求出具了死亡证明单，我吩咐两名警员把刘宏明的尸体送往殡仪馆。

我又赶回顺舒公司，问副总："你这边的事安排妥当了吗？"副总回答说："全部安排就绪。刘宏明为救他同班组的同事吴正辉不慎摔到楼下。吴正辉目前很痛悔，正在办公室里，随时可以接受采访。"

"吴正辉可靠么？"我不放心地问。

"绝对可靠，他是我外甥，很求进步，想通过这件事为公司立点功今后得到提拔晋升。"副总满打包票地说。

我这才落了心，说："既然刘宏明能够舍己救人，英勇献身，除了组织新闻媒体正面宣传外，公司还得给予最高赔偿，不能让英雄流血流泪还得不到应有的安慰。"

不一会儿，报社、电台、电视台、宁阳网的记者蜂拥而至，市见义勇为基金会也派人送来了慰问金，市人社局送来了意外伤害保险……一时间，顺舒公司成为新闻的焦点和社会关注的热点。

我又敦促副总安排小车把刘宏明的父母从邻市接到公司招待所住下，向他们通报了刘宏明舍己救人的经过和公司全力抢救的过程。两位老人很悲痛，但听到儿子做出这么英雄的壮举，很欣慰，乐意接受公司50万的赔偿，并于昨晚在火化书上签字。

"行啦，你给宁阳人民撒了一个弥天大谎，用'颠倒黑白、混淆视听'都不为过。老贾，你就不怕这件事穿头而造成不良影响吗?"黄新明严厉地问。

"这件事布置得天衣无缝，不可能穿头。万一穿头，责任我担。为了宁阳大局，壮烈一次，我值!"贾林丰很是豪迈地说，略显悲壮。

"老贾，你说你怎么想出这辙?"他追问道。

"是您指示我变通处理，我想破脑壳才想出这一招。如果不用这招，后果不堪设想。刘宏明这方，他那年老的父母肯定不会善罢甘休，要吵要闹。谁都可以理解，一个那么大的儿子交给你工厂说没就没了，两老连死的心都有。按照之前几跳的赔付金额，顺爽公司至多赔10万，两老肯定要和顺舒对簿公堂，顺舒公司要陷入一场无休无止的官司之中。顺舒公司这边，已经出了'四连跳'，内忧外患，名声大跌，再也搁不起折腾出不得负面新闻了。如果出'第五跳'，无疑雪上加霜，对公司将会是致命的打击。我这样处理，顺舒虽然多出了几十万元钱，但赚回的却是良好的社会影响和正面的关注度。这是多少钱也买不来的'面子'和影响。您经常教导我们，变通可以达到'双赢'，从这件事上可以得到充分体现。"贾林丰头头是道地说。

初看上去确实有弄虚作假之嫌，但是，虽然主观意图不对，而客观效果却甚佳。对于一个农村家庭而言，10万元钱根本解决不了两老的后顾之忧，而50万元足以让两老生活无虞，养老送终。对于顺舒来说，除了避开"五连跳"带来的媒体围攻和舆论质疑，更重要的是可以消除由此产生的职工难招，企业内部难以安宁的连锁反应。顺舒不顺，宁阳难宁。如此看来，这种"变通"是最稳妥、最明智、最富成效的不二选择。危急时刻，彰显应变能力，贾林丰在紧要关头敢冒风险、勇于担当、肯负责任，处变不惊地将一件众人皆觉得"坏"事点化成为双赢相悦的"好"事，真的让人刮目相看。黄新明用欣赏的目光瞧着坐在面前的下属，正要赞美几句，突然想到此事尚未了结，万一穿头被人曝出真相，传讲出去自己对这件事曾经大加赞赏，那人家会猛批恶斥你弄虚作假、篡改真相，继而对你的人品、官品产生怀疑。赞美的话在口里转了几个弯，咽下喉道，口里又蹦出了另外一句提醒之语："宣传报道适可而止、点到即可，太过虚张还怕言多必诈。"

"好的，我会让他们把度拿捏好。"贾林丰很谦逊地说，接着爆料道："顺舒公司来了新经理，您知道是谁吗？罗依依。"

"她不是在省城总部做常务副总吗？"他有些惊讶，不知道顺舒公司总部下的哪步棋？罗依依乃顺舒集团董事长罗明亮的独女，在总部想管就管点事，要多轻松有多轻松，要多超脱有多超脱，何苦要下驾到宁阳厂来？这儿有近万名职工，要多烦琐有多烦琐，要多烦人有多烦人。

"是董事长派她来的，据说她很乐意来。这是不是在向外界发出一种信号？因为董事长过了 65 岁。"贾林丰分析道。

"她很乐意来"，听到这句话，他的心里突然颤了一下。罗依依那招牌似的甜美笑容和嘴边两个小酒窝从脑里一闪而过。她到底是为拯救顺舒公司而来呢？还是为了兑现那句承诺呢？抑或是还有别的原因？不论是哪个理由，她能到宁阳来，让他的心中流过一阵阵暖流。

"顺舒公司这几年一直不顺，原经理老夏经常闹搬迁，以此胁迫政府给优惠，导致人心不稳，关系弄僵，发展受阻。也许董事长派罗依依是为了缓和关系、狠抓管理、重塑顺舒形象而来。"他猜测道。当然他的猜测并非毫无根据，因为罗依依是加州大学的 MBA，并且在美国一家世界 500 强企业做过几年高管。

贾林丰点燃一支烟，吸了一口，诚恳建议道："黄市长，罗依依执掌顺舒宁阳公司，为我们双方重修关系迎来了转机。但是，无论怎么说，在顺舒这个新生民族品牌抗击宝洁、联合利华等欧美百年老店价格打压中，我们宁阳作为顺舒的发源地，应该义不容辞地予以政策倾斜和财政支持，助他们一臂之力。顺舒落户宁阳 15 年，累计为宁阳上缴税收 30 个亿，解决近万人就业，而宁阳给了他们什么？什么也没给！"贾林丰越说越激动，脸色泛红，唾沫横飞，语气凌厉，好像在为自己争得一份利益。

"你不会是责怪我两个月前不该否定老武的那项提议吧？"他有些敏感

地问。

"不，"贾林丰摇摇头，说："我也不赞成那种一锤子买卖似的补偿，又把顺舒推向风口浪尖，对顺舒的发展有害无益。"

"看来在这件事情上咱们的观点不谋而合。"他高兴地说，"这条路走不通，不知道有没有更好的办法能够支持顺舒，既在情理上说得通，又在法规上通得过。"

"曾经我几次三番给武国华书记提示，要从顺舒缴税分成中给予他们一定比例奖返。但武书记只口头应允，不敢实施。"贾林丰说。

他品了一口茶，当然知道武国华不敢实施的原因。从税收分成中给予顺舒奖返，涉及财政预算，而预算得通过市人大常委会委员表决通过。市人大主任李启光对武国华积怨颇深，处处掣肘，怎么能够通过这项提议呢？

"从税收分成中给予一定比例的奖返是目前各地普遍流行的一种支持企业做大做强的办法。我调到宁阳前，任县委书记时就实施过。只是这件事在宁阳推行恐怕有点难度。"他实事求是地说。虽然武国华调走，但人大主任李启光除了对武国华积怨颇深，对他也不怀好感。三年前，武国华请示省委把与他搭档的袁市长调走后，宁阳人谁都认为应该是李启光提拔成为市长。李启光是正牌大学生，资深副书记，还是外地人，资格资历和条件样样符合。但他有一个弱点，让武国华无法忍受：嗜酒。李启光逢场必赶，逢请必到，逢劝必喝，逢喝必醉。有好多个中午喝醉后便睡半天，下午见不到人影。武国华曾批评过他，但他没太在意，依然我行我素。在省组考察时，武国华直言不讳地反映了这个问题，加上在个别座谈时，很多科局和乡镇党委书记都反映了李启光的这一问题。刚好那一年，老人大主任到点退休，武国华建议省里让李启光担任市人大主任。省里从众多优秀的县市委书记中进行遴选，把他提拔到宁阳担任市长。所以，李启光不仅对武国华不满，对他也没好脸色，总觉得是他抢了他的市长位置一样。

"如果市里在税收奖返上不予以突破，不仅摆在面上的顺舒难留，而且今后客商更加难招。"贾林丰深为忧虑地说。

"你借鉴一下其他地方的做法，和财局的同志迅速做出一个方案，从缴税亿元开始奖励，按缴税地方分成部分依一定点率给予纳税企业奖返。顺舒公司年缴税 3 亿，你做的方案奖返额最少得把他们每年多出的 2000 万运输费用消化掉。"他布置道。

"好。"贾林丰欣然接受下来，接着不无担忧地说："黄市长，您得考虑推进这项工作的难度。"

"我当然知道。如果继续这样墨守成规按部就班下去，宁阳不可能再造辉煌，只能与先进地方越拉越远。当前省里正在开展解放思想、打破常规、跨越发展的大讨论，我们可以借力造势，借风过河，争取把这件事推开！"他信心满满地说，站起身，伸伸胳膊蹦蹦腿，似乎有一种跃跃欲试的冲动。

"宁阳的干部几乎全票推荐您接任书记，看来大家没有看走眼。"贾林丰顺势恭维道。

"昨天大会上没宣布接任，我的面皮有些不好过。但过了那个阵痛期，我现在感觉到无所谓了。我觉得，处理好顺舒公司这件事，成功留住顺舒，我的接任才更有说服力。"他说。

贾林丰点点头，思虑片刻，兴奋地报告道：

"告诉您一个好消息，昨晚'内线'给我发短信，说立建公司已经把我们宁阳纳入三个落户的备选城市。终极 PK 即将上演。"

"真正的大考来临了。"他没有表现出特别的喜色，而是面色沉重，从去年六月份开始，宁阳最先入围立建公司遴选的 30 个城市，到去年十月份，宁阳成功晋级为十个备选城市，到现在杀入最后 PK 的三个城市，这将近一年时间，一路走来，除了艰辛还是艰辛。为这个项目，贾林丰跑东莞不下40 趟，他也跑了将近 20 趟，像小时候走家家一样勤便。他当然知道这个投资 5 亿美金、建厂房面积 30 万平方米、达产后能缴 10 亿元税收的电子项目对宁阳经济发展所起的举足轻重的作用，也明白能够击败众多竞争对手引进这个宁阳有史以来投资最大的项目对周边地区产生的轰动效应。他是兢兢业业事必躬亲，在立建公司东莞厂里，逢人就打躬，处处赔笑脸，恨不得见了男人喊姐夫，什么市长的威仪和男人的尊严都抛到九霄云外。努力没有白费，终于突围出来，进入终极 PK，总算取得阶段性成功。但是，他没有感受到一丝一毫的轻松和解脱，只有"不望柴禾断，只望斧头把落"的想法。因为三家备选城市的竞争将更加残酷更加惨烈。另外两家入围城市是名副其实的中等城市，比宁阳这个直管市无论从实力还是资源等各个方面都更具优势。虽然有这些想法，但是，只能搁在心里，不能在下属面前有丝毫的表露，不然会动摇军心、影响士气。即使预料到会有悲观的结局，但得抱着乐观的态度去拼。想到这里，他笑了笑，嘱咐道："老贾，走到这一步实在不易，后续的事还得盯紧点。需要我出面随叫随到。"

"您放心！"贾林丰站起来，誓表忠心地说："只要立建公司不宣布落户城市，我们决不轻言放弃。历史上以弱胜强、以小赢大的战例比比皆是。"说完，自信地走出办公室。出门刹那，回头给他一个微笑。

他叫来秘书，让他通知顺舒公司，下午三点他要去拜访新任总经理罗依依。

约莫过两分钟，秘书过来回话：通知已经到位。还顺便提醒他十点钟要到红山办事处去参加富士机械项目的奠基。他说记着咧。抬腕看表，离十点钟还有半小时，他想提前一点到工地走一走，看一看，吹一吹乡野初夏的暖风，赏一眼铺满油菜花的田园美景。正要出门，手机响了，他贴近耳窝接听，里面传来似曾相识的女生声音："您好！昨日上任，本应今日上午拜望地方长官，因为要开几个会议耽误下来，没想到让你捷足先登，失礼了，失礼了。呵呵——"如仙乐飘进耳里，似琼浆流过心田。这是他熟悉的，特别想听到的声音，柔柔的，轻轻的，有一种别样的风情和温馨。

"初来乍到千头万绪忙不迭迭难以抽身，我能理解。我不同，我超脱嘛，再说啦，你那么靓丽抢眼，往我们政府大楼一过，出现百人空楼的拥挤场面，我可负不起责的。"他用诙谐的口气说。

电话里传来她的咯咯笑声，笑过之后，她嗔怪道："你真会恭维女人。好吧，为了避免发生百人空楼的拥挤场面，我就不去烦扰了。下午三点我在办公室恭候。"

双方互道再见后，他放下电话，罗依依那招牌似的微笑和那两个甜甜的小酒窝浮现在脑际，心头似乎有一波波涟漪欢快地荡漾。

和罗依依相交不过十次，但交情不浅、关系不薄。自从两年多前武国华带着他以及市人大主任和政协主席"四大家"巨头到省城顺舒总部拜访后开始，他和她四目相碰好像就对上了眼。第一眼从她身上掠过，他看到了一个标准的东方型号的美女。一张素面白皙的鹅蛋脸，大小适中的嘴巴，高矮胖瘦量身定制恰到好处，真是高一分太高，矮一分太矮，胖一分太胖，瘦一分太瘦，简直就是影视演员许晴的翻版。他倾慕于她的美丽和清纯，感染于她摄人魂魄的微笑以及不经意露出的两个小酒窝，沉醉于她那柔柔的好听的声音。不知是机缘还是巧合，在每一次互相拜访后的聚餐中，她都被安排在他的身边，为他俩私下交流提供了方便。两人之间没有功利的掺夹和肉欲的诱惑，以及大开大阖的疯狂追逐，有的只是心平气和的彼此欣赏和润物无声的相互感染以及默默为对方祝福的眼神交流。她是活脱的许晴再现，而他最最喜爱的影视明星便是许晴。他是国字脸、单眼皮、小眼睛的男人，她归纳为"眯眯眼微微笑憨憨相傻傻样"，并多次流露说这样的男人有责任感和安全感。两个人在大学修的都是管理专业，都热爱网球运动，而且还喜欢音乐，她是钢琴九级，他是小提琴八级。更让人神奇的是他们都超喜爱一个歌星——邓丽君。

去年十月，他带着宁阳经贸考察团一行八人前往台北考察。她亲自安排行程，且全程陪同。前四天，她带着他们拜会了十几家台湾的知名企业。第五天，是自由活动时间，另外七人要去游览名胜古迹，他不太愿意去，只想到一个地方去走一走看一看。她望着他的眼睛，不假思索地猜测道："你是想到邓丽君纪念馆去吧。"他点了点头，从那刻起，他觉得和这个女人之间不仅仅有一种感应，而且达到一种完美的契合。

她安排公司的一名公关小姐带着七个人去游名胜览古迹。她自驾小车载着她来到位于台北县金山区西湖村的邓丽君纪念馆。走进筠园，"好花不常开，好景不常来，愁堆解美眉，泪洒相思带"的音符飘扬在耳边，让人沉醉。

两个人慢慢悠悠地徜徉在"音符花园"，没有像中年夫妻那样携手而行，也没有像热恋情人那样相依相偎，倒是像那年逾花甲的银婚伴侣一样，彼此留点距离和空间，边说边走，缓缓而行。

在自动点唱机旁，"我只在乎你"的经典乐曲响起，邓丽君清新而又深情的声音如天籁之音飘进耳里："任时光匆匆流去我只在乎你 / 心甘情愿感染你的气息 / 人生几何能够得到知己 / 失去生命的力量也不可惜……

她抓住他的手，紧紧地攥着。两个人相拥着走向小车。他从她的眼里读到了渴望和炽热，从她身上感受到了期盼和战栗。他只是抱了她，轻轻地，没再让感情泛滥下去，他不想背叛自己温柔贤淑的妻子，也不想她背叛远在加拿大的丈夫，更不想打破两个人之间无拘无束的平和，让关系变俗，让感情变味。虽然她和她丈夫聚少离多，关系不睦，但是，他不愿意乘虚而入插一杠子，让他们本已风雨飘摇的婚姻加速解体。他认为那是极其不道德的行为。

　　他用冷静冷却了她的那股炽热，用理智安抚下她的那种战栗。分开的时候，她盯着他问："是不是共产党的官员都是这样缺情少趣？"他尴尬地笑笑，没有应答。她的眼里露出热辣辣的光芒，说："我会一直追随你！"他不敢正视那两束热力四射的目光，转过头。他何尝没有那种冲动，但是，做"精神贵族"和"情感君子"，虽然忍受一时，但却享用一生。

　　他从抽屉里取出她赠送的松下牌的往复式剃须刀，推上按钮，剃须刀"呜——呜——"轻声呜叫起来。他喜欢听这种声音，宛如在听心爱的女人倾诉一般。和她相识两年多，她送了他三只剃须刀。前年，她出差荷兰，为他带回三刀头的飞利浦剃须刀。那只剃须刀现在一直搁在家里的洗漱台面上。每天早晨，他都要使用几分钟，体尝剃须刀带来的超感贴合、干净舒滑的享受。去年，她出差美国，又给他带回一只博朗浮动式剃须刀。那只剃须刀搁在旅行小包里，专供出差时使用。今年春节，她从日本出差回来，带给他一只松下剃须刀，他把它搁在办公室抽屉里。想念她时，他就取出来，瞧一瞧，摸一摸，听一听"呜——呜——"的声音。一个女人，在出差时总想着为一个男人带件礼物，而这件礼物又是男人的贴身用品，他当然能感受到她的真诚和关爱。尤其是他听说"女人送剃须刀给男人，等于是每天送他一个吻"时，他更是感受到了一种宠信和自豪。

　　一个富家"千金"、高级"金领"，何以对既不酷也不帅，既不富贵也不绅士的男人倾心而专情？没有钱权交易，没有相互利用，图的是什么呀？百思不得正解，最后他归结为：与生俱来的眼缘。

　　他把剃须刀贴近唇边，仿佛母性之手抚过，轻柔温馨、甜蜜无比。

四

黄新明坐着小车下午两点五十五分来到顺舒公司办公楼下。下车后，公司的门迎小姐引着他走上二楼，来到东头总经理办公室门口，罗依依身着藏青色职场套装笑吟吟地迎过来。两人相视一笑，几个月未见的那点陌生感迅速散去，亲近感立即弥漫在两人之间。

在沙发上相对而坐，门迎小姐泡了两杯茶，搁在他们面前的茶几上，轻悄悄地退了出去，并顺手带上了门。

"昨天刚到，今天就忙乎开了，动作真快呀！"他率先开腔，赞美道。

"临危受命，不急不行。"她神色严峻语气沉重地说，"昨天上任就碰着'五连跳'，当头一棒快要把我击昏。好在你们政府及时出面，果敢变通，化害为利。真得谢谢你们施以援手，不然，顺舒公司今天不知会闹成什么样儿呢？"

她的感激之中蕴含极大的真诚，不是那种随口而说的泛泛的客套。他觉得她既然有这种想法，为下边他们的谈话顺利进行下去奠定了好的基调。他说："为企业排忧解难，应该的。"

"是应该的，但是你们能够绞尽脑汁、别出心裁，并且冒着一定的风险，企业毕竟是我们的，你们尚且能够这样，我们更应该竭尽全力扭转局面了。

所以，上午我分头开了三个会，公司高管会、中层干部会、班组长以及骨干代表会。会上宣布了两大决定，第一是人平均每月加300元工资。第二是投资2000万兴建1800平米的职工娱乐中心。即500平米的乒乓球馆、500平米的羽毛球馆，500平米的图书馆和容纳200台电脑的300平米的网吧。"

学管理的人就是与众不同，看待问题一针见血，处理问题雷同风行，解决问题一步到位。如果在"第一跳"发生之时，原任经理老夏能够当机立断采取这两项措施，就不会发生后边的"几连跳"了。他玩笑道："我今天来，一是拜访，二是帮助你们分析发生连跳的症结所在。看来，使命已经完成，我可以打道回府了。"

"好不容易移尊动驾地来，坐了三五分钟就走，太不地道了吧。"她故意拉下脸，冷着腔调说。

她这么一说把他说得突住了，不知该如何应答，可能感觉到自己的话说得硬了点，她连忙解释道："我希望你留下来，咱们共同讨论一下如何抗击国际品牌的价格打压，让顺舒扎根宁阳并快速健康地发展。"

"我无时无刻不在考虑这件事。"他认真地说。

"是吗？"她俏皮地反问道，眼波婉转地说："前不久，我爸找到省里的书记、省长，他们的确在考虑这件事，立刻责成发改委、科技厅、工信委等部门研究对策向上申报项目予以支持。保守估计三个部门可以争取回扶持资金3000万。而在宁阳，顺舒的发源地，却得不到应有的支持和呵护。原任经理老夏不惜以搬迁顺舒为胁迫，武书记在常委会上提出将时代广场旁的150亩地通过内部招拍挂的形式出让给顺舒，没想到却在你的面前卡住……"她用不太理解的眼光望着他，希望在他眼里能够找到答案。

他从她的话中分析出了两层意思：一是她完全知道150亩地的内情，只听一面之词，误解他了。二是她的父亲找了省里的书记、省长。也难怪，她父亲排在胡润富豪榜全省首位。她父亲不找书记、省长，书记、省长也要去找她父亲。会不会是武国华把常委会上的内幕和细节透露给了她父亲，她父亲在书记、省长面前上告自己的状，让自己的接任耽误下来了呢？是呀，武国华所说"被逼无奈"，只有从这方面去解释才能说得通。想到自己被顺舒高层所误解，他心里特憋屈。想到自己的仕途被老板所左右，他又感到特惊悚。憷亦好，惊悚亦罢，都是闪忽之间的事，他觉得必须洗清自己、开脱自己，不然，同她的朋友无法做下去，仕途也许还要受到影响。他直视着她的眼睛，语气平和地说："我之所以阻止，完全是替武国华和顺舒公司着想。当时社会上谣言横飞、舆论乱传。有的说顺舒公司送武国华100万美金，武国华便在提拔调走之前将时代广场边150亩地低价招标给顺舒公司。还有人说顺舒公司用美女向武国华公关……如果我不予以阻止，担心宁阳人抓住这件事大做文章，告倒武国华。"

"还是官官相卫呀。"她喟叹过后，直白而犀利地指出："保护武国华，让他平安仕进，你好顺利接手。"

望着她不顾一切地在误解自己的路上猛奔，他很窝火，本想猛喝一声让她回头，但一想到自己一贯不对女人发火，为这点误解大动肝火不太值得。他耐着性子提高声音强调道："我更多的是在为顺舒公司着想。"

他有点反常的语调惊吓了她。她的身子抖了一下，睁着有些疑惑的眼睛望着他，似乎在乞求他快说缘由。

他端起茶杯，抿了一口，含在嘴里，舌头轻搅着茶水，然后吞下，不紧不慢地说："我们这里有句俗话：'肉臭了，汤也臭了'。武国华如果在这件事上栽了，顺舒公司的名声将首当其冲受到影响，这是我最不愿意看到的。此其一。第二，当下房价飙升，老百姓最最痛恨的是房地产商。如果顺舒进入房地产界，在人们的心目中，信誉将大受影响。第三，时代广场旁的150亩地是宁阳一块诱人的蛋糕，好多公司、商家希望公开挂牌得到它。如果我们政府暗中交易给顺舒公司，势必带来两种后果：一是垂涎这块宝地的人将会告状，而像这种暗箱操作一告即中。二是顺舒公司开了这个先河，宁阳市很多工厂、公司会接踵而至，向政府讨要这种方式的补偿。顺舒公司会成为商家比较和攻击的"活靶子"。出现这两种结果对顺舒的名声都不利。顺舒公司是国内外的知名企业，肩负着振兴民族工业、弘扬民族品牌的庄严使命，名声比黄金还重要，信誉比钱币更昂贵。"他娓娓道来，像抽丝剥茧的蚕蛹一样，剥去那层外壳，露出了一颗真心。

"对不起，我和家父在这个问题上有些错怪你了。"她垂下眼睑，低沉地道歉道，接着补充说："但是，家父也许在用'天降大任必先苦其心智'的手法在磨炼你咧。"

他没有为她的道歉所打断，而是顺着他的思路继续说："顺舒公司落户宁阳15年，上缴税收30亿，对宁阳的财政贡献巨大，对宁阳未来经济发展举足轻重。当顺舒遭受洋品牌的围剿之时，我们岂能袖手旁观坐视不管。我们只能像对待自己嗷嗷待哺的孩子一样，呵护备至、关爱有加。但是，我们不能不顾舆论压力，做'一锤子买卖'那样的支持。而是应该在合乎情理和法纪的范畴内，细水长流般地支持，每年都有，源源不断。"

"虽然都是管理出身，但你久居官场，看问题比我要深刻得多、全面得多。你是想通过'税收奖返'的方式给顺舒以支持吧？"她在褒扬他的同时检讨了自己，为了挽回刚才在他面前表现出来的浅薄，她点破了他的支持途径。

他点了点头，心头流过一阵快意，看着面前的女人，刚刚还是满脸愠怒、咄咄逼人，而在自己点化之下，一会却变得特别乖巧、特别温顺。

她躬身伸手从茶几的果盘里取出一只香蕉，用纤纤细指缓缓剥开，香蕉皮伞形散开，包住了她的手指。她把剥开的香蕉递到他面前，说："你的想法很好！但是武国华在任的时候，就税收奖返的事，动议几次均未成功。据说是在市人大那关难以通过。你目前只是代理一把手，能够搬得动吗？"

他从她手里接过香蕉，讪笑道："你和你父亲不正好借此事件考验考验我吗？"

他只是随口一说，有一种猜测的意思，未曾想到却引起了她眼中的一丝慌乱，但她迅速掩饰过去，推心置腹地说："其实家父对你印象很好，评价挺高。"说完拿眼睛的余光瞅他，见他没反应，又追了一句："真的。"

他咬了一小口香蕉，用舌头在牙帮上抿散，咽下，说："你就别灌我的迷魂汤了。"

"你应该还记得拣烟头和接待家父及省长那两件事吧？"她笑着提示道。

他怎么会不记得呢？她都在他面前说了两次了。前年春节前，她父亲率顺舒集团高层从省城来宁阳进行节前拜访，他、武国华以及人大、政协的四大巨头簇拥着她父亲向酒店二楼包房走去，快进包间时，赫然看见一支烟头躺在门口的地上，他抢前一步，迅即把烟头拣起，丢进门边垃圾箱里。他当时看到她父亲眼里露出的是赞许的眼神。去年四月，他父亲带着她参加一位香港朋友在宁阳的项目奠基典礼，省长陪同，武国华到党校学习，接待任务落在他的头上。在庄重、正规的典礼仪式上，他代表市委、市政府致辞，第一句介绍来宾，他以"尊敬的罗董事长、尊敬的省长"的顺序而说，不是像一般的人致辞那样，把省长说在先，把董事长摆在后。两件事情在脑海中一闪而过，他无所谓地说："这有什么？"

"细节决定成败。家父和我在探讨你时，说你是一个注重细节、追求完美的人，同时你也是一个不只唯上、注重实际的人。你的不同凡响在于，骨子里尊重的是创造财富的企业家，而非官员。"她说。

这样的赞扬听了让人很受用，没有敏锐观察和深刻了解，她不可能做出那么精准的评价。人与人之间，尤其是男人和女人之间，只有相识才能相知，只有相知才能相通。他深情地望着对面的女人，觉得她特别可爱，特别柔美。

"纳税是一个企业的社会责任和应尽义务，作为一个全国知名企业，本不应该攀扯政府让利优惠于我们。但是，洋品牌都经营了百余年，而咱们企业只生产了十几年，如果没有政府支持和官员帮忙，我们这块仅存的为数不多的民族品牌恐怕要被洋品牌挤压得无法生存从世间消失。说句实话，我现在感觉压力空前的大，本来有洋品牌要收购我们顺舒，大多数人也愿意被收购，但是我说服家父阻止了这场收购。我为什么亲自来宁阳执掌顺舒公司？就是要实现振兴民族品牌的梦！所以，恳请你能给予我们企业理解和支持。钱多钱少无所谓，重要的是我们要结成'同盟'，让我感到顺舒不是在孤军奋战，身后有强大的支撑。作为你的朋友，我不希望与你存在某种'交易'，也不想乞求你给予额外的违背原则的关照。"她坦诚而直白地说，眼睛里没有遮掩没有杂质，清澈凌凌地望着他。

"民族品牌要想在全球一体化的激烈市场竞争中生存立足保持不败，必须依靠党领导下的政府部门的合力支持，就像抓体育那样实行举国体制。你放心，我十分理解你们企业的处境，也非常钦佩你们不畏强手、不惧打压、为国争光的勇气。当不当那个书记已经无所谓了，我觉得在涉及振兴民族工业品牌这个大事面前，我自己的升迁去留显得特别次要、特别不屑。所以，希望你能配合我一下。"他义正辞严地说，眼里闪过一缕坚定和狠劲。

"你说吧，需要我怎么配合？"她问。

"请你明天以顺舒集团总部的名义向宁阳市政府发一份'关闭顺舒宁阳基地'"的告知书过来。"他指点道。

"你想逼宫？"她有些吃惊。

"对！"他破釜沉舟道，"没有适当的逼迫和压力，税收奖返的事也许永远议而不决遥遥无期。那帮人思想僵化得像被焊接一样，牢不可破，密不透风，必须给他们冲击和震慑！"

"可你应该想到假如逼宫不成的后果？"她满眼焦虑满脸担忧地说。

"万一逼迫不成，也算命尽运绝，我还在这仕途上呆得有啥意思呢？"他悲怆地说，随即安慰道："既然想到这招，当然有较大的胜算面。你也知道，我不是一个冲动莽撞的人。"

她关切地望着他，没有阻止，而是询问道："有什么需要我帮忙分担的吗？"

他抬起头，思考一阵，缓缓地说："如果方便，在立建项目落户宁阳的问题上可以游说一下董事长。"

"去年，我曾经给你说过一句话，你应该记得。"她点醒道。

"记得。"他点头说，"对台资企业，'哺好一个，带来一窝'。"

"台资企业一般都是抢堆发展、组团进入，你把顺舒的事处理好了，进入宁阳发展的不仅仅是立建，可能还会有很多很多。放心吧，就冲你刚才那股'舍得一身剐'的气魄，我也要尽量玉成。"她轻启薄唇满面含笑地说，嘴边的两个小酒窝显得特别迷人。

"谢谢啦！"他站起身，伸出手。

她也跟着站起来，把手贴上他的手，问道："晚餐不在一起喝杯红酒吗？我这儿可存有法国原产的玛歌庄园干红。"

提到喝红酒，他的心里就变得胆怯，脸上也现出一层赧色。去年在台北考察的一天晚上，在他所住酒店一楼的酒吧里，两个人你敬我我敬你，不经意，喝掉两瓶玛歌庄园特级 2001 年干红，都现醉态。离开时，借助酒精的冲劲，两个人紧紧抱在一起。脸是滚烫的，身子是滚烫的，舌头是滚烫的，心更是滚烫的……不是他酒醉心明断然放手，两个人也许要迷迷糊糊地相拥相偎走进他的宿处，发生两个人认为是瓜熟蒂落、水到渠成的那种事情。

"喝红酒特讲心情。我这心里像长满荆棘一样，别坏了你的兴致，改日吧。"他委婉推却道，放开了她那握在手心小巧而温软的纤手，感觉到了那天喝过红酒之后的热度和酥软。

回到办公室，气还未喘匀，贾林丰风风火火闯进来，把一张传真纸搁在他桌面上，说："立建公司发来传真，让我们今明两天报三份资料过去。一要出具市政府接受立建公司落户的函。二要出具市委常委会关于立建公司落户的优惠政策备忘录。三要出具市人大常委会关于立建公司税收奖返的决议。"

他扫了一眼传真，说："市政府的函件和市委常委会优惠政策备忘录按原来报过去的文本一字不漏地再报过去。"

"黄市长，我们的优惠政策应该调整一下，另外两个地方都打出了"零地价、零取费、零租金"的优惠牌，如果我们固守原先给予的那点优惠政策，恐怕难以打动立建的高层。"贾林丰委婉地提醒道。

"2000 亩土地如果按零地价，政府得贴办证费用和老百姓补偿费用近 2 个亿，我们宁阳把全市人民的嘴巴封上也贴不起。零租金更是离谱。建 30 万平方厂房，至少得投 4 个亿，白送给立建用，不取分文租金。我说我们有些市里的领导是不是脑袋被驴踢了？"他愤愤地说，很不理解有些地方在招商引资中打出的所谓"优惠"牌，简直就是把国家资金和人民财政瞎投乱送。

"这是当前招商引资的通行法则。"贾林丰强调道。

他的心里涌出阵阵悲哀。而今的招商引资，完全成了国内市与市之间的恶性竞争，成了市与市之间优惠政策的大展示大放送大比拼。精明的老板们借助这种竞逐平台，拼命地讨要政策，拼命地攫取优惠，像榨油一样，直至把一点一滴的油汁榨干沥尽为止。我们有些官员认为，不论花多大成本多高代价，只要引进了项目，既有面子又显魄力还有政绩，反正在一个地方只呆那么几年，扯一个大窟窿与己无关由后任去填，上级组织部门提拔的纸条一飞，立马拍屁股走人，无牵无挂，风风光光。招商引资陷入这种怪圈，路越走越窄，快走入一条死胡同。他气不打一处地说："什么通行法则？全是片面追求政绩所致。我不管别人怎么着，但我决不会为取悦老板引进项目而丧失原则和底线。出台'税收奖返'的政策，我是迫不得已，即便这点在国外，老板都觉得不可思议：怎么缴税了还有奖返？但我细细想过，觉得还说得通。毕竟咱们的企业经营年限不长，需要政府'放水养鱼'政策扶持才能不断做大做强，逐步培育起和欧美企业抗衡的实力。再说，你交我税，我奖返你钱，你交得多我返得多，你不交我不返。应该算是'互赢'之选。"

"黄市长，优惠政策就不能再突破一点？"贾林丰不甘心地问道，因为他觉得，优惠政策增一分，引进概率长一成。

"不啦！我们向立建报送的优惠政策必须始终保持一个版本。如果朝令夕改，给老板的印象是这个市的领导处事不慎重，做事很随意，他们会对政府的诚信产生怀疑。你要知道，老板们最忌讳落户城市的官员做事随意，反感落户城市的政府不讲诚信。从这点来看，也许我们会占得先机。"他只能寻找这种理由给贾林丰以安慰，因为他很理解贾林丰此时此刻的心境。贾林丰是分管招商引资的领导，为立建项目跑了将近一年，做了大量工作，他当然希望市里多给政策多给优惠把立建引进来，对他的辛勤工作是个肯定，对四大家领导有个说法，对社会有个交代。再说，他做副市长八年多，总希望亲手引进一个石破天惊的大项目，为自己仕进市委常委增添浓墨重彩的一抹亮点。

"只能这样了。"贾林丰有些无奈，转头便走。

"你等等。"他叫住贾林丰，说："我想后天上午八点召开市长办公会，十点召开常委会，讨论通过对顺舒公司和立建项目的优惠政策。我希望你好好准备一下，把外地招商引资的优惠政策认真解读一下，同时就顺舒和立建项目实施税收奖返的事给大家算个账。"

"好的。"贾林丰立住，转过身，说："市长办公会和常委会讨论通过没啥问题，在市人大常委会上通过可能有难度。"

"我会想办法的。"他冲贾林丰一笑，颇有把握地说。

贾林丰像一只耷尾巴阄鸡走出办公室，他的心里也不是滋味。明摆着宁阳的优惠政策不及其他两个城市，在比拼之初就输掉一截，立建项目怎么可能落户下来呢？除非出现奇迹，而这种奇迹好比痴人说梦，好比天方夜谭。

立建项目不能招引进来落户，对贾林丰是个打击，对自己是个打击，对宁阳的经济发展也是个打击。与其这样让大家的士气遭受打击，经济的锐气遭到遏制，为何不学学其他城市的做法急功近利一把呢？看人家打着"变通"的旗号，干着违反老百姓意愿的勾当，把国家的钱瞎投乱送。老百姓总结为"平铺摊子、乱搭架子、到处甩票子、最后一片空壳子。"反正是财政的钱公家的款，拿出来扶持企业优惠老板冠冕堂皇，不仅不赊什么，反而能在自己脸上添彩贴金，在接任的关键时刻，为自己捞取一笔政治资本，改变一下武国华之流对自己"过于刻板不善变通"的印象，自己为啥不能尝试一下冲锋一回呢？

他站起身，赶到办公室门口，想叫停在过道里往前走的贾林丰，让他依照另外两个城市，把优惠政策改一改，取得和另外两个城市平等角逐的资格。但他顿住了。一想到市财政补贴六七个亿招引一个项目落户，并且项目投产后盈亏未卜，人立刻变得沉重起来，沉重得心难以负荷，沉重得脚迈不开步。他立刻打消了一闪而过的那种念头。

他重新坐回椅上，想到决不能拿公家的钱搞形式赚面子，为自己筑累政治资本。中部地区的县市财政本来很穷，动辄拿几个亿扶持一个落户企业，钱从何来？只能从用于民生工程的钱中去挤去抠，老百姓会无怨吗？自己的良心能安逸吗？不可否认，有相当一部分注重形式追求面子崇尚政绩工程的人，迷惑领导蒙蔽上级赢得信任得以提拔，但是，也有更多地注重实际崇尚实在追求实干的人深得上级欣赏被委以重任呀。自己从县委书记调任宁阳市长不是最好的例证吗？任前谈话时，省委组织部长第一句话就肯定道："大家都反映你是个实在人，做了很多实在事。"一个人能够得到上级领导这种评价，为什么不保持发扬下去，而要违背良心改弦易辙呢？

摒弃了私欲杂念，他感到浑身通透全身轻松。他开始考虑如何让后天上午的两个会开得顺利开得成功。八点钟的市长办公会不会有任何问题。他已经主持过无数次这样的会议，因为是绝对权威，所以不曾有自己提出来的议题被否决或引起过任何争议。十点钟的常委会应该问题不会很大，虽然自己在宁阳当政期间还未主持过常委会，但对十几名常委还是颇有了解的。武国华调走，撇开自己，还剩 11 名常委，有 8 名在常委会上基本是当随声附和的听众和"呜呃叫好"的观众，有"话语权"的也就那么两三个人：副书记、常务副市长和资格老、敢直谏被誉为宁阳"地头蛇"的宣传部长。要打有准备之仗，必须事先搞定这三个人。心里有了谱，他便操起电话，分头给三个人打通电话，约请他们晚上到办公室坐一坐谈一谈，既是通气，更显尊重。不怕一万只怕万一，把幕后工作做得充分一点稳妥一些，台前的表演就会更成功一些更精彩一些。本来像这种电话完全可以让秘书代劳，但他还是觉得自己亲自通知为好，体现一种姿态嘛。

五

黄新明坐在办公室里，一时难以回过神来，他没有想到，市长办公会和常委会开得如此顺利、如此成功，大家认识高度统一，观点出奇一致，没有半点杂音。他把顺舒总部搬迁的告知书摆在桌上，大家传阅过后，神色肃穆心情沉重。贾林丰把外地出台的优惠政策给大家一讲，让大家豁然开朗眼界大开。接着，贾林丰提出了留住顺舒支持顺舒施行"税收奖返"的政策，以缴亿元税额起奖。缴亿元及以上税收，按缴税额5%予以奖返，缴2亿至5亿，按6%予以奖返，缴5亿以上，按8%予以奖返。没有任何人提反对意见，只是有几个常委觉得奖返的力度偏小了点，还可以加大力度，招引更多项目入驻。

税收奖返政策的出台，不仅解决了留住顺舒的问题，而且也解决了吸引立建落户的问题，同时也对本地企业形成了一种导向，激励他们向亿元税收俱乐部挺进。

实施税收奖返政策，须经市人大常委会批准，因为税收奖返资金得从财政收入中支出，需要人大常委们讨论预算审议支出投票通过。所以，做通李启光的工作尤为重要，他如果不通，再好的决定和政策也难以付诸实施。

当然，找李启光做工作不能贸然行事，尽管两个会的成功召开给了他足够的底气，让他感到理直气壮。但是，李启光非一般人物，其厉害之处在于他在人大常委中笼络住了很大一部分人。29名人大常委，有11人是宁阳本地的老板、经理，还有4人与本地的老板和经理关系密切。所以，当市委市政府就某个引进项目给予优惠政策让人大常委会讨论通过时，这十几个人就会结成"统一战线"，形成铁板一块，让你的决策难以获得半数以上的票数通过。他们的道理很简单："与其把这么大的优惠政策给外来企业，弗如用来扶持我们本地企业发展壮大。"不仅如此，他们还发出质问："为什么外来的和尚好念经，本地的方丈难做人？"由于有这些阻力，武国华往往被市人大李启光一伙人弄得灰头土脸、骑虎难下、无可奈何。颇为独断和专横的武国华在常委会上可以牛气冲天大发雷霆，可在人大面前，不敢撕破脸皮恶化关系，只能憋屈地忍耐和深深地叹息。知道了李启光的"招数"，他当然要有破招之术。他早就做好充分准备，只要李启光拿"本地企业家有反映通不过"这句话来搪塞，他就立马做出回应："市长办公会通过了，市委常委会通过了，为什么人大常委会通不过？不能因为那么几个人的阻挠让宁阳的发展停滞。人大常委是不是站在人民的立场上说话办事？如果不行，咱们就请全市427名人大代表来一次公投……"他相信民心所向，更知道李启光会傻眼服输。因为李启光能笼络十几个人大常委的心，但是他控制不了四百多名人大代表的意愿。

让他始料不及的是，他的精心准备在李启光那儿没有派上半点用场，李启光当着他的面堂而皇之地说："留住顺舒、支持顺舒发展，举全市之力也不为过。顺舒是我市最大的纳税企业，是我们的上帝，是我们的衣食父母，我们早就应该研究支持的措施和扶持的政策，帮助他们抗击洋品牌的围剿，渡过难关。"李启光的突然转向和一反常态让他一时难以转过弯来，他怔怔地望着李启光，不知道该怎么回答。

有些事情办得太过于顺利还让人心生疑窦，觉得这其中是否暗藏玄机？李启光一贯以来对给予外来企业优惠政策持抵触情绪和反对态度，今天怎么来了个一百八十度的大转弯，反常得宛如变了一个人，这内里深处到底是什么原因呢？

想不出原因，他不愿往深里想了，反正事情得以圆满解决，对顺舒有交代了，对立建的落户也有说法了，还想那么多有什么用呢？难怪别人说，当官的人就长着一颗算计的心，总会把简单自然的事情想得复杂多变，把正大光明的事情想成阴谋诡计。累心累智伤神伤人啦！

秘书走进来提醒他该出发了。他抬腕看表，将近下午五点，赶紧起身，把公文包交给秘书，将桌上的手机装进裤兜里，随秘书匆匆下楼。

小车飞驰在前往省城的高速公路上。明天省委召开一季度经济形势分析会，今天下午为报到时间。一般开会，他都会提前一两个钟头报到，领到资料后，可以回到房间消化一下会议精神，准备准备第二天讨论时的发言提纲。但今天弄迟了点，他只得敦促司机加快车速。

车驶入省城，刚过六点，他拿出手机给那位老领导打通电话，想约他晚上出来谈一谈。不巧老领导正在北京出差，放电话前嘱咐了他一句："新明啊，你的事该跑得跑一跑。"

他不知道该怎么去跑？往哪儿跑？似乎黑天无路一片茫然。老领导的话是什么意思呢？未必是老领导听到了什么风声，自己接任之事搁浅，故而放话让自己去跑去拱？想到这里，他的情绪变得低落起来，摇下车窗，一股汽油没有烧尽的刺鼻的怪味扑鼻而来，让人感到更加烦躁不安。他赶紧揿下车窗按钮，车窗缓缓闭上。

他一直觉得自己算得上是提得起、放得下的超脱之人。自己从一个农村娃考大学跳出"农"门，继而当干部，从科长到副局长，从副局长到镇长到乡镇党委书记，从乡镇党委书记到副县长到县长到县委书记，再到直管市市长，级别副厅，一步一步，让他觉得很踏实很满足，人也变得格外洒脱。所以，他时常对自己说："你要努力工作，对得起党的培养，对得起老百姓的抬举。"之前的每次升迁，都在不经意之间，一次升迁给人一次惊喜，一次升迁累加一份感恩。然而，这一次仕进受阻，自己的心态却发生了微妙的变化，没有淡定，没有忍耐，有的只是怨忿和焦躁。到底是在官场摸爬滚打久了养成"干几年得进步一坎"的惯性而患上一种"提拔焦虑症"呢？还是眼睁睁地看着平庸无为的武国华扶摇直上而踏实肯干的自己原地踏步，由此产生了心理失衡呢？他始终坚信踏实肯干之人必得以重用，从自己一路走来的成长经历可以充分证实这一点。但是，这一次未能顺利接任，虽然是自己仕进之中仅有的一次，却让自己对这一观点产生了怀疑，以至于变得不太超脱了。

"叮当——"手机短信提示音响起，他翻开收件箱，看到了省委组织部的老同学袁仁祥发来的短信："十大新傻：默默奉献等提拔，没有关系想高爬，身体有病不去查，经常加班不觉乏，什么破事都管辖，能退不退还挣扎，无论谁送都敢拿，包了二奶还要娃，高级手表腕上挂，摄像机前抽中华。"看过之后，他苦笑一阵，虽然有几个人给他发过，看过多遍，但袁仁祥发这个短信给他，让他别有一番滋味在心头。他回复道："省组干部也传播这个，看来短信所说属实了。"一会儿，袁仁祥的短信回了过来："这是目前最流行的段子，想必你看过，怕你深受毒害，故而改编一段送给你，万望吃透：默默奉献值得夸，踏实肯干能上爬。关系后台算个啥？百姓口碑不可差。德才能绩皆具备，淡定勿躁等提拔。"

他从头到尾一字一句地看了几遍，似乎从中找到了答案。不管袁仁祥是毫不知情的安慰还是听到风声后有所指的劝诫，他觉得袁仁祥够朋友。组织部门的干部，仿佛长着透视眼一样，把你五脏六腑所思所想看得清清楚楚。

他很想见一面袁仁祥，聆听他的高见，便在发件箱里写下"我在省城开会，晚上一起喝个茶吧。"发了过去。

"我晚上加班，改天吧。"袁仁祥回过来的短信让他颇感失望，但一想到袁仁祥该要表达的意思已经明确无误地用短信给自己表达，一起坐坐说的还是这些话，失望之情瞬间消散而去。

第二天的大会是下午五点散的，他本想留下来和袁仁祥一起吃个饭聊一聊的，但贾林丰又是打电话又是发短信，说有要紧事报告，他没敢耽搁，立马坐车赶回宁阳。听到喇叭响，贾林丰站在走廊里伸出头来张望，看到他下车走上楼梯，便候在楼梯口，随他一起走进办公室。

"立建公司已经收到三个城市的优惠政策，公司投资咨询部对三个城市从优惠政策、地理位置等十个方面进行评估打分，我们宁阳摆在最后。我给'内线'打了电话，问如何赶本扭转颓势？'内线'说：除非今晚我们再修订一份优惠政策传过去。黄市长，立建项目不能功亏一篑呀！"贾林丰急切地说。

"我觉得政策已经够优惠了。如果还要按照'零地价、零取费、零房租'的政策去做，我们得投进去 6 个多亿。我们哪有这个财力？"他冷静地说。

　　"事在人为。"贾林丰咕噜道。

　　"我们的招商引资，首先要遵循市场规则，同时也要在市财力许可的范围。我们不能拉债扯债砸一个大洞补贴立建落户吧。"他耐心地劝说道。

　　"只有放了春风才能收到夜雨。黄市长，我觉得在引进项目问题上，您的思想没有武书记解放，胆子没有武书记大。您看武书记在引进华光电子时，政策多优惠。项目引进来了，和省里领导的关系接上了，关键时刻也提拔了。既有面子，又有政绩，还融洽了关系，一举几得，您怎么就想不到呢？"贾林丰为了达到目的，不惜揭武国华的老底来激将他上钩入套。

　　不提则已，一提这件事他就来气。省里某领导的弟弟是一位"海归"，专门研究防盗器装置，据传颇有造诣，在省里得了一个科技进步奖。"海归"到宁阳投资办厂，许诺第一年交税 500 万，第二年可交 1000 万，第三年以后 5000 万，吹得神乎其神。武国华以引进高科技项目为由，专门召开市委常委会研究对华光支持：一是送地 100 亩。二是财政担保让一钢构厂为其建厂房 2 万平方米。三是责成科技、发改委和经委向上申报项目，争回资金 500 多万。四是让银行为其贷款 1000 万作流动资金。华光建厂没投什么钱，基本是赊的桐油租的罐。产品生产出来后，卖不出去，武国华又派任务给乡镇，每家每户都装华光防盗器，即便这样，产品依旧积压严重，工厂今年年初告停。负责为华光做钢构厂房的公司几乎每天到市财政讨债，逼得财政局长和常务副市长焦头烂额。

　　"我告诉你，老武虽然提拔了，但我不羡慕，因为老武在华光问题上，给宁阳人民犯下了罪过。"他直通通地说。

　　"人走百事散，有谁来深究。再说啦，钱是公家的钱，去了有来的。谁像您这么憨，拿公家的钱买私人面子的事也不去做。"贾林丰轻巧地刻薄道。

　　"钱是公家的，但应该用在正当之处。正因为我是憨人憨相，脑瓜子不灵光，所以我才不去瞎投乱送，让良心永远得不到安逸。"他气愤地说。

　　"这个世道，有几个人在讲道德良心？也只有您，还在固守那些东西，讨了什么好？本来顺理成章的接任，现在搞得复杂而悬乎，您就没有反思一下吗？"贾林丰不留情面直击痛处。

"我有什么好反思的？"他的语气快了，态度也由强硬变得软下来。

"您缺乏政绩观。恕我直言，缺乏政绩观就是缺乏事业心，就是对当地人民不负责任！"贾林丰拉下面皮毫不顾忌地刺伤道。

"啪！"他狠狠地擂了一下桌子，霍地站起身，愤愤地说："你诋毁我什么我都不会在意，但你不能污辱我缺乏事业心和责任感。我告诉你，贾林丰，正是对宁阳人民太负责任，我才不随波逐流去搞那些面子工程。正是对党的事业赤胆忠心，我才不同流合污地去搞什么政绩工程。"

"谁都知道，追求面子工程和政绩工程，说到底都是在搞形式主义。但是，一个官员在某个地方就那么几年光景，不把面子搞光堂，把政绩搞突出，老百姓会骂你，上级会小瞧你，提拔会与你擦肩而过。体制机制、考核体系、评判标准等等都逼迫官员要搞形式主义。就您黄市长，口口声声反对形式主义，但在您强烈的反对之中，不也自觉不自觉地在重蹈形式主义的覆辙？举个例子，上级领导视察宁阳，您不把他们往偏远、落后、穷困的地方带，而是向市里花钱打造的亮点和栽种的'盆景'地儿引，是什么意思？所以，植入社会肌体、侵入官员灵魂的东西光靠一己之力是难以改变的。我们无法改变这个社会，那么我们就得想法适应这个社会。"贾林丰口无遮拦肆无忌惮地说，口气中似乎含有一丝教训的意味。

贾林丰实话实说的劝诫之中，隐含着夸夸其谈的说教，让他一时找不出反驳的理由。但是，他不想让贾林丰把理儿说过去，便硬着头皮说："反正我要坚持自己的原则。"话语显得苍白无力。

缓了一会，贾林丰降低语调，带着讨好的腔调说："黄市长，我打听到，立建董事长和省里的书记省长关系走得很近，把立建引进来，政绩可是大大的，您接任——"贾林丰知道改变一个人很难，便转换思路抛出"诱饵"。

"你不要再说了。"他严厉制止道："我决不会拿几个亿的钱去取悦老板做那种交易。用国家的钱和人民的钱去垒筑个人的政绩工程。宁可不接任，我也不去做那种打着发展幌子实则变相犯罪的事情！"

看到他态度坚决没有丝毫松动，贾林丰无奈地站起身，有些生气地说：

"反正我该说的都说了，立建引不来，不关我的事！"随着贾林丰的离去，立建项目不能落户的所有责任和罪过留在了他的办公室，紧裹着他的全身。

他斜靠在大班椅上，思绪翻飞，混沌无序。

不知过了多久，秘书轻悄悄走到他身边，才把他从那种无法理清的纠结之中拉回来。秘书小声问道："黄市长，安排您到'我的厨房'去吃晚饭吧？"他坐正身子，喃喃道："可以，可以。"

有时加班晚了，有时下乡转转回来，家里已经吃过，他便拉上秘书和司机在"我的厨房"凑合一餐。一碟煎鱼，几碗小菜，二三十元钱，吃来特别可口特别过瘾。"我的厨房"因为面向大众百姓，价格相对低廉，味道偏咸辣。在去进餐之前，秘书会给便餐店打电话，让他们专门准备几个少放盐少搁辣椒的菜。

扒了一碗饭，他先走了。围广场转了一周，在仙子河畔走了一段，回到家，随便洗了一把，坐在沙发上看了一会电视，人感觉有些困，便关掉电视来到房里睡下。刚迷糊过去，手机短信提示音响起，他伸手抓过手机，打开收件箱一瞧，是一个陌生号码发来的短信："立建董事长后天上午在宁阳暗访半天。坐出租车在城区转一圈，然后造访行政服务中心和劳动就业大厅，最后在项目落户选址地看一看。"

他倏地坐起来，睡意全无。这应该算是立建的绝密消息，会是谁发来的呢？立建的那个"内线"吗？不可能。他的手机内存有"内线"的号码，如果是"内线"发来的，应该显示出他的名字。再说，这核心机密怎会让公司内部的一般中层知道呢？

这个人会是谁呢？他顺着那个号码拨过去，听到的是女声毫无感情色彩的"关机对不起"的声音。139022XX555，看完数字组成的号码，他断定手机是广东地区的。

这个神秘人物用这种隐秘方式透露信息，用意何在呢？难道是立建公司故意泄露，看看你这个城市对这种事的反应？港台人最忌形式主义的东西，最反感搞"面子光"工程，他们不会是通过迎接董事长考察这件事来试探政府的应对之策继而发现你的漏洞吧？

八成是这样的。他在心里作了认定。

看来得低调处理顺势而为，不能像迎接卫生城市检查那样搞全民发动，也不能像迎接大首长那样搞全城动员，要让董事长看到真实的宁阳自然的宁阳平常日子的宁阳。表面上不动声色，内里要加紧准备，起码在董事长所暗访的几个地方不能出纰漏和乱子，至少要保持平时的工作水平。他决定连夜布置下去。

他先给交通局长打了电话，让他明天召集五家出租车公司老板开会，要动员每台车做到外观干净、里边整洁。交通局长问是不是有什么检查？他说，有争创文明城市的暗访组来，出租车是一个城市的窗口，你们得给我守好窗口。交通局长爽快答应下来。接着，他又给人社局长和行政服务中心主任打通电话，告诉他们最近几天可能有省领导下来暗访，要求他们时刻保持窗口大厅整洁美观和坐班人员挂牌上岗，并且对所有前来咨询和诉求人员热情接待礼貌回答，把我们平常工作好的一面展示出来即可。

最后，他给立建拟落户选址的办事处党委书记打通电话，告诉他立建董事长后天上午到选址地方暗访考察，要求他们后天上午组织几个能说会道的村民守在那儿……

一切部署完毕，他的心才安稳下来，脑袋沾上枕头，就香甜地睡了过去。

六

从信访局接访大厅接待完一批上访人员后，黄新明直接回到办公室，刚准备签批桌上一大摞文件，贾林丰呼啦啦地跑进来，口里直说："完了，完了。"

黄新明倒了一杯水，递给贾林丰，安顿他坐下，问道："看你急急慌慌的，什么事完了？"贾林丰一口气喝完纸杯之中的水，最后一口使劲咽下，喘口气，说："立建董事长上午暗访了我们宁阳，坐着出租车在城区转了一圈，又装着办事的样子，到行政服务中心和人社局就业服务中心大厅进行了询问和查看，最后跑到拟落户选址那块，被一群老百姓围住了。您说，老百姓的口里能说什么好话呢？这不彻底完蛋了。"

看来那位神秘的发短信的人告之的情况一点不错，董事长也完全按照短信所提供的预定线路进行考察。他的心里有了些底，说："老百姓围住董事长问问情况也不错嘛。"

"不是问情况，而是争吵起来了。董事长故意说：这里可能要落户一个有点污染的电子制造企业。一班老百姓反映强烈、严厉阻止，扬言坚决不能让污染企业落户！并且说还要自发地组织巡逻队，监督项目合规合法、符合环保要求，否则他们就上告。你说这几个老百姓不是吃多了油盐饭，尽管淡闲事吗？本身我们的优惠政策就不如另外两个城市，现在董事长又在落户地遭到围攻，哪里还有什么戏？完了，彻底地完了。"贾林丰悲观失望地说，眼里快要沁出泪水，跟踪了将近一年的项目，倾注了他全部心血，寄予了他好多好多的希望，而结果比他预想之中的还要糟糕。他怎么不急愤呢？

看到他这副样子，黄新明安慰道："只要尽力了，咱们就心安了。何况老百姓围着董事长理论环保的事，不一定是件坏事。"

"黄市长，您就别净往好处想了。港台老板来大陆投资办厂，最惧怕的是和当地老百姓拎不清。我琢磨着，宁阳已经被董事长从三个候选城市中毙掉，没任何希望了。没办法，只能新起炉灶、另寻项目，再去攻关了。"贾林丰站起来，有些绝望地说，悲情戚戚地走出办公室。

他本想给贾林丰说破这件事是由自己一手策划一手导演的，但考虑片刻后他认为还是不说穿得好。这么重大的项目如果能够落户，今后作笑话讲出来，嘻嘻一笑就过了。项目如果落户不成，这件事只当没发生过一样，永远沉埋心底。

接下来几天，他跑了全市 15 个镇、办、场，既是调研现状、督导工作，也是熟悉情况、联络感情，为接任做一些准备。一天跑几个地方，有种走马观花的味道。每到一个镇办，看看特色板块，瞧瞧亮点工程，听听书记汇报，作作即席"指导"，一晃两个小时就过去了。虽然在一个镇办待的时间不长，但他感到自己收获颇大，不仅对基层情况有了一个粗略了解，更重要的是给镇办的书记镇长以及整个班子捎去了问候，带去了信心。

他把调研的最后一站选在武国华在任时的驻点镇——王场镇，专门安排了半天时间。先看，把书记、镇长认为镇里好看的、可看的、值得看的统统看了个够，一直看到将近下午五点钟。接着到镇委二楼会议室开会，全体班子成员参加，书记代表镇委镇政府汇报了半年以来的工作。最后，他作了一番"指示"，以肯定为主，以褒扬为主，以鼓励为主，听得大家心花怒放、心潮澎湃、信心满怀。如此而做，主要是为偿还去年底对书记、镇长的那笔"债"。武国华的点上开展新农村建设，搞了些劳民伤财的形式主义和脱离实际的"面子工程"，书记、镇长是按武国华的授意而为，但自己当时对书记、镇长毫不留情恶批猛斥，弄得他们下不了台。他不想为公家的事让书记、镇长在心里永远记恨自己。所以，他花了比其他镇办更多的时间、耐心和不用掏钱的赞美来化解这份"积怨"。

会议开到七点钟，他和镇里的九名班子成员一起共进晚餐。领导放下了架子，绽开了笑脸，下边的人都会瞅眼色行事，跟着释放压力放松心态，所以气氛变得相当活跃。书记没有征询他的意见，开了两瓶酒，知道他不喝酒，只给他倒了一"肚脐杯"酒。他没有推脱而是笑纳。这个面子还得给的，乡镇的同志长年在基层工作生活，好不容易盼来一个市主要领导，如果此时不凑这个兴，就会扫一桌人的兴。他接过酒瓶，给九个班子成员面前的二两一盅的酒盅里斟满酒，然而端起小杯，举到中间，瞬间九个人齐刷刷地站起来，端着酒盅，靠拢在他小杯周围。他有些动情地说："镇办干部是最辛苦的一个群体，我代表市委市政府敬你们了。"说完，他率先喝掉"肚脐杯"酒，书记、镇长分坐在他的两边，没容分说也干掉了酒盅里的酒，其他成员毫不犹豫地相继喝干了盅里的酒。

书记又开了两瓶酒，还是那个喝法，只是这个时候是书记、镇长带着全体班子成员给他敬酒。

二巡酒喝完，喝到个六七分尽兴，此时散场最为合适，但是，班子里唯一的女性副镇长不依了，她打开两瓶酒，亲手拉开第三巡酒的序幕。

女干部拿着酒瓶，走到他的身边，细着嗓门说："黄市长，我们没有想到，您冷漠的外表下藏着一颗富有人情味的心。我在镇里工作了十年，您是第一个放下架子与我们基层干部喝酒的市级领导。"

他慌忙站起身，第一次近距离接触这位姿色不错、脸若施丹的女干部，心情大悦，说："你到底是在表扬我深入基层呢？还是在批评我们市领导脱离群众？"

女干部连忙否认道："不，不。"接着给他"肚脐杯"里添上酒，自己倒了大半盅，对他说："激动的心，颤抖的手，我给市长敬杯酒。市长不喝没关系，我先喝掉求态度。"还没容他反应过来，女干部已经把大半盅酒仰头倒进嘴里，吞了。

一看就知道女干部是豪爽的能喝之辈，他的心有些发虚，端起"肚脐杯"，勉强喝了下去。看到她站在旁边不愿离开还想继续敬酒的样子，他故意赌狠道："你还想要敬几杯?"

女干部抿嘴一笑，把自个儿酒盅倒满，为他的"肚脐杯"续上酒，说："市长在上我在下，您说几下就几下。只要领导舒服啦，奉陪到底不趴下。"她一边说一边拿眼睛紧瞅着他，毫不惧怯。

她的话让大家产生联想，继而哄堂大笑。他当然知道这些在乡镇陶冶久了的女干部嘴岔、泼辣，不失诙谐，敢说敢做，自己怎么是她们的对手? 这个时候，硬扛不得，只能甘拜下风。他端起"肚脐杯"，诚恳地说："我是小杯，你是中杯，喝起来不对等，我担心你喝多了吃不消。我喝掉杯中之酒，你随便表示一下就行了。"

"哎呀，难怪咱们乡镇的女干部在私底下大发感慨，说黄市长您眼睛不大，眼神特柔，就会疼人，而且是女人。"女干部借着酒劲麻着胆子一边说一边走向座位。

又是一阵哄笑。镇委、书记站起来，敬了他一杯，其他班子成员纷纷走过来，每人敬了他一杯。明知自己喝不得酒，还是脂肪肝，医生反复叮嘱不能喝酒，上桌前也给自己定下规矩：最多喝三小杯酒。但喝着喝着居然喝了十几"肚脐杯"，超过三两酒。人又被灌得有些晕乎了。

第三巡酒喝完，他提议散席，大家虽然意未犹尽，但也没再强留。他站起身正欲离开，书记拉他坐下，一脸苦相地说："黄市长，去年按武书记要求搞新农村建设，猛了点，目前财政有些困难，请您给我们解决一点吃饭钱。"

他早听说镇财政亏空几百万，都是去年搞面子工程惹的祸。市委书记发话，镇委书记岂敢不听? 虽然镇委书记不该跟风、盲从和迎合，但是，权势威逼之下，他们有什么办法? 所以，目前镇里出现财政困难，市里必须支持一把。不然，今后市领导发号施令，镇办是听还是不听呢? 想到这点，他很理解地说："我知道你们镇财政面临着前所未有的困境，快揭不开锅了。这就告诫我们：今后搞建设增亮点得量力而行。这样吧，你以维修泵站和迁村腾地的名义写两个报告，我让水务局与国土局各为你们解决 30 万，解解燃眉之急。"

"太谢谢您了! 太谢谢您了!"书记喜不自胜感激涕零地说，握住他的手不肯松开，白酒的劲道和感激的力度像老虎钳子的两只钳口夹住他，紧紧地。

虽然手被攥出了汗且有些疼，但他喜欢镇委书记和大家伙的这种热忱、豪爽和腾腾喷涌的真情。

十点钟，司机把他送到宿舍楼下，蹬蹬蹬地爬上三楼，正要掏钥匙开门，铁门开了，妻子拿着拖鞋站在门口。他有些感动，细心的妻子从他上楼的步伐和踩踏楼梯的节奏之中知道是她丈夫回家来了。这是多少天的空守和多少次的等待才练就出来的"感应"。

"你回来了，怎不把女儿带回来休息几天？"他坐进沙发，问。

妻子给他倒了一杯水，递到他手上，说："你女儿是尖子生，老师像活宝一样护着，哪里还能让她休息。"接着她用手指点着他的额头，埋怨道："你怎么又喝酒了？"

"没办法呀——"他的身体几乎半躺在沙发窝里，感喟道："只有酒，能冰释前嫌；只有酒，能加深感情；只有酒，能让人忘掉不快。"

丈夫提到"不快"，敏感的妻子战栗了一下。她安慰道："接任不接任无所谓的，你何必要背上那沉重的包袱。"

"我才不背包袱呢。"他轻松洒脱地说。自己工作上的事，他不想让妻子担心。

"还有，立建项目能否落户，既要天时，也要地利，更要人和。在三者之中，宁阳没啥优势，所以，要早有思想准备。"他挂在嘴边时常念叨的项目，竟然连不曾参与的妻子也能进行客观分析和主观评判了。

他不想再提这些事，装着睡过去的样子。

"洗洗去吧。"妻子为他解开衬衣纽扣，柔手划过胸前，他有一种情不自禁的冲动。睁开眼，看到妻子身着睡衣，头发盘起，眼漾清波，知道妻子向他发出了温存的信号。

他爬起身，跑到洗浴间，快快冲完澡，妻子守在门边，拥着他走进卧室，两个人干柴遇到烈焰地紧紧抱在一起，在床上打滚。

"嘟——嘟——"手机响了，有短信进入。他翻身过去，拾起床头柜上的手机，打开收件箱一瞧，有些呆了。又是那个号码：139022XX555。

妻子的手在他身下摸，嘴在他身上嗫，他已经没有任何兴致，他好奇而有些紧张地翻看着短信："立建董事长的母亲在厦门金港湾别墅区 A8 栋仙逝，后天出殡。"

联想到上次那条短信的准确无误，他能够断定这条短信的真实可靠。何况，不会有人拿别人家这种死人发火的事开玩笑。只是这个发短信的人到底是谁呢？他本能地按照这个号码拨过去，手机里传来的依然是女声"关机对不起"的声音。

他拨通秘书的电话，让他通知贾林丰以及人大常务副主任和政协常务副主席在政府大院集中，顺带通知政府小车班长和奔驰面包车司机在大院待命。

他抚着妻子光洁的后背，抱歉地说："对不起，我有一件特别重要的事情要去处理，得两三天才能回来。"他一边说，一边穿起了衣服。

妻子有些怨怼地望了他一眼，不情不愿地套上睡衣，送他到门口。出门的刹那，仿佛换了一张脸，和悦温馨地说："小心啊！"

来到政府大院，只待了片刻，贾林丰和政协常务副主席、人大常务副主任相继赶到，小车班长带着司机开着奔驰面包也停在场上。

"半夜惊扰大家，是因为立建公司董事长的老母亲去世。我想带着你们几位代表'四大家'去吊唁。"待人员到齐，他布置道。

"没太大意义了。"贾林丰说："今天我和'内线'通了电话，立建项目的落户城市基本明朗，G 市排第一，H 市摆第二，我们宁阳拖尾。"

"只要立建项目不最后确定落户城市，我们就有希望就得争取。再说了，即便我们争取不来，但作为董事长的朋友，我们也有必要去表达我们的哀悼之情。"他态度强硬地说。

"我只是觉得这半夜三更的千里迢迢去奔丧，得不偿失，有什么意义呢？"贾林丰抵触道，言外之意是你黄市长早干什么去了，给了你增补优惠政策的机会，但你置若罔闻一动不动。而今宁阳在三个候选城市中摆尾拖后，你才想到去补救，做这种无用功有什么必要呢？

"老贾，你辛辛苦苦跑了一年，难道还怕辛苦这一宿？是不是打断了你和老婆的好事？"他玩笑道，玩笑之中含有批评的意味。贾林丰这个人什么都好，就是太现实，对于跑了但不能落户的项目，他会丧失所有的诚恳和热情，恨不得掉转屁股不认人似的。

"去一下，去一下，只当免费旅游一次。"人大和政协的常务劝道。

贾林丰没再说什么，率先上车，拣了靠后位置坐下。

宁阳到厦门超过1000公里，小车班长和司机轮换驾驶，他们四个人坐在车上打瞌睡。第二天上午十点多钟，他们才抵达厦门金港湾别墅区大门口。他让小车班长溜进小区找一找A8栋所处方位，并观察一下A8别墅里是否设有灵堂。中国人很讲忌讳，倘若把花圈以及祭祀用品买好搁在车上，把车开到人家门口，万一人家家里没有出现老人过世这种"白喜事"，那样对人家是很不吉利的。毕竟自己只是从短信上得到的信息，没有求到佐证。所以，在这种事情上谨慎为好稳妥为妙。

约莫一刻钟功夫，小车班长返回，告诉他们A8家的门前哀乐低回，摆满花篮。他们立即开车到花圈店，买了花圈和祭祀用品装上车，在小车班长的引领下，"奔驰"面包直达A8栋别墅门前。董事长和夫人肃穆而立，站在灵堂门口迎接前来吊唁的客人。绝大多数人在灵柩前默哀片刻，敬一炷香鞠三个躬后悄然离去。他从旁边搁香的桌子上取出三支香，在燃烧的白蜡烛上点燃，转过身子，面对灵柩，看到放在灵柩前老人的遗像，微笑、慈祥，仿佛看到了五年前自己过世的母亲。一股悲痛涌上心头，两眼热泪滚出眼窝，他扑通一声跪了下来，双手捧着那炷香，恭恭敬敬地叩了三个响头。接着端正上身，低垂头颅，双手持香，默哀一分钟，眼泪吧哒吧哒地流了一地。

……

返回途中，贾林丰憋不住，说："黄市长，刚才在董事长母亲的灵柩前，你能扑通跪下三叩头，泪雨滂沱特悲伤，可把我们惊呆了，除了儿女们外，恐怕老人家的亲戚也做不到。您看董事长感动得那个劲儿呀——说说看，您当时的感受。"

"扑通跪下之前内心有过挣扎：要不要跪？做不做作？当看到八十多岁老人的遗像，仿佛看到自己慈祥的母亲，所以杂念都飞走了，眼泪不自觉地流了出来，跪下也就顺理成章了。"他实事求是地描述出了自己当时的心情和感受，没有虚构也没有隐瞒。

贾林丰满意地点点头，突发感想道："您这是黄金一跪！不仅跪出了一份孝心、一片真诚、一种品德，兴许跪出了立建项目落户宁阳的一成希望。"

"就那么普通一跪，有你说得那么神乎吗？"他很不以为然地说。口里虽然这么说，但心里还是很认同贾林丰的观点。因为跪了一分钟后，董事长上前把他扶起来时，他分明看到董事长眼窝里蓄满泪水，瞳仁上闪烁着一种特别的情愫。

七

周六，他和往常一样七点起床，收洗完毕，吃过妻子准备的早餐，他便出门奔办公室去了。一个星期没进办公室，办公桌上堆着一大沓待签的文件。

早晨的大院很静，不时传来鸟儿啾啾的鸣叫之声，空气也显得特清新，含有夏果飘香的甜味。他来到大楼后边的小树林里，猛吸几口新鲜空气，充足的氧份流进肺里，置换出了久压胸中的郁闷和不快。

"嘟——嘟——"手机有短信进入。他掏出手机，翻开收件箱，赫然又见那个号码：139022XX555。他好奇地往下翻看，写着："很久没打网球了，十点钟约你在省城奥体中心3号网球场相见。另有好消息告之。"

原来这个神秘人物是她？心里滑过这个女人，既惊喜，又幸福。他便按着139022XX555号码拨过去，通了，立刻传来她咯咯的笑声和柔柔的话语："撩开面纱、揭开神秘很爽吧?"

眼前立马浮现出许晴那招牌似的微笑和嘴边的两个小酒窝，心里像沁过琼浆一般，甜蜜而滋润。他用调侃的语气回应道："再爽也爽不过你制造的那种'千呼万唤始出来'的感觉吧。还专门从广东弄一号码发短信，把人的心吊得老高老高的。"

"没有专门去弄号码。"她笑着声明，"三年多前，我在广东呆过一阵，超喜欢这个号码，便留了下来。"

"呵呵——呵呵——"两个人笑得很开心，笑声仿佛在两人之间穿越。

笑过之后，她问："今天不会以开会为由爽约吧？"

她提出这个问题，说明她在意这个问题。她在意这个问题，是因为她去年有一次周末约他去打网球，不巧那天他要参加市委常委会，拒绝了她。

"又能打网球，还能听好消息发布，你充满诱惑的召唤让人期待不已，打死我也不会爽约的。"他用无厘头的腔调说。

"我等你。"轻轻的、柔柔的，有点嗲，有那么一点暧昧的气息。他让司机把车停在院子里，打发他回家休息去了。像这种男女单独的见面，虽然有公事糅杂其中，但更多的带有私密约会性质，能够不让外人知道最好。所以，他准备自个儿驾车去。

上三楼办公室取下车钥匙，他驾着车不紧不慢地向省城驶去。周末相对车少，到达奥体中心基本没遇堵。泊好车，他换上运动服，背上装拍的包包，径直走向网球馆三号球场。

她一个人坐在太阳伞下的白色塑胶靠椅上，似乎在沉思什么。平时披散的头发高高盘起，挽成一个髻，用黑网兜罩着，显得高贵和优雅。浅蓝色的网球服使她俨如一只可爱的蓝精灵。两条细长的胳膊和秀美的腿光洁而白皙，眩得他眼花缭乱。他挨在她身边的椅子上坐下，赞叹道："今天总算深刻领会了'女人是一道美的风景'这句话的蕴意。"

她回过神，冲他莞尔一笑，和许晴的招牌微笑如出一辙，尤其是那两个甜甜的小酒窝盛装的妩媚让人回味无穷。

"是先听好消息发布呢？还是先打网球热身呢？"她俏皮地问。

"听你的。"他当然很渴望先听到好消息发布，不然打球时都会心神不安。但是，如果你说出要先听好消息发布，她会故意逗你，反其倒而行之，要先打网球热身。所以，他让主动权继续握在她手上，由她定夺。

服务生送来瓜子、果拼和两杯柠檬水后迅速离去。

"还是先发布好消息吧。"她想了一会说。

"行，我洗耳恭听。"他低下声气说。

"立建项目同意落户宁阳，下星期一向社会公布。"她说。

"不会吧，前几天我还听说 G 市排第一，H 市排第二，宁阳排第三。怎么现在突然掉个了呢？"他有些惊讶，不太相信这突如其来的消息。

"不错，你听说的这种排位是公司投资部根据优惠政策呀地理位置呀等十个方面打出分数后的排位。但董事长有董事长的排位。"她解释道。

"董事长是你——"他急切地问道。

"姑父。"她歪过头答道。

难怪她对董事长的行踪了如指掌？难怪她能提前几天知道立建公司的绝密消息？他有些猜不透，她为什么不明说出她和立建董事长的关系，而要通过匿名短信方式帮助呢？他问："既然有这层关系，你为何不早说呢？硬要搞得像从事地下工作似的。"

"我怕公开这种关系后，你们把赌注全部压在我身上而不去认真准备接受挑选。同时，落户下来，我怕你们有胜之不武的感觉。"她说。

不得不承认她考虑问题的周全，他感激地说："谢谢你促成立建项目落户宁阳，还保全我们的面子。我很想听听，我们的优惠政策不及其他两个城市，你姑父为何要对我们宁阳情有独钟？"

"对于一个跨国大集团公司来说，几个亿的优惠算不了什么。姑父说，选择投资地点好比选择结婚对象一样，要对上眼。对这个地方要有地缘，对这个地方的百姓要有人缘，对这个地方的行政长官要有眼缘。而这三点宁阳样样具备无一缺漏。"她慢慢细细地叙述道。

"能否说得详尽一些呢？"他虚心地求助道。她姑父的一些观念很好，他第一次才听到，愿闻其详。

"说白了，台湾人选择投资地在对上眼之后，主要是三看。一看政府是否诚信。你们从始至终制定出来的优惠政策都是一个版本，首尾一致不改初衷，不像另外两个地方改了四五次。所以宁阳市政府给人的感觉是诚信守诺、一诺千金。你们这叫以静制动，赢得了董事长的青睐。二看老百姓是否有维权意识。姑父在你们拟选址落户的地方遇见了一帮老百姓的'围攻'，他们对姑父反复强调落户企业必须环保没有污染。刚好我姑父是一个彻底的环保主义者。在东莞，他每年从赚取的利润之中捐出 1 个亿资助当地的环境治理。当他听到老百姓的那番言论，自然心满意足，认为项目找到了好的归属。他最担心项目落户的工业园区内混有污染企业，那样他会觉得是一种耻辱。所以，你们精心策划的'围攻'行动，围到了位、攻到了点，投董事长之所好，搔到了他的痒窝窝。三看和落户地的领导是否有眼缘。你国字脸，眯眯眼，微微笑，憨憨相，傻傻样，给我姑父的第一感觉是憨厚直率可信。尤其是你吊唁时在灵柩前的那惊天一跪，生生地跪来了立建项目的成功落户。当时姑父和姑妈说，只听说共产党的官员高高在上没啥人情，做什么事情摆摆样子、做做姿态、顾顾面子，没想到你这位共产党的市长却如此尊长敬老、有情有义。你这一跪，叫出奇制胜，彻底征服了姑父。你们能够用尽心机、深谋远虑、招招致胜，的确不简单！"她慢慢悠悠细细道来，就像在哼唱一首自己崇拜歌星的节奏舒缓的经典老歌，气息中满含敬佩和欣赏。

其实在招商引资的整个过程之中，一切都是自然之举和顺势而为，根本没有刻意地采用她所描述的"以静制动""投其所好""出奇制胜"等招数。立建项目能落户宁阳，很大程度得益于她关键时刻的短信提醒和她以第三方角度在她姑父面前的现身说法。他真诚感谢道："立建能落户，你功不可没。我呀，啥也没做，只是憨人有憨福。"

"功劳孰大孰小，不必理论清楚。我倒认为这是我们两个人共同完成的一幅惊世佳作。你说呢？"她眼波荡漾情意绵绵地盯着他问。

他回避了她火辣辣的目光，低下头，转移话题，问："是不是还有好消息发布？"

"你怎么知道？"她有些不解。

"并且是关于我接任的消息吧？"他猜道。

"你是不是已经从别的渠道知道什么了？不太可能啦，这是昨晚才定下来的事情。"她感到疑惑。

"是我猜的。顺舒品牌要在宁阳发展壮大，立建项目又在宁阳落户，这得需要一个熟悉情况的人来加强领导和协调。想来想去，也只有我最合适。"他有些腼腆地说。

她的眼里充满着钦佩和惊喜。她没有说下去，从果盘里取出牙签，挑了一块西瓜递给他，自己则用牙签挑了一小西红柿送进嘴里，吃完后，她慢慢地说："其实，武国华调走那天，就应该同时宣布你的接任。"

是吗？他睁大小眼睛，好像在问一样。

"当时是我父亲在阻止这件事。"她坦诚而直白地说，"父亲今年过了65岁，想退位让我做董事长。他说需要找一个他认为可靠的人当总经理，而最瞧得起的人就是你。所以，父亲找武国华，和他达成某种交易，让武国华在考察组面前没有推荐你接任。同时，他找了省里相关领导，阻止对你的任命。他是让你感到仕途不如意，再抛出诱惑，逼你辞职，挖角你成为顺舒集团总经理。"

原来如此！看来武国华所说的"被逼无奈"的话事出有因，自己真的是错怪他了，再碰面的时候，一定得向他赔罪。他就是闹不明白，自己何德何能，在她父亲眼里成为一个香饽饽？他自我诽谤道："我是一个什么人物，还让你父亲这么看重。"

"你学管理出身，当过书记、市长，既有人脉资源，又有管理大团队的经验。再说，我、我父亲，还有我姑父，见到你后都有一个共同感受，觉得你实在、诚恳，给人以信赖感。这是目前我们中国难能可贵的一种品质呀！"她说，盯着他的脸看了一阵，忍俊不禁地笑了。

他当然知道她又在拿自己的"眯眯眼"开心。他没予理会，而是慎重地说："你们对我如此抬爱。看来我得用实际行动报答。"

"你说得好。我父亲最后做出让步，既有对我姑父的妥协，也在为顺舒公司的长远发展考虑。顺舒集团准备投资10个亿，再建一个高档日化基地，父亲把宝押在宁阳，也押在了你的身上。"她眼含希望充满期待地说。

"这么绝密的投资计划应该在恰当的时机抛出，起码可以向宁阳政府讨要优惠政策，那样更利于顺舒发展。"他诚恳建议道，希望10个亿的追加投资是个"砝码"，改变李启光一批人的观念。

"你是担心李启光吧？"她的眼睛像透视镜一样穿透他的肺腑，捕捉到了他的心思。继而她轻松一笑，说："你不用担心他。你接任后，他会乖乖地听你的话。"

"你们收服了他？"他从她自信的眼神里读出了这层意思。

"对！顺舒集团一年上亿的广告全部交给了他儿子的公司策划和运作。"

她披露道。

　　沉积心底的那份疑惑终于迎刃而解，李启光成了利益"交易"的俘虏，不怪他那么积极、那么配合、那么爽快。也就是说，那天在她面前提出"逼宫"之说后，罗依依暗中留了一手，用大单的广告费用兵不血刃地降服了李启光，既给自己的"逼宫"铺平道路，又让市里对顺舒公司的支持在人大那一关顺利通过。罗依依这一手，到底是在帮自己呢？还是在帮她的公司呢？他拿不准，但他拿得准的是，"金钱无所不能、老板无孔不入"的现象已经成为当今一种社会趋向。

　　"知道我现在最想做什么吗？"她面对他，满面娇媚眼露深情地问。

　　他和她眼光"接火"，倏地电光四溅激情飞扬，他赶忙扭过头去。他当然知道她此时最想干什么，但他不能随心所欲地迎合她。他站起来，稳住怦怦乱跳的心，沉静地说："你现在最想做的是在打网球时赢我。"

　　"没趣，败兴。"她微嗔似怒地横了他一眼，从包里取出网球拍，风情万种、袅袅娜娜地向球场的另一端走去。

天　吻

一

　　舒舒长得和她的名字一样，给人一种柔美和亮眼的感觉。一年三百六十五天，舒舒有三百天身着裙装。她喜欢裙装，近乎痴迷的程度。即便是三九寒天，她也会穿上棉织长裙，外套一件呢绒大衣。裙装裹身，衬托出她身段的窈窕和妖娆，裙摆轻扬，洋溢出女人特有的韵味和魅惑。四十多岁的女人，总会在脸上堆砌脂粉在身上叠加色彩，拼命揪住转瞬即逝的那根青春的"尾巴"。然而，脂粉掩不去眼角的鱼尾纹，色彩褪不走沉淀的沧桑感。往往这类女人让人感到脂粉味太浓妆容感太强，有"掺假"之疑"装嫩"之嫌。舒舒却不同，虽然四十多岁，但她不施粉黛、素面朝天，冷色衣着，灰调装扮，只是她把这种素净暗色充分地运用新颖的样式展示出来，给人时尚抢眼的造型和别出心裁的美感。

　　人要衣装，衣要人衬。舒舒即便披块布料在身上，也显得与众不同。她的年轻是从骨子里绽放出来的，她的美丽是从心眼里流淌出来的。有专家说，女人的年轻是男人的滋润所致。但是，舒舒却用自己的年轻颠覆了专家的所谓论断。因为将近八年，舒舒未近男色，根本没有性爱的滋养和润身。

　　早上六点钟，伴随着晨曦的升起，舒舒的眼睛也睁开了。她只望着白色的顶墙一眼，便爬起床。她不敢多瞧一眼，怕陷入一种遐想之中而徒增烦恼，让自己一天都不开心。她穿上睡衣，走到阳台，吸口新鲜空气，活动一下腰肢，再走上跑步机，开始慢跑运动。

这是她每天必做的"功课"之一。运动除了可以健身强体，还能驱散寂寞。一个颇有姿色、饶有风情的单身女人，必须要把自己一天二十四小时的时间安排得妥妥帖帖、满满当当，八小时上班、八小时睡觉、一小时吃饭、两小时看电视、半小时运动……看似机械重复，但却延绵有序；看似单调无趣，实则让人充实。起码没有让空虚见缝插针，没有让寂寞如影相随，把平常人的日子过出了不平常的韵味。

直到通体发热浑身冒汗，舒舒才揿下按钮停止跑步，转身走进浴室，冲了一个澡，人感觉到一种通透式的放松。

穿上普通的白色蚕丝衬衫，配上黑色卡其布没踝长裙，那种 20 世纪 30 年代的女大学生的形象跃然镜前。她左转转右转转，裙摆旋起，洋溢出好闻的体香。正当她兀自孤芳自赏有些黯然神伤之时，婆婆的叫声从厨房门口经过客厅传了过来："舒舒呀，早餐备好了，趁热吃吧。"她哎地应了一声，慌忙收起那份感伤，匆匆来到客厅的餐桌边。

餐桌上摆着一碗面，面上搁着两只荷包蛋，筷子斜插在面里。腾腾升起的热气挟裹着浓浓的蛋香扑鼻而来，撩拨起人馋馋的食欲。她在桌边坐下，挑了一筷子面，抬起头，望婆婆一眼，问："妈，您又吃剩饭剩菜了？"

婆婆不以为然地笑道："蛋炒饭，用汤一淘，吃下去沉实，经饿。"

"妈，每天早上吃这种馊饭泔汤，对身体不好，尤其对血压不好。说了多次您怎么就不听呢？"她有些不满地唠叨道。

婆婆的脸上依旧挂着笑，自我检讨道："看我这死脑筋，总是落魂掉腔地记不住事，再不啦，再不啦！"用手拍着脑袋折身溜进厨房。

她顿感食欲全无，漫不经心地夹了几根面挑到嘴里，手机响了，赶忙接听。听筒里传来办事处分管维稳工作的余副主任粗声大气的命令之声："舒主任，你社区里以田大海为首的一班人在妇保医院集结，封门堵院，闹得一河水似的。你迅速赶过去给我把他们弄回来！"

她条件反射似地应答道："好的。"

"田大海"三个字从脑里闪过，宛如三颗膨胀螺丝楔入大脑，头瞬间变得大大的。想到又要去和田大海这班人争辩、拉扯、较量，她的情绪瞬间低落下来，心里闪过一缕胆怯。这个在县里出了名挂了号的"闹协"头目，人们冠之以"大害"之名，自己这个弱女子如何扳得动他。如果此时一个人孤军深入妇保院，保不准又要陷入田大海之流的层层包围，就像一只小羊羔落入群狼阵中，不仅劝不回他们，也许还要被他们羞辱一番数落一顿。那样的话，面子掉得可就大了。她思忖片刻，想到了驻社区的管片民警老向。老向是从警三十余年的老公安，年过五十五后按市公安局的政策被派到社区做片警。虽年近花甲，但老向依然孔武彪悍、虎虎有威，加上声粗嗓大，有几口镇得住人的涎瀑子。拉上老向一同去，首先能够从气势上压住田大海之流。

她赶紧给老向打通电话，让他快速赶到单位门口等着。

挎上小包，换鞋准备出门，婆婆从房里赶出来，叫住她，走到她面前，关切地说："舒舒，昨夜刮了一夜北风，早上寒风重，你把这个穿上吧。"说着，将手中的衣服递给她。

"这是——"她抖抖索索地接过衣服，有些惊诧。

"这是我特意为你手工缝制的，穿上试试，合身不？"婆婆满眼慈祥，望着她，说。

她轻轻抖开衣服，映入眼帘的是一件呢绒小马甲，前边是紫色，后边是黑色，往细一瞅，是一针一针、密密匝匝的缝线。她的眼睛潮润了，慌忙低下头，把衣服穿上。

马甲穿在身上很贴身，像量身定做一样，她充满深情地说："谢谢您，妈！"眼泪快要从眼眶里涌出来。

"你这身段子就是一衣服架子，穿什么都漂亮。"婆婆上下左右打量着她，眼里漾出的羡慕和赞美浓得像蜜糖一样，稠稠地黏在她的身上，拉也拉不开。

四月天的早上，本已春暖花开风和日丽，但因刮了一夜小北风，气候有些偏凉。舒舒从车棚里推出自行车，骑上去，迎着风，感觉有阵阵寒意袭来，好在婆婆做的小马甲套在身上，贴身、挡凉，让她的心房暖暖的。

其实，让舒舒暖心的不仅仅是婆婆亲手缝制的小马甲。本来这是嫁过来这些年婆婆送给她的唯一礼物，的确稀有和珍贵。但是，更让她感动的是婆婆的态度。八年前，她的丈夫出走之时，不明真相的婆婆把儿子出走的责任和罪过不加分辩地扣在她的名下，认为是她这个"红颜祸水"导致她儿子的出走。敌对、僵持、怨宥，曾经很长时间笼罩在这个家庭之中。好在这一切终于过去了。婆婆送给她亲手缝制的小马甲，是对她八年不离不弃的回馈？还是对她继续坚守下去的"钓饵"？她来不及想那么多，反正婆婆已经冰释前嫌，让她感到阵阵慰藉。

急匆匆赶到社区门口，老向骑着电动车已守候在那，见到她，便问："是不是田大海又闯祸了？"

她点了点头："带着一班人大闹妇保院。"锁好车，她坐上老向电动车的后座。

两个人都显得心事重重。骑行一段，老向突然问道："舒主任，你到社区来了两个月，才安逸六十天。今天'田大害'咋又重操旧业故伎重演了呢？"

"我咋知道？"她茫然地说，"这两个月田大海没出去闹，你以为他看我什么面子？他最近做腰椎间盘突出手术，医生让他躺着。"

"你去看他了？"老向极其敏感地问。

"是的。"她回答道。

"你这是空洒真诚，对牛弹琴。"老向有些不满地责怪道。

"老向，咱们得换换思路，再不能光当'灭火队员'，而应该想方设法把他们从那种困局中解救出来。"她说。

"解救？怎么解救?!"老向被她说得不知所云。

"这帮人对政府、对社会有一种不满情绪，走入故意对抗的怪圈。我们得想办法为他们解开心结，让他们从这种怪圈之中解脱出来。"隔了许久，她说。

"你是救世主？还是观世音？他们涉及的那些陈芝麻烂谷子的事，你处理得来吗？舒舒呀，我可劝你，别自找麻烦身陷其中难以自拔。"老向先是极力阻止，接着又语重心长地劝诫道。

"老向，前几任主任都栽在他们手上，如果我不另辟蹊径转化他们，不出一年，也要重蹈覆辙卷铺盖走人。我不想自己走得不明不白！"她语调温柔但语气坚定地说。想一想前几任主任的黯然结局，她的心里就会掠过一缕忧伤，继而是一种兔死狐悲的怜悯，再接着就会产生一股战胜宿命超越前任的雄心。前三任主任，一位是德高望重、土生土长风风火火做了大半辈子社区工作的老大妈，一位是做事干练、处事果敢从办事处下派的强势男人，还有一位是在社区内部公推公选的能说会道、热心快肠的退伍"军嫂"。其结果是一个辞职，一个撤职，一个自动离职。由于田大海一帮人的所作所为，导致三个人不太光彩地下野。应该说前三任主任在田大海一班身上，没少用精力，没少花心血，没少做工作，但是，三个人都没能逃脱同一种命运。为何？她琢磨许久，最后悟到：三个人在就"事"论"事"，出了事就去"按"，错了拐就去"压"，头疼医头脚疼医脚，没有透过现象看本质，从根本上剃除病根解除心结。再则，三任都把田大海一班当成了不共戴天的"敌人"，总是认为自己代表"正义"，像对待"坏人"和"犯人"一样去对付他们，其结果是关系越闹越僵，斧头把越斗越紧，以致发生田大海一班拦北京来的大首长的"驾"申冤喊屈、组织百人阻塞国道几小时等特大事件。

"做官的只管有脸的百姓。田大海之流，没皮没脸没羞没耻，说好话讲道理行不通。我还是信奉那句老话：'三句好话抵不上一嘴巴。'"老向坚持自己的观点道。

"老向，你也知道，对于为头的田大海，好话说了九箩筐打十笆篓，送到市法教里待过三个月，还把他刑拘过，只差判刑劳教了。但有用吗？没有。他们依然故我，未见悔意，不肯收手。到了这种时候，我们该从深层次寻找原因，再不能一条道子走到底吧。"她耐心启迪道。

"你说的不是没有道理，但我担心田大海这班人欲壑难填、要求多多，你根本无力解决。抓把虱子往身上塞，最后，弄得自己骑虎难下、脱不了身。"老向深为忧虑地说。

"他们也是人。只要是人，就有人性。"她很高兴自己的观点逐渐被老向所理解和接受，在解救田大海一班的工作中，她很需要老向加入到自己的同盟之中。有他这个好帮手，她感觉底气足了许多。她接着道："上星期五我分头去找田大海等几个人谈了，杂七乱八地说了十几条，有合理的，也有不合理的，有能解决的，有不能解决的。我把他们提的要求，归纳了一下，说到底就那么五点。"

"五条还少呀？我们只是一个没权没势的小社区，解决一条都很不容易的。"老向为难道。

"事在人为。咱们就不怕耻脸、不怕赊人去求呗，求领导、求朋友、求上级，人求人，总会有办法解决的。"她乐观而充满自信地说，手轻轻拍了拍老向宽阔的后背，向他传递着一种决心。

老向没再辩驳。

二

　　到达妇保院大门口，看到门诊大楼门前人潮拥堵，乱作一团。一条黑色条幅横跨在正门前的两根立柱之间，上面写着"医道无能致婴胎死，草菅人命该当何罪"的字样，赫然醒目，阴气惨惨。黄桂生、林保成、张业辉几个人坐在大门门口的地上堵着大门，桂生媳妇、保成媳妇和业辉媳妇跪在地上，眼泪滂沱，大声嚎叫、呼天抢地，那样子、那神情、那阵势比自家亲娘老子被害遭杀还要冤屈、还要悲伤。

　　两人拨开人群走到内面，正要上前劝导，派出所的警车呼啸而至，从车上下来三个气势汹汹的警察，冲进人群，不由分说，擒住黄桂生就往外拖。拖出人群，三人"预备起"地抬起黄桂生，像扔泥巴坨一样地把黄桂生扔出几米之外，可怜的黄桂生在地上打了几个滚，最后像摊烂泥铺在地上动弹不得。三人再进人群，正要对林保成动手，桂生媳妇、保成媳妇和业辉媳妇顺势过来死死抱住了三个警员的腿。三个警员手拉脚踢，怎么也摆脱不了三个女人的紧箍。为首的警员不耐烦地警告道："你们违法堵门，干扰医院正常上班，还想暴力抗法，妨碍公务，放开！再不放开我要采取措施了。"

　　"你是人民警察，我倒要看看，你面对人民能够采取什么措施？"田大海从楼内大厅里穿过来，迎面抨击道："治安那么乱，你们不去管。我们来医院讨要我们本该得到的赔偿，你们横插一杠，那样子恨不得要吃人。我告诉你们，人民给这身狗皮你们穿，穿上不容易，但我让你脱下来，只是分分钟的事。"

"田大海，我就知道是你在操纵这种烂事，夜路走多了总要撞见鬼的，作祸为害久了讨不得好死的。"为头的警察恶毒而解恨地说。

"你——们——"田大海冲过来，亮秃秃的脑门上青筋直暴，手指着为头警官的眼角，眼睛瞪得像铜铃，里面喷着怒火，恨恨地说："你们才是天下大害得不到好死咧。"

为头警察抬手打下田大海指到眼角的手，咬牙切齿地说："你想打人是不是？"

另外两名警察使劲甩脱抱腿的女人，赶过来围住田大海，虎视眈眈，拳头紧捏。

田大海明显感觉到周围的压力，他强装镇静地捋捋头上稀疏的头发，咳嗽一声，似乎在给自己壮胆一样："怎么，想打群架呀？你们可别知法犯法。"语气有些低沉，脸色变得蜡黄，先前的那股霸气和精神似乎被抽走一样，整个人快得像一具有气无力的躯壳。

舒舒一直混在人群之中冷眼旁观，看到双方对峙僵持一触即发，看到三名警察威风凛然君临天下铜墙铁壁般地围困着田大海，看到田大海身陷围困，秃脑门上冷汗涔涔眼神慌乱眼光四处游移……她觉得出击的时机到了。她不慌不忙走出人群，从三名警察的合围之中拉出田大海，把他推到一边。她对为头的警察说："让你们来是疏导劝诫、平息事态的，不是赌狠逞能、火上浇油的。"为头的警察上下打量她一眼，好像不认识她一样，说："对付这班刁民害生，说好话没有用，讲道理讲不通，只能硬碰硬地制服！"

听到这番话，舒舒的心里涌过一阵悲哀，她痛心地说："警察同志，田大海一班人不是敌人、不是罪犯，你们总是想通过镇压和武力解决，出发点错了。恕我直言，你们这么做会使事态越变越糟！"

站在旁边的小警察听不下去了，不耐烦地正告道："我们处理过不下百起的这类事件，都是这么做下来的，市领导还表扬我们咧。你算个老几，在这横加干涉。"为头的警察接上话，盛气凌人地说："既然你舒主任有本事在这里指手画脚品头评足，那么你一定也有能力处理下来这件事。这儿没咱们的事了，撤！"

三名警察匆匆上车，警车耀武扬威而去。

围观的人群逐渐散去。

老向来到田大海身边，劝道："田大海，你组织策划的造势活动达到了预期目的，门也堵了，势也造了，闹也闹了，该收场了吧。"

田大海望着警车远去，脸色顿由蜡黄变为暗红，精气神儿也来了，刚才还像一个消了气的皮球，快瘪瘪的，瞬间却好比充了气一样，足足的，一拍蹦老高。他神气活现地说："凭啥收场？院方的赔偿还未到位，我组织的活动要收到效果！"

"老田。"舒舒柔柔地叫了他一声，忽闪着大眼睛望着他，轻声反问道："你这样又是堵门又是闹腾解决得了问题吗？"

"怎么不能解决问题？"田大海津津乐道地说："昨天我来找院长，他们拼命躲避不见。今天我组织人马在门口一坐，院长主动约我了。"

"老田，你说你为别人的事闹腾，差点儿和警察干起仗来，五十多岁的人，至于吗？"她不愠不火不急不躁地劝道。

"是呀！刚才要不是舒主任施以援手救你出来，你也许要挨那几个年轻人的拳脚咧。"老向帮腔道。

"哼！"田大海扬了扬头，稀疏的头发在空中摆动，不屑地说："我怕他们吗？我要舒主任解救吗？我巴望不得他们动我一指头，这样我就可以抓住这班小土匪滥肆执法殴打百姓的活证据。"

联想到田大海刚才心惊胆战直冒冷汗窘迫不堪的样子，而在眨眼之间，却变得神清气正镇静自若，脸不变色心不跳，真是翻脸比翻书还快！世人竟有这般善变、无常、不知好歹的人。感叹过后，她故意自我检讨道："算我多嘴长手，耽误了你被他们当作'活靶子'的好事。我希望你看在我真心为你的份上，别堵门封院了。咱们到楼上会议室里，坐下来和院方心平气和地去谈。"

"我们和院方正在使劲对垒，如果撤下，等于服输，所有的努力岂不前功尽弃。"田大海摇头否定道。

"你继续在这儿堵门闹事，除了招人嫌惹人厌外，对人家又有多大影响？最后还是要坐在谈判桌前对谈。刚才院长把我拐到一边跟我说了，他请你们上楼去谈。"老向说。

田大海用手指把头顶盖上稀疏的头发向后梳理一遍，眼睛盯着她，一字一句地说："舒主任，我答应你到三楼会议室去谈。但是，你得答应我们一个要求。"

舒舒迎视着田大海逼视的目光，没加思索地说："你说吧。"

"上个星期你征求我们的意见，我们提了五个具体问题，请你二十天内予以兑现！"田大海字字铿锵道。

"我答应！"思索片刻，舒舒说，三个字沉重得不像是说出来的，而是用气流迸发而出。

老向双手搭在田大海的背上，推搡着他走向楼梯。田大海转过头，对黄桂生一班人发令道："你们找个背静地方好好待着，谁也不要离开，听候我的通知！"一班人唯唯诺诺直点头。

在医院三楼会议室里，院长首先详细介绍了姚金兰胎死腹中的情况。三十六岁的姚金兰和比她大六岁的丈夫结婚十年一直未育，在省城医院做了三次试管婴儿才做成功。临产前，妇幼院接收姚金兰住院分娩，因其丈夫跟船出海不能陪同，由其姐姐姚金花陪护。由于小孩来得稀罕、得的金贵，入院后，姐姐姚金花便找一盲人为其妹算了一卦。盲人问清了姚金兰及其丈夫的生辰八字，装模作样、故弄玄虚地说什么小孩要在二十二日上午出生为宜，这时出生不犯忌、不克人。姚金兰二十日入院，当天晚上，她感到下腹疼痛，医生诊断后建议做剖宫产，但姚金花不让。第二天早上，姚金兰感到疼痛加剧，医生检查后严正指出：孕妇属高龄产妇，胎盘老化，如不手术，大人、胎儿均有危险。但姚金花执迷不悟，不以为然地说："只有你们大惊小怪的，生个娃哪有那么多的玄乎，等隔天吧，保证错不了啥拐。"上午十点钟，姚金兰疼痛难忍，医生把脉不闻胎音，推来 B 超一照，婴儿已胎死腹中……最后，院长重申道："昨天出事后，我方和当事人家属进行了沟通，并划定了责任。应该说，当事人家属负主要责任。根据国家有关赔偿标准，我方只能赔偿一万元！"

"看来我们今天的堵门封院没有收到半点效果。"田大海慢慢地吸了一口烟，极其冷峻地说。

"当然收到了效果，今天上午我们院长办公会讨论，决定从人道主义角度考虑，给予姚金兰1.5万元医疗补助。"

"亏你张了这么大个鸡屁眼口。"田大海讥讽道："如果你们院方想解决问题，就不要像挖耳屎那样，一点一点的。你们得拿出诚意。"

"我们已经拿出足够的诚意。"院长说："按责任划分和赔偿标准，我们赔付2.5万，已经仁至义尽。"

田大海霍地站起身，激昂陈辞道："一条鲜活健康的小生命，在你们医院一天多的时间就夭折了，这有责任的主次吗？我试问院长，是执行赔偿标准重要，还是一条生命重要？"

院长没敢贸然回答，因为他不知道田大海的话语中下了什么套。他愣愣地望着田大海，不吱声。

"院长，要是这种惨事发生在你妻子或者是你家亲戚身上，你该怎么办？"田大海凌厉追问道。

"我也要执行标准。"院长沉着应对道，丝毫看不出半点慌乱。

"规矩是人定的。再说，赔偿标准是死的，但人是活的。"田大海加重语气特别强调道。

"再活也不能活到让我们赔偿五十万吧。"院长不轻不重地挖苦道。五十万的赔偿金额是昨天田大海向院方开出的价码。

"五十万是我针对你们赔付一万元的回应，是给你们一个警醒：别拿老百姓的事不当事！"田大海很是恼怒地回击道。

"田先生，当事人家里好像与你没有任何瓜葛，你何必当那个明白人多管闲事呢？"院长清楚，再辩下去，他不是田大海的对手，所以他要岔开话题。

"都不出头、都不管闲事，那些枯老百姓好让你们随意糊弄、轻易打发吧。院长，你的态度有问题，我不想和你费口舌了。"田大海站起来，向大门口走去。

舒舒迅即拦住他，把他按在座位上坐下。她不能让他走，一旦走了，今天早上的堵门封院在明天上午又会重演。她得让田大海提出他算出来的赔付金额。只有双方都把赔付额摆在桌面上，才能你进我退你增我减讨价还价最后达成基本共识。她说："老田，院长已经提出了院方的赔付金额，你也实事求是地说说你的赔付理由和金额吧。"

"是呀，慢慢谈嘛，即使隔天大的鸿沟也谈得拢的。"老向说。

"好吧，我听舒主任和向警官的。"田大海平息了一下心中的怨忿和不满，说："我们要求院方赔付十五万。第一，事故费用一万元。第二，三次做试管婴儿费用 6.5 万。第三，姚金兰身体恢复后再去做一次试管婴儿的费用三万。第四，误工补助和营养费 4.5 万。"

舒舒原以为田大海会狮子大开口来个几十万的，就像有些商店一样，把售价标得特高，等着你去砍价，即便拦腰一扁担再打个五折，也还赚得不菲。但是，田大海就那么明码实价地提出了赔付标准，不含水价和杂质，连讲价的空间也没多少了。她开始对田大海刮目相看。

"太高了，太高了，我们赔不起。舒主任，你得劝劝他，别算得太离谱了。"院长直摇头，说。

舒舒微微一笑，轻启薄唇道："院长，现在不是赔不赔得起的问题，而是老田提出的赔付明细合理不合理的问题。"

"你觉得合理吗？"院长问，意欲堵住她的嘴。

舒舒定定神，语气相对肯定地说："我认为绝大部分合理。"

"喔——"三个男人都惊愕地张大了口，院长有些不相信地盯着她，语气有些严厉地问："舒主任，你是不是办事处派来做工作的呀？"

"是的。"舒舒点点头，忽闪着那双美丽的大眼睛，十分平静地说："我们做工作的基础是摆事实、讲道理，而不是毫无缘由地对当事人的诉求进行压制和否决。"

"既然这样，我无话可说。"院长站起身，满腹牢骚道："医院几乎每天都发生事故和纠纷，这样下去，医院还能开下去吗？不说我们没钱，即便有钱，我们也不能赔付那么高，而坏了业内规矩。"

田大海激愤难捺，蹦跳起身，走到院长面前，像一个不屈不挠的斗士，针锋相对地说："你们的那些狗屁规矩在一条死去的小生命面前值得一提吗？按同命同价要求，我没让你们赔六十万就是考虑到你们的实际困难。如果你们还在这区区十五万上斤斤计较，说明你们的良心都被狗叼去吃了。对于丧尽天良的人，我有的是办法来对付！"

老向赶紧上前把两人拉到沙发上坐下，故意发脾气道："不就十几万块钱么？值得你们拉来扯去恨不得操砣动武的。"

"反正我们赔不起。像这种赔法，我们医院不如关门算了。"院长坐下后小声咕噜道。

"开办医院是国家赋予你们的职责，不是说关就关的。赔偿医疗事故是你们对社会应尽的义务，想躲也躲不掉。你怪谁也没用，要怪只能怪你院医术匮乏、管理欠缺。"田大海面对对手，不依不饶直击痛处。

"你不要说得比唱得还好听，让你来当这个院长看看。"院长火了，奋力回击道："现在这个社会，盛产刁民人渣，出丁点儿事就吵就闹，我们怎么赔得起？"

"谁是刁民？谁是人渣？"田大海冲到院长面前，厉声质问道。

舒舒赶忙过去，把田大海拉回到座位上。

"院长。"老向摸到院长旁边的沙发上坐下，压低声音，推心置腹地说："田大海刚才提出的赔偿明细和金额，我认为一、二、三条是必须到位的。要说有点还价的空间，就是第四条，在误工补贴和营养费上可否打点儿折扣？"

"总额也要突破十万啦。"院长嚷道。

"一条人命如果连十万块钱都不肯赔，那就说不过去了。我担心明天田大海又会组织人来堵门封院，还要散发公布真相的传单，最怕的是接请记者曝光这件事。是十万元钱重要呢？还是你医院的名誉重要呢？你好好想想吧。"老向把田大海平时闹腾的几招几式全部亮出来，连吓带哄地说。

"院长，这对农村夫妻盼星星盼月亮一样盼了十年才盼到小孩，在即将分娩之时，却夭折在你们医院。最为悲惨的是，这对夫妻可能面临终生不育的残酷现实。你们赔偿十几万元钱只是对他们的一点小小安慰。为什么不能满足他们这点浅薄的要求？"舒舒低沉而动情地说，眼睛潮潮的，快要滴下泪来。在朦胧泪眼中，她看到田大海盯着自己，眼神有些异样，比平时看自己的眼光要柔和许多、温情许多。

"我一个人做不了主，得和几个副院长商量一下再给你们结果。"院长被逼到了墙角，没有任何退路，只能委婉地往几个副院长身上推让。但是，从院长的讲话中，已经含有接受这种赔偿金额的口气。

三

目送在社区参观的代表登上大巴远去，舒舒舒了一口长气。为了准备全市社区工作这个参观现场，向代表们展示"网格化"管理的做法与效果，舒舒带着社区的五名干部足足准备了一个星期。好在一星期的努力没有白费，从刚才参观中带队领导和代表们不绝于耳的表扬及赞叹声中可以得到印证。虽然有些困有些累，但是那种成就感和喜悦感像毛毛虫一样在心里蠕动，让她觉得很自豪很满足。

舒舒回到办公室坐下，端起水杯喝了一口水，田大海闪身而入。他穿着一身新衣新裤，显得格外精神，走到她办公桌边，将一个信封搁在桌上。

舒舒忙问："这是什么？"

田大海笑容满面地说："这是给你和向警官的一点酬金。"

舒舒有些懵了，又问："啥子酬金？"

田大海坐下，慢慢解释道："妇保院赔偿给姚金兰的十三万元钱已经到位，按合同我收取了10%的劳务费一万三千元。跟我的那班人每家领了两千元。我觉得你和向警官最应该得到一份。"

舒舒拿起信封，塞到他的手里，笑着推却道："万万使不得！那只是我和老向该做的分内之事，怎么能收取酬金呢？"

田大海接过信封，又放在桌上，面色凝重地说："我田大海这些年见过好多好多大大小小的干部，没有几个能像你这样把我们当人看，没有几个能像你这样尊重我们的意见，没有几个能像你这样把良心放在中间为枯老百姓说话……"田大海喉头哽哽的，难以再说下去。

多么可怜的一点要求：只要不受歧视，追求人格平等，活得有尊严。然而，我们的很多干部总是把他们当刁民、当人渣、当疯子、当另类，总觉得他们提出的诉求是无理取闹，他们表达诉求的手段是胡搅蛮缠，他们的所作所为是胡作非为。往往当他们出现在事发现场，我们的干部不分青红皂白地要么驱赶他们离开，要么强压他们放弃，要么不理不睬地冷落。即便是同他们对话交流，也是摆出那种居高临下的架势、高人一等的语气、高高在上的态度。久而久之，和他们的鸿沟越挖越宽，把他们越推越远，以至于他们对社会对干部的敌对情绪越来越强烈。想到这里，她感到可以借此时机正面引导狠狠敲打一番。她严肃地说："老田，你的诉求合乎情理，我和老向当然和你站在一边。但是，我对你组织人堵门封院是不赞成的，并且十分反感！"

看到她的态度，田大海有些急了，赶紧辩白道："组织行动的前一天，我在医院的楼上楼下跑了几十趟，院长、副院长都躲得远远的，没一个人接待我。万般无奈之下，不得已而为之。如不堵门封院，能够引起院方的重视吗？我们能够争取到'话语权'吗？院长能够那么驯服地坐在会议室里和我们平等对话谈赔偿吗？"

不得不承认田大海的话有些道理，在我们这个法制尚待完备的国度，走法律程序，没有具体细则且拖得时间会很长。加上我们的事故单位，缺乏起码的本能的出了事故必赔偿的责任观念和对老百姓负责的人本意识。出了事故，拼命消责，尽量淡化，能拖则拖，能捱则捱。这样无形之中助长了"闹"的风气，会哭的孩子有奶吃，能闹的孩子讨便宜。于是乎，田大海的"闹协"应运而生且生意火爆。民工惨死工地，老板不愿担责，田大海组织一百多人围攻政府三天，动静闹得大了，惊动省里，政府施压，老板最后乖乖地出了五十万。农民在自家鱼塘埂上踏上脱皮电线触电身亡，电力部门不闻不问，田大海组织死者家族几十人"占领"供电公司。供电公司不得已赔了二十万。……不仅仅是她，包括社会上很多人都形成了一种观念：只有

"闹"，才能得到重视；只有"闹"，才能得到相对合理的赔偿；只有"闹"，才能得到一个比较好的结果。但是，大家对"闹"却又深恶痛绝。不闹难以解决问题，大"闹"让人感觉是旁门左道。两难之间，真是让人无法选择。她以探询的口气问："除了闹，就真的没有更好的办法解决这类问题吗？"

"初级阶段，唯有如此。"田大海总结道。

"老田。"舒舒忽闪着大眼睛，亲近地叫道，很贴心地说："你有律师资格证，能说会道，能言善辩，完全可以通过正当的法律程序为老百姓维权，或者去找一份正当工作，脱离这种现状。"

"心结所系难以解开。何况我这半老不少的能到哪儿去找份体面的工作？再说啦，人家听到田大海这个名字，像躲瘟疫一样唯恐避之不及，谁敢录用？"田大海声音低沉很有自知之明地说。

"慢慢地从内面走出来，我帮你！"舒舒热切地伸出了援手。

"我也想走出来。我也正慢慢地在走出来。毕竟年过半百，孤身一人，名声不好，连老伴都找不着。自从你舒主任到任后，我这'闹协'接活稀罕多了，原来是一个月接几个活，现在两个月才接一个活，手下那帮人还怪我不给他们生计咧。要完全走出来，难啦！"田大海向脑后抹一把稀疏的头发，说。

这就好比一个吸毒成瘾的人，清醒时刻什么道理都懂，但一旦出现诱惑，毒瘾复发，就什么也顾不得了。舒舒当然知道帮助田大海真正走出来有多么难，但再难也得去做。她眼含期望地鼓励道："老田，我相信你能够彻底走出来！"

田大海从她的眼神中似乎看到了一种久违的东西。他不好意思地低下头，嗫嚅道："希望舒主任兑现承诺！"说完，招呼没打快步而去。

舒舒拿起放在桌上的信封追出来，但看到的只是田大海远去的背影。如果硬性退还给他，他会觉得自尊被伤害，相反会影响好不容易建立起来的这份友谊。看来只能收下了。她转回办公室，把信封交给会计小汤，让他将两千元钱上到社区账上。

舒舒的心感觉有些沉重。田大海几次提到让她兑现承诺，既是一种提醒，也是一种试探，更是一种督促。她何尝不想顺风顺水、一路绿灯地解决他们提出的五个问题，从而兑现自己给他们的承诺。接受之时，她感觉到了难，但没想到办起来阻力重重，都是"人死了翻药单子"的事，难得让人无从下口。

现场会前，她和老向花十天时间办妥了两件相对容易的事。

第一件事是恢复黄桂生两口子领取低保的资格。八年前，黄桂生两口子开始领取低保，每人每月四十元。领了一年多后，黄桂生不知从哪儿鼓捣回一台旧摩托车，改装成"摩的"赚外快。"骑摩托的人领低保"，这句话迅速传遍了整个市区。民政局派人下来核查，果真属实，便取消了黄桂生两口子的低保资格。刚好在那个当口，社区副主任汪红钢通过关系让年老的父母领上了低保。两家住得很近，黄桂生两口子认定是汪红钢向上告状使他们丧失领取资格，把指标转给其父母，对汪红钢意见很大，公开到社区办公室大闹几次，未果。前任主任为了缓和矛盾，到民政局做工作，局里答应重新把黄桂生两口子纳入低保范畴。但黄桂生两口子不依不从，他们只要被汪红钢抢走给他父母的那两个指标。明确表示，取消汪红钢父母的低保资格，他们才接受这两个指标。双方互不相让，便让事情搁置下来。前几天，她和老向找到汪红钢，讲政治、讲原则、讲大局，从上午讲到下午，从下午讲到晚上，一天不成，第二天接着讲，终于撬动了汪红钢的口。汪红钢虽然答应让出来，但他也提出了条件：要求办事处民政办每年让其父母领取两千元的抚恤款。没有办法，她只能硬着头皮去找办事处分管领导找民政办主任求情。好在她调到社区之前在办事处工作时，和他们关系不薄，两位领导没有为难她，答应了她的要求。为了彻底转化黄桂生两口子，消除他们心中的芥蒂，她和老向又做通汪红钢的工作，带着汪红钢一同到黄桂生家，给他们两口子赔礼道歉，两口子才勉强接受和解。

兑现张业辉的历史欠款，是她和老向攻克的第二个堡垒，较之处理第一个问题费了更多的周折。现在求人办事真是太难太难了，尤其是涉及钱的事，更是难上加难。1999年，粉末冶金厂经营不景气，厂里便发动职工集资救厂，硬性摊派每人一万元。张业辉被逼无奈也交了一万元。2001年，粉末冶金厂倒闭，进入破产程序，首先偿还职工及个人欠款，张业辉的一万元也列入了还款名单之中。但当时张业辉带妻子在温州打工，与家里没啥联系，等到他两年之后到厂里领取这笔款子时，留守厂委会的人说钱没了，被他们当吃喝费用开支了。张业辉破口大骂，与厂委会的人闹得很僵，厂委会的人索性不理这个茬。张业辉两口子也不外出打工了，专门讨要这一万元钱，几乎讨成了"金债"，拖到现在无着无落。那天谈起这件事，张业辉当着她和老向的面，强硬要求道："1999 年的一万块钱至少顶现在十万块钱，我不想留个贪的名声，但我起码的份儿得要回来。你们要还必须还我五万块，少一个子儿也不行！"一万元尚没着落，五万元更让她和老向犯难。粉末冶金厂的留守班子早已撤销，人去楼空，捞不到人。原厂区土地已拍卖给老板进行房产开发，人家与张业辉的历史欠款毫无关联，找不着人家。她和老向抱头想了半天，但找不到合理的解决途径。最后老向提议，还得去找在厂区内搞开发的老板，因为张业辉的欠款发生在原厂区发生在那片土地上。两人瞅准老板每天早上在工地视察的当口，硬着头皮、耻着老脸去找，第一天去吃了闭门羹，第二天去没容他们两人把事情说完，老板借口有事溜之大吉。第三天去老板让秘书给两人倒了两杯水，听清原委后拿出合同予以拒绝。第四天去老板索性躲了。第五天去老板不理不睬地把他俩晾了半天。白天攻不下，两人便改在晚上蹲守。直到在老板的家门口蹲守四个晚上后，老板才松口。老板的钱袋捂得紧紧的，他同意拿五万元钱出来按抚张业辉，是为了攫取更大的利益。宏远社区办公楼那一片土地即将进行旧城改造，老板要求必须优先考虑他的公司，并拿出协议让她签字。她当时不敢做主，老向给她把握道："都到这个份上了，答应再说。反正在同等条件下优先考虑他的公司，这也不违纪违法。"想想工作做到这种地步不容易，狠狠心便在协议书上签了字。五万元钱拿回来稳住了张业辉，但她的心里却像长了一块石头似的，想起这事就感到滚来滚去地硌心。

　　她揉揉眼角，试图缓解一下疲倦。两件事虽然如期收官，并没有给她多少成就感，相反却给了她更大的压力。想一想后边需要办理的三件事，难得让她都快撑不住了。一个柔弱无骨的单身女人，能够顾好家小就不易了，却要额外地承担她本不该承担也无力承担的重荷，这是何苦来哉？在办事处城建办任出纳，拿一份稳靠工资，做一点分内工作，照护一下婆婆和女儿，要多清爽有多清爽，要好洒脱有好洒脱。自己怎么糊里糊涂地钻到这火山口上？到底是办事处党委书记的话像洋迷汤灌醉了自己？还是自己从骨子里想改变一下波澜不惊的工作、颠覆一下一成不变的形象、展示一下与众不同的能力？她自己也说不清楚。其实，要当个"维持会长"，她会感觉轻松许多。但是，她不想步前三任之后尘。她要按办事处党委书记的要求，走出一条有别于前任的治理路线，于是她想到了处理遗留解除心结这条治本之策。谁能想到，田大海一班人提出的五个问题，苛刻、复杂，好比手铐脚镣，把她套了进去。她预想，越往以后，会越套越紧。

开弓没有回头箭，既然出手就不收。五大问题，已经办妥两项，完成了一小半任务，咬咬牙坚持一下，也许后边的三项任务就完成了。何况自己又不是孤军作战，除了社区办公室的人外，还有向警官冲锋在前鼎力相助，又有什么不能克服的呢？

想到老向，她的心仿佛找到一种傍靠，感到慰藉许多。老向只是派驻社区的民警，工作关系在局里，工资补助在局里领。局里派他们下来，只是让他们退休之前发挥一点余热，他完全可以象征性地每天点个卯上个混班，但他却心甘情愿地把自己绑在她"解救"的战车上，用他的丰富经验、人脉关系和旺盛斗志辅佐她，让她的踽踽独行不再惧怕不再孤单不再无趣。多么好的一位老警察啊！

老向今天又去处理林保成小孩上户口的事了，这是他第三次去。昨天下班时他们商量今天的活动安排，老向自告奋勇地提出再去跑趟派出所，让她接待市里组织的参观活动。本来老向在各个派出所有些关系和熟人，但毕竟不在一线，与人家交情不深、感情不铁，找人办事全凭一张老脸晃荡。从心底里她不愿让一位受人尊重的长者为别人的事突前跑后、赊人卖脸，并且这事在旁人看来与他毫无关联，属于不折不扣的闲事。她很过意不去地请求道："你跑几趟了，明天上午接待完，让我去跑吧。"老向说："正因为跑了几趟才有点头绪，何况那些人我都熟的。"她没再强求，因为她感到再强求下去会显得自己有些假。

也不知道老向跑得怎么样了？凭感觉，难度是很大的。十一年前，粉末冶金厂由盈转亏，全厂上下都认为是厂长肖大雄贪污搞鬼中饱私囊所致，以林保成为首便组成告状团四处告状。但肖大雄买活了书记市长，买通了纪委检察院，让林保成一伙的状告不出门。看着厂子一天天被肖大雄整得不成样子，林保成一伙再次聚首，密谋半夜苦无良策。最后，一成员提议："前几天我接到市委关于加强计划生育工作的红头文件，为控制超生，市里对所有超生对象开除，还处以两万元罚款，同时对单位一把手免职。如果我们中出一个超生户，肖大雄的厂长就做不成了。"大伙你瞅瞅我，我瞅瞅你，都把眼光聚焦在林保成身上。告状团成员中只有林保成在四十岁以下，夫妻还能生得出小孩来，何况他只有一个女孩。望着大家殷切而渴盼的目光，林保成大义凛然地答应下来。十个月后，随着林保成妻子产下一子，工厂濒临破产，肖大雄被调任工业主管局任职。工厂垮了，人员散去，一个给大家带来希望带来惊喜的小"人质"却成了名副其实的"弃儿"，不仅没给肖大雄带来厄运、带来损伤，却给林保成两口子带来了灾难：首当其冲是两口子下岗。罚款没钱交，户口上不了，孩子变为"黑户口"。这些年来，林保成没少托人找关系，但首要条件是交罚款，并且罚款数额与时俱增，林保成更感到不值得。孩子七岁要上学，因为没户口，城区学校不接收。直到八岁多，林保成无奈才把儿子送回老家村小就读，即将十岁的儿子，可怜兮兮地还混在六七岁的孩子中间读二年级。林保成当然恨啦！他恨那班树倒猢狲散而不仗义的同党，恨贪腐厂长肖大雄，更恨那些阻碍他为儿子办理落户的各个职能部门。那天提起这件事时，林保成的脸气得铁青连话都说不出来。

发生在林保成身上的事搁在谁身上都会牢骚满腹怨气冲天。相隔十年，再来处理这件事，难度可想而知，既有政策阻力，也有利益之争。其一，林保成的儿子没有准生证和出生证，缺少上户口的基本依据，政策上通不过。其二，超生罚款即社会抚养费该怎么征收？十年前的处罚标准和现在超生二孩的处罚标准，相差将近四万元。牵涉到部门利益的事是最难搞定的。即便是按十年前的标准执行，一贫如洗的林家很难凑齐两万元的罚款。如果按现行标准征收，这笔钱对于林家来说无异于一笔天文数字。真的是为难老向了。

她站起身，忽而感到心悬得高高的，没有着落。如果在这件事上受阻，解救行动就会中途搁浅，自己雄心勃勃的治理方案就将半路夭折功亏一篑。她双手合十两眼微闭，心里默默祈祷上天保佑：让老向带回成功的好消息。

正当她坐立不安之时，老向满面带笑、风风火火走进来，欣喜地说："舒主任，有眉目了。"

她惊喜地站起身，赶忙从饮水机里倒了一杯水，双手递给老向。

老向接过水杯，仰脖咕噜喝光。

她接过空杯，再续一杯，递给老向，关切地问："这么难的事，你是怎么拿下的？"

老向憨憨地笑了笑，抬手抹掉嘴角的水渍，说："也没什么高招，就是一个字：磨。第一次去，那是针插不进水泼不进，没有半点余地。上次去，口气有些缓和但依旧没有松口。今儿早上去，态度有了明显改观。我是老公安，也懂一些户籍政策，有时轻轻点拨几句，所长当然知道轻重。我坐在所长办公室，他事又不能搞，走又不能走。两个大男人就那么干耗着。我一个闲人，耗得起，但所长是忙人耗不起呀。眼看又要耽误半天工夫，所长无奈，操起桌上电话，给计生办主任打通电话，商量了一通，最后定下来：林保成交三千元罚款到计生办，计生办在罚款单上签章，派出所凭罚款单上户口。"

"办到这一步非常不易，三千元钱林保成不交，我们先用办公经费垫付。下午上班我就让出纳取钱给你，赶紧去交。"她像过了今天明天别人变卦似的，急不可耐地说。

"哦，还有一事得你出面一下。罚款三千元只是象征性地收了一点钱，破了先例。派出所所长希望你找办事处党委书记给他们的头打声招呼，以免今后检查起来，派出所和计生办可以消责任。"老向说。

"行，我下午就去找书记。"她爽快地答应下来，心里有八九成把握说通书记打这个电话。书记曾当她的面表态过：在处理田大海这伙上访专业户的问题上，需要我做什么工作，你尽管说。

四

那天下午，舒舒骑车到办事处找了书记，书记立马给对方打了电话。本来很顺利的事，但在派出所和计生办具体操办人之间你拉我扯的，耽误了四天。她和老向又跑了三趟，直到今天上午才办妥。

吃过晚饭，天未黑透，舒舒骑着自行车来到社区，锁好自行车，便步行来到位于社区最后边的粉末冶金厂宿舍楼。这幢建于 20 世纪 70 年代的筒子楼，已经是标准的"危楼"，依然窝住着原粉末冶金厂的十几户职工。林保成家就住在二楼。

顺着逼逼仄仄摇摇晃晃的楼梯，穿过凹凸不平被杂物堆得拥挤不堪的楼道，舒舒来到位于二楼东头的林家。林保成坐在桌边喝酒，他妻子吃完饭等在旁边。舒舒进屋，两口子像瞎子见到鬼似的，没做理会。舒舒从包里掏出户口簿，递到他妻子手上，说："你儿子的户口已经上到你们名下。"林保成倏地站起来，从妻子手里抢过户口簿，翻到写着儿子信息资料的那一页，细细瞅着，像在端详一件假冒伪劣商品一样，似乎想从中寻找出破绽。确信无疑后，林保成手舞足蹈、欣喜若狂地叫嚷道："儿啊，你终于可以摘掉'黑市'帽子，成为光明正大的一员。"林妻撇撇嘴，说："光上个户口有屁用，还要把他从农村转来在城区上学咧。"林保成转过头，对着舒舒说：

"你的任务还未完成，你得为我儿子找到接收学校把他转来念书。"舒舒听了心里很恼火，花那么大气力为他们的儿子办成户口，给他们送户口簿到家里来，不让一下坐、不倒一杯水、不言一句谢，还把她当丫鬟使唤一样地去做这做那。她真想跑掉算了，永远不再理会这些不讲情理的冷漠之人。但是，转念一想，好事都做了八九分，离做完就差分把，何不好事做到头呢？再说，想从他们嘴里讨句感谢比哑巴开口说话都难，何苦和他们计较这些呢？自己为他们做这些事，又不是讨谢来着。她放松绷得紧紧的脸，笑道："明天早上你们把儿子的基本资料给我，我去联系学校。"说完，她走出了林家。

田大海住三楼西头，好几天没见着他了，也不知这些天他在干什么？找到他得给他说明一下，兑现五件事的承诺，二十天时间太赶人了，可否通融十天？舒舒爬上三楼来到西头，敲了几下门，没有应答，但见屋子里黑灯瞎火，想必屋子里没人。她折身返回楼下，心里犯起了嘀咕：田大海几天不见到底在干什么呢？闹过妇保医院后，他安生了一阵子。但是，这几天没见踪影，是不是又在酝酿策划什么活动呢？这个人神出鬼没出奇制胜，往往在你不经意间，会制造一份"惊喜"出来。难道——舒舒不敢朝下想了。

她走到一僻静处，寻花坛边沿蹲下，眼睛紧盯着田大海进出的必经通道。她要守株待兔，等回田大海。只有等到田大海见上他的面，自己心里才能踏实下来。

第四件事涉及田大海。在征求意见时，田大海咬破铁钉断向她要求："你给我劝回我老婆同我复婚！"寥寥数字，字字千钧，语气强硬，没有余地，听完后，她的心里颇感压力。前天她涉足进去，才知要完成这件事，等于牛口夺草虎口拔牙上天揽月。

十一年前，田大海是粉末冶金厂的业务员，精明能干的他一人承揽了厂里三分之一的业务销售，厂长肖大雄很信任他，把自己拉来的业务也交给他去做。一天，浙江温州一客商通过肖大雄找到他，只出三万元订金却要提十八万元的货，被他严厉拒绝。客商软磨细缠，他做不了主便去找肖大雄。肖大雄说既然是老业务单位你就签字发货吧。虽然心里有些疑惑，但厂长表态了，他只得签字发货。一个月过去了，两个月过去了，半年过去了，那个客商像人间蒸发一样，再也见不到人影儿。工厂本来亏损严重，加之几笔货款

"走路"，而田大海放出去的这笔数额最大，所以，在主管局派驻联合调查组进驻厂里后，肖大雄为推卸责任，把他作为重点对象交到联合调查组。联合调查组成员从纪委、检察院和局里抽调，由局纪委书记方同生任组长。方曾在部队从事过多年政工，对审查、讯问很有一套。组长带着一班人，在一私人旅店开了几间房，把他关在那儿隔离审查了三个月，最后把他交到检察院，定了他的贪污罪，被判入狱两年。两年多时间内发生了很多变故，颇有几分姿色的妻子白小灵与他协议离婚，带着女儿嫁给了刚死去妻子的方同生。外人不明真相，只有他深知内情：肖大雄和那个温州客商联手黑了他。在审查期间，妻子白小灵多次去找方同生打探消息了解情况恳求宽赦，方同生恩威并用趁势追求俘虏了心力交瘁、忍辱负重的白小灵。出狱后，他苦读法律书籍，一门心思告状申诉，写了成千上万封告状信寄到北京、省里和市里。一次、两次、三次。但都泥牛入海、杳无回音。写信解决不了问题，他便背上一狗娃絮，上北京跑省城困市里，就像一个边捡破烂边乞讨的流浪汉，渴了，讨一碗自来水喝，饿了，用捡破烂的微薄收入买几个锅盔、馒头充饥，困了，铺开狗娃絮躺下安歇。经过三四年这种生活的历练，让他成为全市闻名全省挂号的上访"专业户"、复访"重点户"、缠访"钉子户"。再以后，他不再为自己的事上访，而是借助那股名气网罗一部分人员，成立"闹协"，通过堵路、拦驾、封门等闹腾手段，为那些蒙冤受屈者申冤叫屈讨说法……

在大多数人眼里，他就是一彻头彻尾的"无赖"、一不折不扣的"刁民"、一神经正常的"疯子"、一人见人躲的"瘟神"。方同生和白小灵经受不住他的死死纠缠以及无理取闹，通过关系调进省城，又生下一个儿子，一家四口其乐融融。前几天，她弄到了白小灵的地址，搭车赶赴省城，和白小灵见了面。看着白小灵很幸福、很滋润的样子，眉宇眼神之中没有流露出丝毫对前夫的愧疚和留恋，她便知道自己跑的这一趟纯乎瞎跑乱撞。所以，她口都没开。

他这种名声、他这种境况、他这种条件，哪个女人吃饱了撑着来找他过日子呢？想到这点，她的心里倏忽划过一缕同情。田大海一班人不是坏人更不是敌人，却被大家当成"另类"列入"另册"。他们有什么错呢？他们一呼百应云者聚集对抗政府借机闹事，是因为他们心里有怨、有恨、有过结，眼里有泪、有痛、有不公。他们或是个人或是家庭曾经遭到过单位或单位领导或相关部门的欺辱和伤害，由于没有及时修复和抚慰，积怨愈发加深，对社会对官员对政府的敌对情绪愈发浓厚。他们是一群被社会遗忘被政府唾弃被百姓嗤鼻的"特殊群体"，本着粗大腿被蛇咬的心理和破罐破摔的态度，干着不以为耻反以为荣的事情，以泄私愤图报复。其实，我们的各级领导有很多机会解决遗留根治顽症，但都怕鼻涕沾在身上脱不了身，最终选择放弃，致使结果变得更糟。如果不彻底解除他们的心结，给予他们应有的公正待遇，他们完全有可能走向社会的敌对。这样看来，自己的解救行动虽是迟来的"春天"，但正逢其时恰到好处。

十一点了，小区已安睡下来，月亮的清辉洒在地上，给夜色增加了一层朦胧和寂静。她站起身子，拍拍发麻的双腿，揉揉酸胀的后背，慢慢从花坛里穿出来，瞥一眼三楼西头，依然是漆黑一团。

看来田大海今晚不会回家了，想了一大堆向他表述给他劝诫让他从心里彻底放弃白小灵的话，只能留到明天再说了。她不想苦等下去，明天还要上班不说，像这样深更半夜不归家还是首次，婆婆会等急的。

骑着自行车匆匆赶回家，快步上楼，开门，亮灯，赫然而见婆婆正襟危坐在客厅的沙发上，眼睛死死盯着她。

"妈。"她嘴上像抹了蜜似的甜甜地叫道："您怎么还不睡呀？"

"你大半夜的不归家，我睡得安生吗？"婆婆的话中有明显的不满情绪。

"单位有事加了一会班。"她解释道。

"你那社区的丁点事，还要晚上加班，至于吗？"婆婆杠上了，不依不饶。

"时间不早了，您睡去吧。"她不想再作解释，想打马虎眼过去。

"舒舒。"婆婆不想就此结束谈话，拿出打持久战的架势："你是个好女人，我那混蛋儿子离家出走至今没归，完全是他消福不起。现在我也想明白了，不能再紧紧箍住你，耽误你的幸福。你四十多了，应该找个男人过日子。但是，我怎么也没想到你会去找那种男人——"婆婆说不下去，嘤嘤哭了起来。

"我找谁了？"她有些木然，不知道婆婆说的是谁？

"今天我到楼下去，几个爹爹婆婆给我说，你和田大海好上了。那田大海是个什么东西？你怎么能和他来往呢？"婆婆边抹眼泪边说。

她有些啼笑皆非。近段时间和田大海频繁接触相互往来了几次，就被人看在眼里编出瞎话。难怪说舆论杀人，唾沫淹死人。她在婆婆旁边的沙发上坐下，郑重其事地说："妈，我和田大海接触几次谈的是纯粹的工作，想都没有朝那个方向想，您不必操心这件事。另外，我得给您更正一下，田大海不是你们想象的那种坏东西。"

"反正也不是什么好东西，你给我离他远点！"婆婆听过解释后，激动的情绪平息下来，但对她的警醒没有放松。

她没有应答，而是站起身默默地走进洗漱间，刷过牙后，她随便洗了一把，便躺在床上睡下。

"田大海到底干什么去了？为什么半夜不归？会不会又在策划什么大动作？"一连串的问题从脑里闪过，让她心惊肉跳辗转反侧。

这是几年来她第一次为一个男人失眠。

早上刚刚迷糊过去，被婆婆叫醒，一看时间，已过七点。她揪身而起，用行军赶路的速度完成了早晨起床后的必备功课，吃完婆婆准备的早餐，顶着有些昏昏沉沉的头，骑着自行车匆匆忙忙赶往单位。

她的心里始终放不下田大海。

她和老向几乎同时到达单位门口。老向正要锁车，她拦住道："老向，你辛苦一下，到粉末冶金厂宿舍去瞅一瞅田大海，他昨天大半夜未归，我这心里总不踏实。"

老向看一眼她有些浮肿的眼睑和苍白如纸的面色，明白了几分，不声不响地蹬上电动车向粉末冶金厂的宿舍驶去。

仅过一会儿，老向便回来，向她汇报道："没人咧。"

她的心里不安起来，给老向布置道："你打打他的手机问问。"

老向掏出手机，打了半天也没打通。

她的预感越来越不好。

老向安慰道："你也别太急，我再发动人找找。"说完，正欲出门。

她的手机响了，在桌上唱着欢歌。她伸手去取，又缩了回来。她抖抖索索地拿起手机打开翻盖，"余主任"三个字在屏显上跳跃。完了！完了！她将听筒贴近耳窝，办事处余副主任的训斥声劈头盖脸而来："舒主任，你们是怎么防范来着？田大海带着那帮牛鬼蛇神在工业园区内，大闹鸡场阻碍拆迁，你赶快带人来做工作！"

老向出门拦了一辆"的士"，拉她坐上去。"的士"风驰电掣驶向位于城郊的工业园区。

鸡场门前，几台用于拆迁的大型机械张牙舞爪地原地待命。鸡场铁栅门紧锁，几十人朋在门口看热闹。鸡场的办公楼墙面上，密密匝匝地挂着十几条黑色条幅，黑底白字格外醒目："毁我家园，无法无天！""捍卫物权，卫我家园！""人在房在，房毁人亡！""胆敢强拆，有去无回！""挺起胸膛，痛击强盗！"……阴森恐怖气氛充斥着整个鸡场，火药味弥漫在空气之中。

余副主任把她拉到一旁，给她讲述道：鸡场租赁村里的土地使用权十年只用了四年，因有一台商投资五亿美金的电子项目要落户此地，需要拆迁鸡场，谈了几个月，业主总算同意。拆迁赔偿款已经划给了业主。本来应该是一个星期前就拆的，但业主说还有一批鸡仔需要处理便挪后到今天。办事处早上组织了几十人和几套大型机械进场准备实施拆迁，不曾想到田大海插进一脚，阻止拆迁，要求政府还出三十万赔偿。最后余副主任强调说："我们做工作，田大海门都不开，现在就看你的了。今天这个鸡场必须拆除！台湾的董事长明天要来看地块。好多个城市在争这个项目，绝不能因为鸡场而影响项目最终落户！"

"我争取吧。"她平静地说。

来到铁栅门前，她让围观在门口的人散去，对着办公楼喊道："老田，你出来一下。"

一会儿，田大海背着双手，迈着八字步慢慢走过来，秃脑门上的几绺头发被风吹散得像采撷玉米后的玉米缨，凌乱无序。他走到她的对面，虎着脸，给了她一个下马威："你有什么资格和我对话？"

舒舒稳住情绪，柔中带刚道："我是你所住社区的主任！"

"我算看透了。"田大海的手在空中一扬，指着她恶毒地说："从大到小的干部，包括你，都是言而无信忽悠百姓的'泡皮'，只顾当时表态，不去想法落实，老百姓算是白养活你们了。"

她一听便明白田大海说这些话的用意，正要解释几句，老向抢她之先开炮还击了："田大海，你不要睁开眼睛说瞎话，一篙子扫一船人。舒主任近段时间为了你们的事，磨破嘴皮，跑穿脚皮，赊尽脸皮。你把良心放在中间说行不行？"唾沫横飞，喷了田大海一脸。

"我做事情，从不计较过程，我要结果！结果呢？"田大海抹掉脸上的涎瀑子，张狂地质问道。

"就凭你这副臭德行烂名声，你前妻用八抬大轿去接也不会回来，怎么会有结果？也不撒泡尿照照自己是什么样儿。"老向绝情刻薄道。

田大海立刻委顿下来，说："我就知道你们都瞧不起我，轻视我。我要用这次行动向全社会证明我的强大！"他双手握拳，在空中抖动。

老向还要继续开炮，她用手扯了扯老向的袖口，和颜悦色道："老田，要让别人瞧得起你，首先你要瞧得起自己。如果你用这种极端方式对抗政府危害社会，那不是在证明你的强大，而是在展示你的愚蠢。"

"哼！"田大海冷笑道："我愚蠢，笑话。你们这些当干部的自以为是才愚蠢至极呢。你们和拆迁业主签订的那些合同违反法律、漏洞百出，需要我教教你吗？"

他的语气中带着调侃与欺辱，态度轻慢而高傲，让她厌恶透了。一味地隐忍、退让、迁就，换来的是他肆无忌惮的轻视。这个时候继续使用"温柔刀"已经于事无补，该要一点"秘宗拳"了。她拉下脸，歇斯底里地咆哮道："我一直想让你教教：什么叫无耻？你教呀！你教呀！"

田大海被她变调的语音和变态的模样吓得缩头缩脑无言以对。

"你还愣着干什么？快撤呀！"老向趁热打铁地敦促道。

"我不撤！"田大海坚持道，但口气没有了先前的强硬。

"我可警告你，鸡场今天无论如何要拆除，等会派出所二十多个警察将赶来，你别敬酒不吃吃罚酒，自找罪受。"老向大声威吓道。

"来武警又怎样？我不怕！我早有防备请了记者，所有的行动过程将被全部拍摄下来。"田大海洋洋得意道。

田大海的缜密部署和滴水不漏让老向感到无能为力无计可施。

不能这样久拖下去。舒舒想，她平定情绪，绽开笑脸，柔柔地叫道："老田。"

田大海惊惶一振，目不转睛地望着她，呈聆听状。

"我知道你喜欢出风头、爱打抱不平，但在这件事上你得掂量掂量。市里做了几个月的工作，好不容易和业主谈拢合同准备今天拆迁，你横插一杠阻止进场，要是今天拆迁不成，影响了那个电子项目的落户，你就是全市人民的'公敌'。以前你所做的，也许只是影响局部，没人追究你。但是，这一次你搅动的是全市大局，千万别让自己成为历史的罪人！那个时候真的没人可救你了。"她由小到大由近及远娓娓道来，眼里射出两束柔美的光芒，在他脸上"扫描"。

也许是被她的劝诫打动，也许是忽儿良心发现，田大海固守的堤坝开始溃口："我可以带人撤离，但你们必须答应我两个条件。"

"说吧。"她点头示意道。

"第一，你得再去游说我前妻白小灵回来同我复婚。"

"我跑一趟跑十趟都可以，但是，白小灵现在过得很幸福，她不可能回到你的身边。"她如实相告。这个时候，需要一口回绝，彻底了断他心中的那份侥幸和幻想。

"如果白小灵回不来，你得给我介绍一个和你一模一样的女人同我结婚过日子。"田大海低下头，小声地有些难为情地说，接着抬起头，一字一句地强调道，"和你一模一样！"

舒舒的脸颊变得绯红，心里突突地猛跳一阵。从田大海闪烁的目光和狡黠的神情之中，她准确无误地捕捉到了他的那份心思。虽然内心有些反感，但不能说穿点破，缓了一阵，她含糊地说："我试试。"

田大海的脸霎时兴奋得像泼了一层油彩，眼睛里露出了欣喜的神光。他用手捋顺头顶被风吹乱的稀发，说："第二个要求也很简单。我希望借助这次活动，筹五万元钱。我跟业主谈好了，无论让政府赔多少钱，我只要五万元。其实，按照合同条款，我有足够的理由让你们政府多出补偿费三十万以上。"

"五万元，不是个小数目。"老向惊嚷道："你筹这些钱干什么？"

"反正不是搞吃喝，不是去赌博，是要去做一件正儿八经的事。"田大海说。

"可以透露吗？"她问。

田大海摇头。

面前的这个男人让她更加捉摸不透起来。他挖空心思寻找机会借助鸡场拆迁这个平台筹集五万元钱，看他的样子不像是为自己去做什么事，也不像是去干什么违法乱纪的勾当。他筹五万元去干什么呢？脑壳里转了几圈，也没转出个什么结果。按说，她可以一口回绝，凭什么让你以这种下三滥的手段筹资敛款，不仅纵容闹事，而且开了先河坏了风气。但是，如果就此拒绝，那么今后和田大海还有沟通到一块儿的时机么？他真心诚意地把想法说出来，虽然有些过分，但却交给了你真心。对付这样的人，当他抛出橄榄枝时，你只能牢牢抓住，不然会错失转化的时机。机不可失，时不我待。她的内心涌出一阵狂喜，说："老田，你等等，我去找办事处的领导说说。"

她和老向把余副主任拉到边上。余副主任忙问："谈得怎么样了？"

她说："田大海从我们和业主所签的合同中发现了几处漏洞，他要我们多赔三十万。"

"那是他故意吓你的。"余副主任说。

"我们和业主的拆迁合同没有公证。合同不公证等于没效。田大海法律钻得很深，他不捏住把柄，是不敢和我们较量的。"老向在不知不觉之间，立场站到了她的边上。

"他想怎么样？"余副主任问。

"他要五万元钱。"她回答道。

"讹诈，完全是讹诈！"余副主任激愤得跳将起来，一气冲到铁栅门前，手指着田大海的秃脑门，怒不可遏地说："田大海，你是跛子的屁股——斜歪了，居然公开敲诈政府，看我怎么收拾你！"

田大海背着双手，气淡神定，闲庭信步般地说："余副主任，别像疯狗咬破卵袋一样，太失身份了吧。"

"没那么多废话与你说。我最后问你一句：到底撤还是不撤？"余副主任气急败坏地问。

"不撤！"田大海摸摸头上稀疏的头发，不紧不慢地回答道。

"不撤是吧？张所长，把所有警察带过来，砸门，强拆！"余副主任叫嚷着命令道。

张所长听到指令带着全部警察围过来。

"今天怎么只来了红道的？黑道的为啥没派来呀？"田大海话中有话地奚落道。

"你怎么这么无赖？"余副主任恨恨地说。

"是我无赖还是你们无知？告诉你，我田大海从不无缘无故地闹！都是你们做事有前手没后手的，让我揪住了辫子，踩着了尾巴。"田大海好像早有预料，自鸣得意地说。

余副主任大手一挥，说："看来你今天是不见棺材不掉泪。"他转过头，对张所长喊道："你们快给我上啊！"

张所长一班人集聚在铁栅门前正要动作，猛然看到田大海转过身，用手指着办公室，命令道："开门！"

对着铁栅门的一间办公室的门大开，一位老人站在一矮凳上，一根绳子从房顶吊下，在中间挽了一个圆圈，套在老人的颏下。

"这是业主的父亲。"田大海指着站在矮凳上的老者，不急不躁、风轻云淡般地说："拆吧，老人将荣幸地成为你们强拆的殉葬品。"

看到这种阵势，张所长为首的一班人迅速向后退去，生怕有火星子溅到身上。余副主任心里也有些慌了，但他不甘心当场认输，正在进退两难之时，老向和舒舒过来连拉带推把他拽到一边。舒舒拍着余副主任的肩背，细细劝慰道："您是领导，何必与田大海一般见识而怄气生怨？不就是五万元钱吗？"

"五万元，我到哪去弄？"余副主任有些束手无策。

"是五万元多还是三十万多？"舒舒慢慢启发道，"现在哪里都是花钱买平安、出钱保稳定。拆迁在即，如果耽误了时辰，您的责任可大了。再说，只出五万元就能让鸡场平稳拆迁，我认为相当划算的，值。即使是讹诈，咱们也只能受了。"

"不给他钱，我们完全可以强拆下来。但如果强拆，死人了，动静就会闹大，记者把拍摄的真相放出去，今后受处分的是你这个现场总指挥。为公家的事打破自己的脑壳，何苦呢?"老向不失时机地在旁边蛊惑道。

"你们说的不无道理。"余副主任刚才还是一尊"怒吼金刚"，刹时却变成了一副"迷勒佛像"，当干部的除了变身快外，转弯也快："狗日的田大海，捏住了我们的痛脚。我们在和业主谈赔偿时，压价很低，中途谈得僵持不下时，手下还请过黑道上的拐子哥对业主进行威胁和恐吓。看来都被田大海掌握了。难怪社会上流传那个段子：'雷锋少了，雷人多了；钉子精神少了，钉子户多了；为人民服务的少了，为人民币服务的多了。'没办法，我打电话请示书记，只能让工业园区从项目协调费中划五万元出来摆平这件事。"

舒舒心里的一块石头落了地。之后的事情比她预想的还要顺畅。将近中午，余副主任让人送来五万元钱交到她手上，她又把钱转交给田大海。田大海一声令下，分布在鸡场的二十多人迅速撤出，被早已备好的一辆大巴车拉走。田大海临上车前，走到她面前，无限深情地说："你是我见过的最善、最美、最为迷人的女人!"一脚踏上车的踏板，他又回头补充道："别忘了你的承诺! 另外，你穿裙装真的很美!"眼光在她身上仁立片刻，让她仿佛觉得两股暖流穿透全身。

五

吃完晚饭，舒舒打开电视，荧屏上正播放那个台湾电子项目举行盛大奠基典礼的画面，书记市长和项目董事长正挥锹掀土。征地八百亩投资五亿美金的电子项目终于落户下来并如期开工，她认为自己在攻克鸡场拆迁这个堡垒之中，也出了一点绵薄之力，所以，她比别人感到更欣喜、更振奋。欣喜之余、振奋过后，她的心里又泛起一缕不安。当时和老向为了尽早让田大海撤离，不致朝恶化的方向发展，似乎有点助纣为虐，在余副主任面前充当着田大海一班人的"帮凶"，想方设法说服余副主任出五万元钱摆平田大海。她不知道有没有更好的办法来解决这个问题？强拆会是什么样子？缓拆会是什么结局？五万元钱对于一个政府来说等于是沧海一粟，对于一个投资五亿美金的项目来讲，也可以不值一提。从投资效应来看，五万元钱绝对物超所值。但是，从五万元钱的去向来看，让她心里不那么舒服，因为五万元钱不明不白地给了一个借机闹事的"怪人"。当时怎么那么轻而易举地答应呢？是不是也和大多数人一样，抱着图安逸保平稳的想法，让钱吃亏而不让人吃亏？更让她不爽的是，五万元钱给了田大海，他连去处都不肯告诉自己。虽然她相信他不会拿着五万元钱去买枪购弹危害社会，但这件事总像个疙瘩裹在心头，让她怎么也开心不起来。

但是，有一点让她欣慰，五万元钱打通了田大海和她之间交流谈话的通道。田大海对她的眼神不再是提防和审视，对她的态度不再是隔膜和抵触，对她的讲话不再是反感和对抗。从某种意义上讲，他已经把她当成了值得信赖可以交往的朋友。所以，之前他一直念念不忘地要求给他找一个同自己一模一样的女人结婚的要求，虽然时不时地催促一下，但催得不那么急迫，给了她喘息的时机。

　　她准备把这件事先搁置一旁，启动解救行动的第五件事情：为田大海一班人找一份稳定的工作，让他们永不得闲，从此告别一"闹"则聚、以"闹"挣钱的生活现状。

　　田大海一班人都是五十岁上下的半老不少的人，干重体力活，负荷不起，干业务活，缺少技术。他们能干的就是守门、清洗、打扫卫生等家政服务之类的活儿。在记忆中搜寻，只有那个男人办有类似的公司。男人叫谢志坚，还在办事处城建办工作时，曾是她的上司。八年前毅然辞职办起公司，从最初的装饰装潢公司起家，经过裂变，现在成为拥有装饰、建筑、家政服务等五大子公司的企业集团。其实这个男人已经被尘封在记忆深处好几年了，她本不想去烦扰的，实在是解救行动步入关键阶段，走投无路的她，只能战战兢兢地拨通他的电话，求助他帮这个忙。电话是昨天上午打给他的，他在省城办差，今晚回来，答应回来后约她出去谈。

　　关于那个男人，她曾经由衷地喜欢过。从他由办事处下辖的农村总支书记调任城建办当主任、两人对上眼的那刻起，她就喜欢上了他的高大伟岸和浑身上下散发出来的成熟男人的魅力。随着接触逐渐增多和不断深入，男人也深深地喜欢上了她，并对她展开了狂轰滥炸般地追求。他几乎每天写一首小诗，用手机短信发给她。最让她感动的是，三十三岁生日那天，他在市区最豪华的酒店包房内，用九百九十九朵玫瑰扎成"舒舒生日快乐"的字样，让她第一次享受到了铺天盖地的玫瑰花的簇拥和环抱。女人的虚荣心被鲜花和美酒佳肴充溢得满满的。他频造"浪漫"屡给"惊喜"，把她理智的防线冲得溃不成军无法抵御。自家男人抠门、小气、猥琐，在高大、威猛、豁达的心仪男人面前，简直就似一忽略不计的参照物。结婚七年，婚姻生活不死不活、平淡无奇，就像一碗白开水，开始喝到口里，是烫嘴给人一点感觉，当白开水冷却之后，变得一点味道都没了。自家男人下岗之后，无所事事游手好闲，本来就自惭形秽的他变得更加自卑自怜。最让她恶心和绝望的是，自家男人还光顾桑拿房，与小姐鬼混，被派出所的突查逮个现行。当她屈辱地拿着五千元钱去取他出来时，她感觉到他们的婚姻走到了尽头。在空虚无聊、寂寞无助的生活中，那个男人乘虚而入，给她荒芜颓废的心田带来了阳光和生机。两个人爱得如胶似漆，爱得死去活来，并且约定：用三个月时间完成各自的离婚然后组成新家。为了表明自己的决心和诚意，那个男人信誓旦旦地说："我先离，你再离。"在等待期间，她委婉地把一些想法给自家男人讲了。自家男人好像早应该发生这种事一样，不动声色一声未吭。过了几天借口外出打工，离家出走一去不回。让她始料未及的是，那个男人未能履行承诺，放缓了离婚的脚步。理由是单位年底要提拔一名中层干部进班子，办事处党委把他作为候选人员报到了市委组织部。那天两人激情过后，男人坚定无比地说："只要一提拔，我立马离婚！"为了仕途，他选择了退让，把提拔放在了首位。然而事与愿违，市委组织部在办事处考察时，他的竞争对手反映了他和她的不正当男女关系问题，提拔触礁搁浅。等到他转过头再找她时，她没再理会那个男人，更别说给他机会了。她觉得那个男人的爱掺了杂质不再纯粹，为了仕进轻易改变盟誓，而且是决定人生走向的最最重要的婚约。这种人可靠吗？尽管她非常非常爱那个男人。但是她没让爱泛滥到影响判断。感觉战胜了心仪，理智击退了冲动。从后来发生的一连串事情来看，她的感觉是相当灵验的。那个男人等不及提拔便辞职自己办起了公司，本来他只要再坚持一阵可以提拔进班子的，因为男女作风问题只是反映又没捉奸在床，风头过了，不成为影响提拔的原则性障碍。但他放弃了。接着他又同妻子离婚，与自己公司的出纳，一个女大学生共结连理。两人只过了两年燕尔新婚的甜蜜生活，之后又分居了。

自家男人走了，音信全无，至今未归。有人曾说，造物主造了一个男人，必定要天造地设地配给他一个最为合适的女人。她不是自家男人的"菜"，也不是最适合他的女人。她真心希望他能找到那个女人。去年偶然听人说他在福建找了一个贵州妹子同居，两人还有了孩子。她很高兴，觉得上帝终于睁开眼睛，赐给他本应享有的幸福。

高兴过后，她的心里多少会泛起一股酸楚。虽然上有婆婆，下有住校在读高中的女儿，一家人和睦相处相安无事。但是，她还得接受"孤子无依孤枕独眠"的惩戒。她知道这是上天给予出轨者的代价，只是她觉得这种代价太过严酷太过持久，似乎一生一世也难以偿清。

手机有短信提示音响起，她打开收件箱，看到了谢志坚发过来的短信："我在上岛咖啡银针厅，等你！"

没有短信进入时，她渴盼他的回复，而一当他的短信进入时，她又有些迟疑了。八年不见，恍若隔世，再次聚首，如何面对？自己这副"黄脸婆"模样，去向他乞求，让他看在八年前那场轰轰烈烈的情爱上赏自己一个面子吗？更重要的是，她不想本已平静如镜的心面上重泛波澜。她担心再见到他，自己会情不自禁，自己会想入非非，自己会被情灼伤。好不容易用八年时间默默无闻地完成着自我救赎，就怕见上一面，让那埋藏心底的情感死灰复燃。她已经没有资本、资格和姿色像年轻女孩一样追逐爱情梦想。她除了伤不起外，她更想独善其身。

她磨蹭了一会，最后决定还是去赴约。

婆婆在厨房里收洗，她走到厨房门口，对着婆婆的背影说："妈，单位有事，我出去一下。"

婆婆停下手中的活，转过身，关切地说："只是别弄得太晚了，早点回来。"

家离"上岛咖啡"不远，她花十分钟就走到了。

"银针厅"大门开着，谢志坚坐在沙发上看电视，她在门前一站，他随手关掉电视，立马起身走过来相迎，赞美道："你还是那么年轻漂亮，时间的锋刀怎么就刻不到你脸上呢？"

"徐娘半老了，还漂亮什么？要说人还显得年轻，只有一个秘诀：憨吃哑睡少操心。"她笑答道，随着他的手势引坐下。

"你这种好心态真是让人羡慕。"他继续恭维道。

"做人嘛，总得有一项优势，不然何以立身存命？譬如你，就有财富。"她一步不让地回应道。

"我给你点了你爱喝的'墨西哥之夏'。"他说着，双手端起杯子，递到她的面前。

似曾听过的一句话，似曾相识的端杯动作，勾起了她心中的那扇闸门，涌起了层层巨浪。她有些惊颤地站起来，努力地定住神儿。当看到那个男人满是皱折的手臂以及下垂的眼袋和略显苍老的面容，她突然感到是那么遥远和陌生。她接过杯子，柔柔地说："谢谢!"

他似乎从她失态的惊颤之中瞧出了一点端倪，轻轻地说："舒舒，别独守空房了。回到我身边来吧，我需要你。"

"委身做你的情人，可能吗? 我不愿意，你不需要。"她坦率而直接地说。

他感觉到了话不投机的尴尬，试图抢占主动揽她到身边，伸出手准备抓她的手，被她躲开了。

"有什么事，你说吧。"也许觉得在她身上占不到丁点儿便宜，他丧失了继续纠缠下去的兴致和欲望，转换话题开宗明义道。

她喝了一口饮料，说："听说你公司缺人手，我想给你推荐几个。"

"公司的确人手缺乏，但不知你推荐的是什么专业的人?"他问。

"居住在我们社区的几名下岗工人及其家属，年龄在五十岁上下，很适合在你家政公司干。"她进一步推介道。

"甩包袱呀，我的公司不是收容站和避难所。"他半是正经半开玩笑道。

"别说得那么难听。"她有些恼了，感觉到面前的男人变得有些斤斤计较患得患失，便用教训的口气道："开那么大的公司赚那么多的钱，应该多想想如何回报社会、回馈百姓。不然良心会不安逸的。"

"你别说了，我同意接收行吧。"他求饶道。

"有三对夫妇六个人进你们家政公司，希望你给主管说说，尽量每天派他们出活，别让他们闲着，月工资不得少于两千元。"她像对自己的至亲提要求一样，毫无顾忌无所保留。

"如果他们每天出活，工资远超过这个数。"他说。

"你公司聘请了法律顾问吗?"她问。

"聘请了两名兼职法律顾问。"他回答道。

"那么大的公司，光请兼职的恐怕不行。我给你推荐一个专职法律顾问吧。"反正是提一回要求，提就提到位。

"你推荐的是谁呀？"他木木地问。

"田大海。"她说。

他铬铁烫屁股地站起来，眼里满是疑惑，问："田大海，我没听错的话，你不会是想派个间谍打入我公司进行颠覆活动吧？"

她招手让他坐下，满面微笑轻言慢语道："我原以为你看人看物独树一帜、与众不同，现在看来，你和大多数人一样：俗！"否定了他的"眼光"之后，她又单刀直入地介绍起田大海的优点："田大海生有几根反脊，有些桀骜不驯。但是，他熟谙法律、精通经营、责任感强。更值得推崇的是，他有为主人牺牲自我的拼命精神。这种人正是你公司大展宏图而亟须的宝贵人才。"

"他那种烂名声，只怕要毁掉我公司的声望。"他心有余悸地说。

"你吸纳田大海，从市里到省上，都会夸奖你有强烈的社会责任感，有担当意识，你公司的声誉不仅不降，反而将会有一个大的提升。"反正是豁出去了，她只能顺竿往上爬了。

"我得回去和几个股东商量商量。"他有些迟疑，不敢做主拍板。

"什么商量？你不会是想推吧。"她一针见血道，"这些年，我从来没有求你做过什么，只有你谢志坚亏欠我的。我希望你给我这个面子，把田大海安排进去。如果你这样做了，说明你还念点情分。反之——"她别无选择，只能用这种要赖似的方式激将他。

他面色凝重垂头不语。

"我走了。"她佯装气恼站起身来。

正欲转身，她的胳膊被他攥住了。他顺势一拉，把她拥于怀中。她没有反抗，任由男人双手抱着她的腰，在她背上摩挲。有什么办法呢？男人这个时候需要表现他的征服力。只有他征服了你的人，你才能征服他的心。

他把嘴拢到她的耳边，吻吻她的耳垂，轻声道："你穿裙装很有韵味！"见她没有回应，他表态道："让他们下星期一上班吧。"

男人的臂膀很有力，让她涌起一股久违的冲动。

六

舒舒早上上班做清洁时，总能在办公楼的走道上透过玻璃窗看到黄桂生、林保成、张业辉三个人骑着自行车驮着婆娘，有说有笑地去上班。她会停下手中的拖把，有些羡慕地望着他们远去。仅过一会儿，西装革履打扮得有模有样的田大海提着公文包站在社区办公楼门前，招手拦的。原来一吹即散的几绺稀发而今用啫喱水粘着，像块瓦片盖在头顶。因为不在主道旁边，"的士"经过的并不多，往往这个时候，田大海就会走进办公楼，同正拿拖把拖地的她打声招呼。舒舒想见他又有些怕见他，答应过他的那桩事未能履约兑现，心有些虚，怕他突然提及没有应辞。

好在田大海仅仅是打声招呼而已，从未提及那档子事，让她悬着的心逐渐放松下来。每天早上要是见不着田大海的人、听不到他的那声招呼，她会觉得心里少了点什么一样，一整天都会空落落的。

做完楼道卫生，舒舒没有看到田大海。擦完办公室的桌椅，还没听到田大海的声音。她的心有些悬了起来。

挨到十点钟，办公室门口传来欢快的鼓乐声，她走出办公室循声望去，只见一对夫妇抬着一面锦旗站在办公楼前，后边是身着红色礼服的洋鼓洋号队，合奏着《喜洋洋》的乐曲。她走到门口，看到锦旗上面写着"危急筹医款，天使降人间"的字样。那对夫妻迎上前，把锦旗交到她手上，那位妻子说："谢谢您，舒主任。本来和老田约好一道来的，但他为单位的一桩官司在省城跑，来不了。老田都给我们说了，当时要不是您和向警官出面给办事处领导施压，五万元钱他是绝对弄不到手的。我孩子的病也就耽误了。"那位妻子说着说着，眼泪像断线的珍珠潸潸下滴，哽咽着说不下去。丈夫接过妻子的话说："省城医院的医生说了，要是再晚几天，孩子就没救了。老田反复叮嘱我们一定要感谢您和向警官，他说你们是好人。"

总算弄清楚了田大海筹资五万元的目的和去向。她的心里突然涌起一阵感动。她对那对夫妻说："其实你们更应该感谢田大海。"

那位妻子说："怎不是呢？孩子的白血病发病急，我们没积蓄，找亲友也借不到，最后找到老田，他二话没说就答应了。我们和老田也没啥特别关系，仅就是他'闹协'的成员而已。"

老向接过她手里的锦旗，拿进办公室。她请几位到办公室坐一会，那位丈夫说："不耽搁您工作啦，祝您好人有好报！"说完，一帮人欢欢喜喜而去。

回到办公室，看到老向正在挂锦旗，她感叹道："看来田大海还有救！"

"不仅有救，而且还有戏咧。"老向呼应道，眼睛故意朝她眨了几眨，弄得她满脸绯红。

一个星期后，上午九点。

舒舒坐在办公桌前，神情专注地写着总结，下午办事处召开社区工作会议，党委书记点名让她发言，主要是介绍如何转化田大海一班人的经验。她刚写下"交心谈心、以心换心、两心合一心"的标题，手机呜呜直响起来，她打开翻盖，瞅见是谢志坚的号码，赶紧接听。谢志坚凌厉而粗暴的声音快要刺破她的耳膜，"你做的好事，那个'活宝'田大海现在在我公司办公楼的七楼顶上准备跳楼，谁劝都不听。你赶快给我过来，把他劝下来！"

她按下电话，拉上老向，奔出门，跳上刚刚下客的一辆出租车，快速地向谢志坚的公司赶去。她的心紧张得快要蹦出来，一个劲地敦促司机快点再快点。

"田大海这一阵子做得好好的，怎么突然要跳楼呢？看来这稀泥巴终究是扶不上壁的。唉——"老向叹气道。

"你又不知道是什么情况，别瞎发感慨。"她态度有些恶，制止道，眼泪不由自主地流了出来。

到了事发地，她下车还未站稳，谢志坚堵住她，控诉道："公司有一笔涉及一百五十万的官司，我交给他去应付，嘱咐他，如果不行再从外面请一个经验丰富的名牌律师参与进来，他夸下海口说自己行，不会出什么问题。今天早上从中院反馈过来的消息，我们败诉了。我还没开口批评他，他倒跑到七楼去跳楼。我算是倒了八辈子霉了。求你亲自上去把他劝住，不然，我的损失可就大了。"谢志坚双手合十成作揖状，不住地哀求。

仰望七楼顶上站在边沿的田大海，她的心里涌过一片同情。她撩起裙摆，独自走上台阶，直奔楼梯，快速爬上七楼，来到平顶上。她平喘了一口气，柔柔地叫道："老田。"

田大海蓦然回道，浑身一颤，眼睛一亮，但闪忽之间又黯淡下去，他警告道："你别过来！你别过来！"

"老田，出了多大点事，犯得着你拿生命去换取。"她小心翼翼地劝道。

"舒主任，我对不起你，我也对不起谢总。你们那样相信我，但我却搞不成事，让公司蒙受巨大损失。我还有啥脸活着，不如死了算了。"田大海眼里噙着泪，悲戚地说，又向平台边缘迈了一步。

"老田，人死了损失就去了，但人只要活着，就有机会挽回损失。你是个男人，应该振作起来，用实际行动去挽回损失。"她忽闪着那双大眼睛，柔柔地鼓励道，向着他的方向往前迈了几步。

"我也想过要痛改前非重新做人，但谢总不会再给我机会，你也不会再相信我，熟悉我的人依旧会用老眼光瞧我。我活着还有什么意义呢？不如一了百了。"他伤心欲绝地说，左腿跨过护栏。

"你别——"她急忙跑过去拉住他，对着他的耳朵喊道："我相信你！"

田大海瞪眼望了她一眼，喃喃道："你别骗我了。我为了你彻底改变自我。我那么喜欢你，而你连眼角都不瞄我一下。你怎么会喜欢我这种人呢？"他呜呜地哭了，一边哭一边用力地把右腿奔过护栏，整个人站在边沿上了。

她紧紧地抱住他，把嘴附在他的耳边，轻声说："我喜欢你！"

他回过头，盯视着她，不相信地摇着头，身体继续往边沿上奔。

　　她从他的眼里知道他想要什么。她也明白这个男人用生命在向她胁迫。千钧一发，生死关头，她顾不得那么多了，用双手抱住他的头，毫不犹豫地用嘴吻住他亟须给予湿润的唇……

　　他像一个乖顺的孩子，在她的引领之下，双腿慢慢越过护栏，退回到了安全地带。

　　蓝天、丽日、和煦的风、飘移的云，似乎在见证这感天动地的天使之吻。

靠山

一

我叫罗太顺，今年十七岁。不，应该是过了十七岁，虚岁十八岁。

今天是我的大喜日子。在我家门前的禾场上，架起了彩虹门，搭建了戏台，接请亲戚、乡邻及朋友，一共摆了六六三十六桌。那热闹的阵势和喜庆的氛围，丝毫不逊色于前几天我隔壁田大头的结婚场面。

我们这个地方就是这种风俗，一年四季除农忙的那几天外，几乎天天都有喜事请客摆酒。婚丧嫁娶自不用说，像田径举重射击等传统体育项目一样，最早被列入奥运比赛项目。满月、十岁、六十大寿，外加当兵和考学，也像游泳和篮球排球足球一样，逐步被列入奥运比赛项目。接受邀请去吃喜酒，是要赶情的，早先时只赶两块钱的情，就可以去撮一顿。随着生活水平的提高，情钱从三块到五块再到十块再到三十块五十块，现在连一般的乡情已经翻到一百块了。不过出一百元人民币，可以拖家带口到请客人家去蹭一天的饭，唯一的好处就是可以让妇女同志解放一天。由于家庭不同，成员有异，在赶情中就出现了差别，有的家里一年请几次客摆几次酒，而有的家里几年也轮不到请客摆酒的机会。比如我家，爷爷奶奶过世得早，父母只生有我这一个独种宝贝儿子，完全没有由头请客摆酒赚情钱。一年赶成千上万的钱出去，几年没有半分钱回收，所以有些家庭便突发奇想，设立了订婚筵、乔迁筵、五岁筵、七十八十寿筵，像乒乓球、羽毛球一样，半路挤进了奥运比赛项目。还有的家庭连这些也排不上，干脆就自出心裁地把母牛生下牛娃、母猪产下猪崽等等，只要是沾上一点喜庆的边，都成了请客的理由。就像奥运会在哪国举办，该国便把本国的优势项目列入奥运比赛项目中一样，可以多拿金牌呀。你知道我们乡下现在什么职业最赚钱吗？整酒席的厨师以及他的一条龙的团队，光我们村上就有十二家，连喂了一生猪的康老头，在他六十岁时也自学成才改头换面，网罗几个人敲起了整酒班子。

既然是我的喜事，那就该说说我自己了。父母为我摆酒请客，不是我考上了大学，也不是我验上了兵，更不是我要订婚。那是什么呢？说实话，我真有点茅厕里拣张纸——开不了口。其实，也没什么不好意思的，对比那些靠牛下娃猪生崽等动物之喜请客的人家来说，我可要名正言顺多了，我毕竟是人啦！我毕竟是加入进了欢哥的班子呀！何况加入某某班子请客摆酒并不是什么稀罕之事、越规之举，在我之前已经有好多好多家了。

欢哥是何许人也？欢哥就是欢哥，在我们这一块方名气很大，如雷贯耳。小孩哭吵，大人只要说欢哥来了，小孩顿时停止哭吵，比注射麻醉剂还管用。因为欢哥声名响亮，所以我们这里的人只知欢哥而不知他姓甚名啥了。欢哥到底是怎样一个人呢？有一点可以肯定，他不是共产党内的人。你说他是黑社会团伙头目吧，好像够不到边，因为他没什么组织什么纲领之类的东西，也没有垄断什么行业。你说他是黑道老大吧，有点牵强，他没有走出自己的那条"道"，同时也没看出他有杜月笙、黄金荣那样的气魄和势力。准确定义，欢哥至多算是一个黑帮小头目。但镇上的人都说，欢哥是道上的"镇长"，说话比镇长管用多了。

彩虹门上的对联是我表叔良平作的，上联是"红道黑道白道，道道互连"，下联是"水路陆路公路，路路相通"，横批是"殊途同归"。表叔良平三十多岁，戴一副眼镜，人瘦瘦的，一看就是猴精相，他是欢哥手下的"四大金刚"之一，因为在"四大金刚"中他的年龄居首，大家都尊称他叫"良叔"。

戏台上唱着传统花鼓戏《十三款》，嘉宾们各找位置坐了下来等着开席。没有举行任何仪式，但作为支宾先生的良叔还是用麦克风宣读了欢哥写来的致辞。应该说，欢哥的致辞信提升了我家请客的档次，给我以及我的父母长了很多脸。致辞念完，掌声雷动，锣鼓齐鸣，鞭炮轰响，礼花绽放。

父母带着我到各桌去敬酒。父亲有些佝偻的腰板终于挺直，一副扬眉吐气的模样。母亲不知笑为何物成天挂着一张苦瓜脸，今天也终于滤掉苦汁展露笑颜，比那铁树开花还要神奇。我生性有些羞涩，尤其在众目睽睽之下，羞于见人难以开口，只能像跟屁虫似地尾随在我父母之后。当听到宾客说"你们的儿子有出息了"的赞许以及"你们罗家终于翻身，再也不用低人一等"的恭维时，我的内心充满自豪，脸上写满荣耀，在大伙的吆喝声中，我不说一句话，抬脖仰头，一口一杯地喝。每到一桌，敬人一杯，接受回敬一杯，一桌喝两杯，待三十六桌敬完，我用"肚脐眼酒杯"喝下去七十二杯酒，少说也有斤儿八两，一会儿，肚子里翻江倒海汹涌澎湃起来，我感觉到自己有些支撑不住了。

我跟跄地走进堂屋，自持不住，"哇"地吐了一地。一只小狗狗跑进来，忽拉忽拉地把我的呕吐物照单全收，不一会，便躺在我的脚边。我用脚踢踢小狗狗，它却醉得狗事不省了。

头有些疼，要开裂似的。按说，今天是我大喜的日子，热闹欢乐的酒筵上不能缺少我这个"主角"，即使是坚持坚持再坚持，我也得硬着头皮陪到客人散席。但是，我实在灌得太多，只能失礼了。我趔趔地扶着墙摸进房里，像扳木板一样地把自己扳在床上。迷糊之中，恍惚之间，我像那插上翅膀的天使信马由缰、腾云驾雾地穿越开来。

小学六年，我不是品学兼优的"五好学生"，但也算是规矩本分的"红花少年"。初中开始，我就开始变了，变得不爱学习，变得顽劣，变得叛逆，时不时地逃半天课和几个调皮生到集市上游逛，隔三岔五地打一场群架，动辄就躲到网吧消磨半天。我们这个地方，古代是驿站，交通便捷，离县城近，加上有贯穿几县的东顺河流经，码头文化也颇有渊源。所以，商贾集聚，富豪扎堆，随之而来的是劫富夺财的土匪、草寇应运而生。土改时，政府镇压土匪草寇达十人之多。1982年"严打"，一口气枪毙了六个流氓团伙头目，还有五个小头目被判死缓，至于被判十年二十年刑的虾兵小将不计其数，数都难得数过来。按说，杀也杀了，毙也毙了，判也判了，政府能用的法律武器都用上了，这里应该会变得"天下无贼"清泰平安。差矣！这里的帮派、团伙不仅没有绝迹或减少，相反像割韭菜越割越发，好比离离原上草春风吹又生似的，去了一发又来一发。这些年存活下来的"漏网之鱼"混到省城和县城，当上黑帮头目的不乏其人，他们将黑钱漂为白金，生意做得出奇地大出奇地好。活生生的事例让有些老百姓认识到：原来做这行走这道也能脱贫致富发财发家呀！帮派林立，黑恶盛行，遭殃受罪的是老百姓。为了寻求保护，也还有出人头地的机会，许多老百姓纷纷送小孩加入到黑帮之中。以至于我们这个地方流传这样的民谣："上学苦，读书累，不如参加黑社会"。在这样的氛围和环境之中，我从本分学生逐步演变为"问题少年"，初中学业基本荒废。

中考我只考了180分。其实，凭我肚子里的"货"，应该考不出这等水平，但我会蒙，也会偷看邻座的——抄。父母看到这个成绩，并没有过多地责怪我。两老叹息半夜，最后做出一个重要决定：送我到镇里当通信员。早上，父母从鸡笼里捉出两只母鸡，从积攒鸡蛋的罐里拣出五十个土鸡蛋，带着我到镇上去找我的堂舅。堂舅当时是镇里管财经的副镇长，正在办公室里和人说事。父母到访，堂舅起身问：你们有么事？我不善言辞的父亲把我往前一推，有些结结巴巴地说：这娃儿好吃懒做，调皮捣蛋，不求上进，干活身子不壮，当兵体格不行，考学成绩不好，只能跟你一样，到镇上当——当——干部。父亲说完，坐在屋里开会的几个干部叽叽笑了，堂舅脸色很难看，又不便发作，摆摆手推却道：我现在忙，你们先回去，以后再说。哪里还有什么以后呢？老实木讷的父亲怎么也没想到，他实话实说的几句话，后来被社会上传讲，成为嘲讽镇干部的经典笑话段子。

谁家父母都望子成龙，我的父母亦不例外。显然我不是成龙、成才、成大事的料，但这不是我的错呀。用我们这个地方的比喻，砖坯子不正，窑壳子不好，又欠缺火功，烧出的砖理所当然地又泡又松还不规则，既受不得重压，也经不起磕碰，只能混在众多砖块中，滥竽充数地占一地儿。我就是一典型的烧过了气的砖。父母经过半夜密谋，准备送我到欢哥的班子上去。进班子需要人保荐，父亲的舅老表胡良平就在欢哥手下，混得人模狗样的，还不错。我们罗家在村上是小姓，加上父母怯懦窝囊，所以在村上不仅没有

"话语权"，而且还处处受人欺凌，地位比改革开放前的"地富反坏右"高不到哪儿去，只算没有捆绑上台插上标签被批被斗。父母认为，既然孩子读书读不出个人样，那就让他到"班子"里去争个一席之地。家里出个有狠的"锤把手"，也是一种不错的选择，至少可以重振家声，保证罗家不受欺辱。

父母这次吸取教训，没有贸然唐突地领着我去找我表叔良平，而是把他从镇上请到家里，安排他坐上席，酒饭招待，好烟好茶侍候。临了，父亲指着坐在桌子下席的我，推介道，你表侄儿今年十五六岁了，没长读书的脑袋，没有种田的身骨，但有一个优点就是人长得还算机灵。我和你表嫂思来想去，决定还是交给你，让你带着他到欢哥的班子里去干，兴许还能干出点名堂。良叔看了我几眼，摇头道，这孩子好像还没发育全呢。加入欢哥的班子，今后要有出息，必须具备三条特质。首先，要有一副凶相。这孩子长着一张娃娃脸，细皮嫩肉的，长相不够格。第二，要有一种血性，他这副样子，无精打采、快快垮垮的，血性不够强。第三，要有强健体格。他瘦瘦弱弱、文文静静的，人家吹一口气就可以把他吹出几十米远，体魄不够壮。听到这里，母亲苦着脸提醒道，孩子正在发育着咧，身子骨说长就长起来了。良叔喝口茶，解释道，到欢哥班子里去干，也是要有天分的，不是人人都能进去混的。你们家太顺眉清目秀瘦弱斯文，缺少霸气和匪性，即便进去也混不出啥名堂来。还是让他去读书吧。

父母精心为我作的两项选择，一个被堵上了门，一个被封死了窗，父母最后只能无奈地打开"天窗"说亮话：我们送你上高中。虽然我痛恨念书，但我没有选择的余地，只能接受。我那分数不够高中录取线，父亲通过人找人，最后交了三万元的调节费，让我成为县城一所普通高中的"议价生"。

上学后，我冲着那三万元钱，夹着尾巴老实了几天。

那些数理题目深奥难解，让我生厌。英语单词繁杂难记，让我烦躁。沉重的学业负担，尤其是从早上六点到晚上十一点连轴转的劳累，让我受不了、吃不消。唯一有一个征兆令我欢欣鼓舞：我开始发育了，身高从一米六猛地窜到一米七还多，体重也由不到一百增至一百一了。我不再是"鼻涕虫"，也不是"少年身"，我成了堂堂正正的小男人：喉结鼓了，胡茬子长了，声音也变粗了。最为重要的是，我开始有自己的思想和主见，很快和班上一小撮入学分数考得比我还低的男生女生搅到了一块，并结成"同盟"。我们集体逃课后，到网吧上网，到 KTV 嗨歌，到郊外游玩。班主任老师拿我们没辙，除了电话通知家长到学校给我们一番批评劝阻外，再没有其他管教办法。家长一走，我们旧病复发回归原样。

在"同盟"中，有一个叫黄倩倩的女孩喜欢上了我。她比我大一岁，父母在省城做小生意，把她交给姥姥照顾。她长得很白皙、很漂亮，是看一眼就招人喜欢的那种。我生在农村，或多或少有些自卑，而她是我心里的"白富美"，我岂敢有那种非分之想。但她很主动，经常拉我单独行动，大方地给我买这买那，身子故意和我挨挨擦擦，亲昵地拿手给我将头发扯衣角，有时还双眼带火地电我一下。我表面冷漠无动于衷，但内心滚烫快要发狂。我自惭形秽，故作冷漠地回绝：我配不上你。她嘿地一笑，说有啥配不配的，我喜欢你！你略带忧郁的气质，快要把我迷死了。

她的直率告白和漂亮可爱彻底征服了我。我无可救药地爱上了她。有时候下午时节，她就带着我跑到她的家里，趁着她姥姥出去打麻将的当口，我们躲在她的闺房里，抚摸、接吻、嬉闹。当我情到深处难以控制强行要她时，她拼命抵抗死活不从。看到我闷头不语极不高兴，她劝慰道：我也想，也许比你更想。但我的这朵生命中最最珍贵的莲花，至少要等到你十八岁了才给你采撷。说完，瞅了我一眼，意味深长地强调道，十八岁成人了，你就会有担待，能负责任了。细细一想，她说得不无道理，我也就慢慢死了那份强制夺岛的心。

在我们爱得如胶似漆死去活来的时候，突然播进来一个第三者。他叫马天磊，是隔壁班上的，和她同岁，长得比我高，身体比我壮，而且家里是开工厂的，明摆着他属于"高富帅"类型。马天磊厚着脸皮向她表白，被她拒绝了，但马天磊贼心不死，又接连向她表白几次。烈女怕缠夫，她有了些许的动心，并且瞒着我和马天磊约会了两次。

我是一个醋缸子，眼里容不下自己心爱的女人和其他男生厮混。我不能想象马天磊的那双脏手摸她冰清玉洁的身子和他那张臭嘴吻她香气如兰的嘴巴的情形，比刀剐火灼还要让人心痛。我的自尊受到严重伤害，大声斥责她为什么要水性杨花脚踏两船？她反唇相讥还击道：你还有脸责怪我？你要是强大一点，他敢纠缠我吗？有本事你就灭了他！我气吞山河豪气冲天地发誓道：行，你通知他，我要收服他！

她安排我和马天磊见面时间定在晚上九点，地点在学校后边那片林子里。想到"情敌相见分外眼红"，想到"决斗场上方显真爱"，我的胆儿迅速地膨胀到无限大。为了打有准备之仗，为了不重现普希金那样的悲剧，我跑到街上五金店挑选了一把长约半尺的带把水果刀别在腰间。表叔良平说我没有血性，我连刀都敢佩戴，并且准备拿情敌"开刀"，怎么没有血性呢？

我九点整准时到达操场边的林子里，刚一站定，马天磊从林子深处走过来，对着我的脸"啪""啪"就是两记耳光，比大人打小孩的光屁股还要利落还要脆响。我捂着有些肿痛的脸，措手不及地质问道，你怎么能随便打人？马天磊理直气壮道，老子从来都是搬着拳头横着走路，就是要打你这个从农村来的"小土包"。谁叫你狗胆包天，居然敢和老子争抢女人。我毫不示弱地说，黄倩倩和我先认识的，是我的女人！马天磊不由分说一拳直击过来，我躲闪不及后退倒地，前胸像被捅出个窟窿似的疼痛不已。马天磊暴跳如雷地说，你这个"小瘪三"，也不撒泡尿照照自己是个什么东西？告诉你，黄倩倩是老子的，盖了"钢印"。你再敢靠近她一步，老子就让你消失！马天磊一边说一边奔到我的身边，在他那双穿着皮鞋的脚即将踏上我的身体让我永世不得翻身之时，我霍地从腰间抽出水果刀，蛮力阵阵地刺向他的小腿。我听到了"啊——"的一声惨叫。在他弯腰去捂伤口之时，我抽出水果刀，迅速爬起身，跑到观战的黄倩倩身边。她惊慌慌地推了我一把，说，你杀人了，快跑！我顾不得那么多了，机警地跑出学校大门。

我杀人了！这个声音一直在我脑际萦绕。我不知道是紧张还是兴奋，抑或还有一种新奇。我茫然无措像一只无头苍蝇瞎撞乱飞，漫无目的地窜到东顺河边，才停下脚步。

我杀人了，学校是不能回的了，公安机关肯定会缉拿我，我得逃走！前路漫漫，往哪里逃？逃回家里吧？不啻自投罗网。逃往外地吧？身无分文，又没身份证，只要网上通缉就会露出原形。没有别的路径，我只能投靠良平表叔。

我失魂落魄有如丧家之犬一样地一路狂奔回到镇上，敲开良平表叔家的门，随他走进里屋。我单膝跪地，双手托着那把水果刀，邀功讨赏地表白道，叔，我用这把刀杀人了。良平表叔接过刀，看过刀尖上残留的血渍，不相信地问，你敢杀人？我鸡啄米似地使劲点头，唯恐他不信，便原原本本地讲述了事情经过。良平表叔把我扶起来，指正道，顺儿，你没有杀人，只是用水果刀刺伤了人。我说，我别无选择，只能投奔您和欢哥了。良平表叔欣然道，一年多前，我小看你了。不错！不错！今天我代表欢哥正式接收你。这把刀就是你进入欢哥班子的"通行证"，刀尖上的那片血渍就是你给我们带来的"见面礼"。

我紧张不定晃荡不安的心终于安定下来。想到自己已经成为欢哥班子里的一员，我的心像爆米花一样炸开了花。我终于不再受人欺负，终于可以为所欲为地做我自己了。

睡到第二天早上十点，良平表叔从外边回来叫醒我，告诉我那个马天磊没有报警，腿上缝了几针在医院躺着，他已经找人打点好了。我的心里一阵暗喜，原来拿刀捅人也不过如此，花点小钱就能摆平了断。我像卸下了枷锁一样地感到浑身轻松，诚恳地向良叔表达了感谢之意。接着良叔特别交代：这几天你给我避避风头，老实在家待着，读点法律书，多记点刑法知识，再看点破案的书。我撅起嘴，小声咕噜道，还要读书记东西呀。良平表叔很严肃地教诲说，不仅要读要记，还得认真地读用心地记。我们的所作所为都是踩着法律的红线，或者说在钻法律的空子。知道什么违法什么不违法，对于今后你行为处事会有很大的帮助。我瞪大眼睛，似懂非懂地回答道，是的。

昏睡中的我发着梦呓：是的。是的。连续重复了多遍。

顺子、顺子。母亲坐在床边，轻轻地叫着我的名字，把我从沉睡中唤醒过来。我望望窗外已是夜色密布，恭喜道贺的人群已经散去。

我怎么睡了这么久？我爬起身，问道。父亲走进来，有些不满地责怪道，你不该喝那么多、那样猛。吃完晚饭，客人离开时找你打招呼，不见你人影，弄得我和你娘很没面子。母亲端来一碗糖水荷包蛋，递到我的手上，饿了吧，快吃。我真的感到腹内空空饿感强烈，接过碗筷，仰头喝光碗里的糖水，没歇一口气，一连吃掉了碗里的八个荷包蛋。

母亲接过空碗和筷子，立定在那，似乎有话想说，但欲言又止。父亲朝母亲使劲眨眼睛，母亲没理会。父亲下定决心豁出去一样，小心翼翼道，顺子，咱们罗家历来规矩本分。你跟着你良叔到欢哥手下做事，千万不能飞天犯法祸害百姓，更不可杀人放火欠下血债。我埋头没有作声。母亲接着补充道，我们允许你进欢哥的班子，只是希望你在那个环境里混混，借那个名声和那股威风不让我们罗家受到欺负。最多跟着他们干点小偷小摸、鸡鸣狗盗的事，切切不能动刀动枪、走私贩毒。做了伤天害理的事，共产党是不会放过你的。我缄默无语，没有表态，因为我没法表态。

二

我虽然正式成为欢哥班子里的人，但我还没见到过欢哥。我很渴望见到他——我心目中的英雄，哪怕晃一眼都行。可是良叔就是不给机会让我满足一下我如饥似渴的好奇心。将近两个月，良叔只让我待在住地。我们的住地也就是人们所说的老巢，算上请的那位大师傅，一共住着八个人。临街面一幢三层楼房，供我们吃住。楼房后边便是一小院，约莫七八十平米，水泥地面，供我们活动。走进小院，最为醒目的就是钢管架上吊着的两只沙袋，像两个吊颈鬼，深夜起来小便时让人看得心惊肉跳。良叔给我安排的活动是上午看书学习，下午练习功夫。名曰练习功夫，不过是不厌其烦地从各个侧面或拳击或脚踢沙袋，单调乏味得只想头撞沙袋一死过去。晚上，更无聊，另外几个都领命而去，只留下我一人值守，可怜我只能翻来覆去地撅台看电视。

那天吃过晚饭，我的几个同伴放下碗后就出去行动了，又留下我独守住地。我带着怨气地问，良叔，您到底安不安排我的工作呀？良叔答道，安排你上午学习下午强身，这就是你目前的工作呀。我充满期待地憧憬道，我希望和他们一样，马上投入到真刀真枪的实战中去。良叔瞟了我一眼，苦口婆心道，顺子，让你上午半天学习，是希望你熟记法律知识，知道什么是违法什么不是违法？这样你就可以在行动中能不违法处理下来的就尽量不违法。需要违法才能处理下来的，你就知道哪方面违了法而尽量地不留证据。至于让你下午练习拳脚，是因为你虽然长了一副男人的皮囊，但肌肉松垮、骨骼脆弱，根本经受不住剧烈磕碰和高强度对抗。如果要想在搏击中赢得主动且立于不败之地，必须具备钢一样的体格、铁一样的意志、山一样的力量，你准备好了吗？良叔的问话把我问得羞愧难当无言以对。良叔用心修炼、锻造我，是希望我成为行走江湖的"东方不败"，而我却懵懂无知不予配合，真是太令人失望了。良叔窥察出我内心的反省，鼓励道，不要泄气，加油！今后参加行动的机会多的是。

机会说来就来了。和良叔谈话后的第三天，吃完晚饭，良叔召集我们围成一团，小声布置道，老大组织了一场"灌窑"，八点钟开始，现在我们就出发。大家关上手机放在宿舍。我有点像听天书似地摸不着头脑，"老大"不用猜一定是欢哥。"灌窑"是什么？还有为啥要把手机搁在住地，等会分散开来怎么联系？带着一肚子新奇，我低声问了小胖。小胖把嘴贴近我的耳窝，用一只手遮着，小声告诉我，"灌窑"就是赌博。把手机关着搁住地，是因为警方的 GPS 定位系统太厉害，怕暴露。为了便于联络，等会到达现场后，良叔会发给我们每人一部新手机。

原来如此！

我们专用的交通工具，一辆小型五菱面包停在门口，小六子负责驾驶。良叔坐在副驾位置，我们其余六个人像堆人肉似地挤在后厢里。行驶约莫一刻钟，五菱车在进入芦生湖的路口停下来，良叔下了车，让大家坐在车上待命。我们坐在车里闲得无聊，小非便提议由小胖讲个笑话。小胖抹了一把充满喜感的"幽默脸"，努力睁开怎么也难睁开的箦片眼，润润鸭公喉，绘声绘色地讲道：一对夫妻闹离婚争孩子，妻子首先说，孩子是从我肚子里出来的，应该归我。丈夫听后，驳斥道，胡说八道！那银行的柜员机里出来的钱能归柜员机吗？妻子问，那归谁？丈夫得意扬扬地说，归插卡的人！

我们轰然而笑。

良叔接了一个电话，迅即回到车上，给每人发了一部新手机后，便给大家作了分工：小胖和黄黄负责收缴入场人员的手机。憨憨带老八、小奇和小非当"钉子"，也就是放哨。小六子负责运送人员进场。我陪良叔照护场子。

分头行动吧。良叔发话道。

一班人下车后四处散去。

我跟着良叔，随几个拎着红色拉竿箱的老板坐上五菱车，小六子花了五六分钟把我们拉进"场子"里。

所谓的"场子"，原是一个渔行老板在湖河密布的湖心垒起一块干地而建造的两层楼房，准备对外经营农家小吃的，未曾想到交通偏远乘车不便，来消费的人寥寥无几。渔行老板经营不下去，提出转让，被欢哥低价收购，成为欢哥组织"灌窑"的主要场所之一。

"场子"外边没亮一盏灯，黑黢黢的，隐没在漆黑一片的湖河中间。

推开厚重的木门走进大厅，富丽堂皇的大吊灯把大厅照得金碧辉煌。几名老板在皮沙发上坐下，很快就有服务小姐为他们送上茶水。

约莫一刻钟功夫，十二名老板到齐，良叔把他们引上二楼。二楼一分为三，左边是按摩松骨室，右边是喝茶休息室，中间为"灌窑"室。一张直径约两米的圆桌摆在屋子中央，聚光灯呈扇形射在圆桌上，亮如白昼。窗户被黑色天鹅绒窗帘遮蔽。两排箱形换气扇刺破屋顶，吸风换气，保持室内空气的清新。圆桌周围，摆放着十几只颜色各异的吧台转椅。

一位老板从一百多颗骰子中挑拣出两颗，其余的老板便轮流拿在手上掂掂，相继又查看了碟子和摇筒，接着十二位老板推选出了一位"宝倌老爷"，也叫"庄主"。"庄主"也不客套，马上订下了许多规矩，十一位老板点头称是，表示没有意见。

良叔让我专门负责抽"喜头"。所谓抽"喜头"，就是一注赢万元者，开场子的吃五百元的"红"，由我把五百元丢进旁边的一个圆形不锈钢的缸子里，行话叫"打缸子"。

随着赌注从两千元涨至五千、一万、两万，"打缸子"的钱越来越多，缸子一会儿就装满了。这个时候，我再把缸子里的钱倒进旁边的一只柱形铁皮桶内。

两小时后，一个秃头老板红色拉竿箱里的四十万输完了。良叔把他拽到一旁，劝他到隔壁休息室喝杯茶静静心。秃头老板笑道，没事。手一挥，叫道，来二十个。立刻坐在一旁"放码"公司的小青年送上二十万给他。他打了一张欠条，又返给小青年一万"水钱"。秃头老板拿着十九万，换了一个地方坐下，观察几宝后，便五万一注地下，连续赢了几宝，面前的钱堆得像小山一样。

离十二点还差两分钟，良叔提醒道，时间快到，抓紧押宝。话一落音，老板们便开始收拾桌子面上的钱。有几个老板提议加时一小时。良叔笑道，来日方长，机会有的是。为保险起见，今天只能到此为止。老板们有些依依不舍地下到一楼，乘车而去。

趁两位放码的小青年清点"码钱"之机，良叔从柱形铁桶里抓出一大把钱顺势塞进我的裤包里，给我使了一个眼色。我若无其事地走到洗手间，把鼓鼓囊囊的裤包捂平。

"打缸子"攒了大半桶钱，良叔将盖儿盖上，并反扣好，又拿来透明胶反复绑了几个回合后，交到放码的两个小青年手上。其中一个小青年交给良叔一个纸包说，犒劳犒劳弟兄们吧。良叔接过纸包，在手里掂掂，说，谢谢老大。

两个小青年抬着战利品被一辆"悍马"接走，一楼大厅里只剩我和良叔。好多疑惑像蜘蛛网绑住我的脑袋，让我理不出头绪不知道从何问起。良叔好像知道我的心思似的，说，"打缸子"弄了大半桶钱，为啥不理出个数来？告诉你，如果数出具体金额，今后说出来就成为无可狡辩的铁证。还有，十二点时，有些老板提出加时一小时，你当时看我的眼神好像也希望我顺应老板们的想法延时一个钟头，觉得"打缸子"又会增加一大笔钱。但是"灌窑"四个小时，输的没输得很深，赢的没赢得很多，反正都没尽兴没过足瘾。他们马上会提议组织第二场第三场，就像一个没吃饱的孩子，心里总惦记着那块食物。这样，欢哥的"场子"就可以长盛不衰地开下去，"打缸子"和放码的"水钱"就能细水长流、源源不绝地涌进欢哥的口袋。我愈发感到好奇，忍不住地问，这一次的收入就是几十万，一年下来欢哥得赚多少钱？良叔说，为啥都要出头当老大？还不是因为财源滚滚、"钱"途无"量"。接着叮嘱我，你今后少打听这些，知道多了不好。

突然，警笛声响，一位矮矮胖胖身着警服的警察大摇大摆迈着八字步推门而入，开门见山地斥责道，胡良平，你狗日的胆也真大，敢在我的管辖地带聚众赌博。只可惜我接到举报晚来一步，要不然老子抓住现行送你去劳教。我被吓得大惊失色，心窜得老高，快从喉咙口蹦出来，命悬一线啦！要是他们早来一步，后果不堪设想。

良叔不慌不忙地安顿那位警察坐下，递给他一支烟又用火机给他点燃，心平气和道，汪所长，一帮朋友在一块聚聚，乐呵乐呵。借我一百个胆子，也不敢在你的地盘上聚众赌博呀。良叔给我一个眼色，示意我离开。我拉开门走出去，但我留下一手没合上门。从门缝隙里，我看到良叔从荷包里掏出一沓钱塞进那位汪所长的荷包里。汪所长推脱几下，但被良叔按住了。

良叔殷勤备至地送汪所长上了车，警车耀武扬威而去。我很为不解地问，他们是来抓赌的吗？良叔摇摇头，低声道，欢哥同汪所长是铁哥们，他怎么会抓赌呢？他此时来，传达两层意思：第一，我接到举报出警了，对社会对上面有个交代。第二，让你知道他给了你保护，你吃了盐酱得晓得咸淡，给他好处。联想到良叔塞给汪所长的那沓钱，我明白了个八九分，汪所长是欢哥开"场子"的靠山。

坐上五菱面包车，在返回途中，良叔发给我们每人五百元钱的辛劳费。想到铁桶里为欢哥赚了大把大把的钞票，而落到自己手上的只有薄薄稀稀的五张，我的心里突然有了一种巨大的落差，但迅即我自找台阶地宽慰自己；毕竟你还赚了五百块钱呢。

回到住地，关上房门，我掏出良叔塞到我裤包里的那堆钱，一张一张地抚平叠正，并用报纸包好，送到良叔的卧室，递给他说，一万零七百元。良叔打开报纸，抽出七百元递到我手上，告诫道，欢哥赚大头，我们逼一点油水，赚一笔小利。你今后放精明些，手脚要麻利。像我们这种人，是没有未来的蚂蚱，得见缝插针、能捞则捞，为自己留点后路。我恭顺地回答道，谨听良叔教诲。

我第一次拥有了一千二百元钱，夜晚睡得很香，感觉到自己被一张一张的票子包围着。

良叔对我第一次行动颇感满意，隔了几天，他又分派给我一个任务，让我带着小胖和小非去处理镇工业园区一起征地纠纷。我只来了两个多月，参加行动次数极其有限，但良叔指定由我带队，我心里没多大的谱。为了打有准备之仗，我便独自一人提前出去摸情况。其实事情很简单，镇里引进了几个工业项目在园区落户，需要征用铁湾村的一千多亩地，村里同意了，大多数老百姓也签了字表示认可，但以赵大勇为首的一小撮不仅不在协议书上签字，而且还占领工地阻挠施工。双方的拉锯战持续了将近半年。事情迟迟得不到解决，几个投资老板向镇里通牒：再不处理下来，撤资走人另找地方。镇里没办法，便把这个"包袱"甩给了承建园区工程的建筑老板，限令他一个月之内搞定。建筑老板只能效仿其他地方的做法，花钱雇请黑道干预。

赵大勇是"重点目标"，我便着手对他进行全面调查，得知他今年六十二岁，从镇水管所退休，生有一子一女，均在外地工作。赵大勇也叫"赵大胆"，生性耿直，爱打抱不平，敢说敢当。他带头挑事的主要原因认为镇里每亩地给农民的补偿款太少，只有六百元，提出每亩至少补偿到一千元。

晚上八点钟，我带着身着黑背心、黑中长裤、黑色跑鞋的小胖和小非直接闯进赵大勇家。赵家两老坐在沙发上看电视，赵大勇瞟了我们一眼，根本不当回事地说，白天来红道，晚上改黑道。告诉你们，镇里每亩不加到一千元，什么道都行不通！我找一板凳坐下，满面带笑地说，你们村每亩加到一千元，其他村都要加起来，镇上得多花一百多万，他们承担不起呀。赵大勇愤愤然地说，承担不起就别征地呀。招引工业项目就能产生税收，税收分成哪去了？吃喝有钱，送礼有钱，补偿给老百姓就承担不起啦，糊弄鬼咧。我说，镇里如果能做早该做了，你们要理解镇里的苦衷。赵大勇冷笑一声，说，我们理解镇里，谁来理解我们？一亩地补六百元，能做什么？什么都涨涨涨的，唯独这地的补偿不涨，让我们老百姓怎么活？喝西北风呀。我对一亩地补六百元没什么具体概念，但我知道一家就四五亩地，按这种推算，总共才补两三千元，不谈吃穿，恐怕赶情搭礼都不够。我是农民的儿子，能够理解个中艰辛，差点被软化过去，但一想到我的使命，便对自己的这种儿女情长感到鄙视，连自己都瞧不起自己了。我知道和他套近乎没有用，他吃了扁担横了肠子，想说服他只是痴心妄想。我沉下脸，态度强硬地说，我们既然接下这桩活，出面给你做工作，就一定要对镇里有所交代。你应该明白我说的意思吧。赵大勇镇定自若，强硬回应说，我当然知道你们的招数，但在我这儿行不通。因为我软硬不吃！小胖警告说，你一个吃皇粮的人，村里的事与你屁不相干，何必要伸出脑袋接砖头？讨不到好的。赵大勇大声回击说，讨不讨得到好，是我自己的事！我家住在村上，这件事我管定了！小非实在忍不下去，把桌子一拍，眼睛一瞪，挑衅地说，老赵头，你是脑壳作痒，还是肋骨作胀，要不我们给你修理修理。赵大勇倏忽站起来，走到屋子后边的厨房，拿出一把菜刀，往桌上一磕，毫不示弱地说，老子这把老骨头浑身作贱，就想让你们修理修理。谁敢动手，老子就劈死谁！赵大勇把菜刀举得高高的，既像是示威，更像是挑战。小胖小非紧咬牙帮，握着拳头，一副饿狼扑食的样子。我拉住他俩，赵大勇的老伴也把赵大勇往房里推。双方各松一口气，各退让了一步。揭幕战就这样不了了之。

走出赵家，三个人气愤难平。我们何曾受过这种酸气？这不仅是对我们三人的侮辱，更是对欢哥权威的冒犯。第一次带队出来行动，受到这般奇耻大辱，脸面赊光、洋相出尽，我能忍下这口气吗？我还配做欢哥的手下么？

我这个人浑身都是毛病，但有一个优点很突出，那就是自以为是，认准的道儿走到黑，不折不扣的"一根筋"。凭我的直觉，我从赵大勇的眉眼之间看出他是一个有故事的人。我准备挖地三尺，像掘宝一样地找出他的"故事"。

第二天早晨，在小胖小非还窝在床上酣睡之时，我一身便装戴上墨镜出发了。我来到铁湾进镇的路口，守株待兔一样地蹲伏下来。

第一天我从早上七点守到晚上九点，十四个小时没挪窝，却一无所获。第二天和前一天一样，赵大勇根本就没出门。我拖着疲惫的身体回到住地，在极度的沮丧之中，对自己的这一招数是否能出效果产生了怀疑。我两眼一抹黑的，实在想不出更好的法子，只能赌上这把，期待奇迹发生了。第三天，我如期来到路口，上午半天又是空守。吃过午饭，正是人乏身困的时候，我靠在墙角刚要眯会儿，蓦然发现赵大勇骑着自行车缓缓而来。等他骑行过去，我像一个训练有素的特工，尾随其后，跟踪至镇上一片居民小区，赵大勇下车，推着自行车走了一段，在一间两层楼房前停下，前后左右瞅了几眼，自行车前轮顶开虚掩的门，赵大勇闪身而入，迅即关上了门。我走到门前，看到门牌号码为"兴旺路 19 号"。

我远远地站着，眼睛一眨不眨地盯着 19 号的大门。约莫两个小时，赵大勇才探出头来，两头瞧瞧，见没有熟人，迅速推出自行车，跨上车匆匆而去。望着赵大勇远去的背影，我有些阴毒地笑了。因为从他进出 19 号门的鬼祟举动，我断定他和这家有扯不断的渊源。

　　我赶回住地，马上叫来小胖小非，吩咐他俩从外围摸清"兴旺路 19 号"住户的情况。这两个"活宝"从小在镇上混，大部分镇上人家被他俩小偷小摸过，不仅对镇上人家的情况了如指掌，而且连哪家有狗哪家有猫也略有所知。

　　小胖小非领命而去。

　　晚上十点半，我正要睡觉，小胖小非踢开门闯进来，兴冲冲地报告了"兴旺路 19 号"的情况：户主唐达明，常年在广东打工，唐妻徐丽丽，45岁，镇水管所内退职工，现一人在家照护孩子读书，平常打点零工。据知情人透露，唐达明是个不中用的男人，结婚几年没能把徐丽丽肚子搞大。后来，男人在徐丽丽的逼迫之下外出打工，两年后便怀上了。外人都说这个孩子是徐丽丽和她单位的所长赵大勇的。

　　好！我兴奋地跳起来，拿出烟来分发给小胖小非抽。两位有些忘乎所以地哼着歌曲回房睡觉去了，我则坐在床上，精心策划即将上演的"捉奸"闹剧。

　　在我的安排下，小胖小非和我分三班值守，观察赵大勇的动静。还是在我的班上，还是那个时辰，赵大勇骑着自行车闯入我的视线。我拿出手机，通知小胖小非赶到"兴旺路 19 号"门前集合。

　　赵大勇刚一进屋，我们三人就会合一块了。我观察了一下地形，从楼房正面进屋显然不可能，我们便绕道来到 19 号的屋后，看到一道不到两米高的墙院。小非跃跃欲试准备一展身手翻过去，被我拦住了。小胖小非有些不解，我解释道，赵老鬼刚进去，正作"前期准备"，还未"入戏"。我们要捉奸在床获取证据，必须得让这对狗男女颠鸾倒凤、高潮迭起时进去。两位听完，很是佩服地点头颔首。

　　等了半个小时，我发令行动开始。小非在我和小胖的送力之下，敏捷地爬上院墙，又轻如燕子一样地跳进院内，打开后门。我们三个人蹑手蹑脚地踏着楼梯上到二楼，房门紧闭，里面有嬉闹浪笑之声一阵一阵传出来。小胖用脚踹开房门，赤身裸体正趴在徐丽丽身上作前后运动的赵大勇轰然滚下。徐丽丽惊呼道，他心脏病犯了……

我们打120把赵大勇拉到医院。赵大勇是死是活对我们而言已经没什么关系，赵家出了这等丑事，不敢声张、不便追究，只能打断手指往袖笼里拽。铁村的那一小撮人因群龙无首而四分五裂，相继在协议书上签了字，工业园区的征地平稳推进，项目如期进入。在我歆享那种成功的同时，赵大勇龇牙裂齿、暴睁双目的恐怖画面总会同步进入，让我兴致大败、愧疚顿生。但转念一想，觉得自己没啥不对，一切缘于赵大勇活该！谁叫他不听劝阻领头闹事不洁身自好呢？谁叫他老牛啃嫩草霸占人家妻子十几年呢？谁叫他沉湎美色得意忘形呢？这就是报应！

几天后的下午，我单独来到徐丽丽家，看到徐丽丽的两只眼睛肿得像煮烂的樱桃，整个人瘦得脱了形。我敲打道，你对你儿子的身世应该有个说法吧。我听说赵大勇——没等我说完，徐丽丽便像一摊烂泥趴在地上，继而呈下跪状，双手抱住我的双膝央求道，好大哥，千万别张扬出去，我和孩子都没法在镇上呆了。说完，她嘤嘤哭了，很伤心。我一把抓住她的头发，把她的头拎起来，厉声道，我们可以永远替你保守秘密，但你得付封口费！徐丽丽几乎匍匐在地，求饶道，我那死鬼丈夫外出打工，几年未归，也不寄钱回家。我只有打点零工赚点钱和儿子相依为命，我确实没钱。看那可怜巴巴的样子，我有些于心不忍，但心软非男人，无毒不丈夫，碰到这种千载难逢的机会，我为什么不顺手牵羊地敲一笔呢？我抬脚要走，故意吓唬道，没钱，那好说，明天街坊邻居讲起来的话，那会很恶毒、很刺耳。她挣脱我的手，冲到柜子前，打开抽屉，拿出一摞钱，双手呈到我的面前，可怜兮兮地说，这有两千元钱，是前些天赵大哥给的，我都给你。我一把从她手中夺过钱，潇洒自如地装入荷包，说，钱是少了点，但你态度很好，我们会替你烂掉这个秘密。徐丽丽双手合揖，口里不停地念叨"好人""好人"，一直念到我走出她的家门。

回到住地，良叔把我拉到他的寝室，欣然表扬道，这次行动做得很利索、很漂亮，没有打打杀杀，没有弄刀动武，没有留下后遗症。建筑老板十分满意，欢哥非常高兴。你让作为师傅的我备感荣光啊！接着，良叔让我通知小胖小非，晚上一起到县城的天广大酒店喝酒，建筑老板请我们的客。

天广大酒店我只是听说过，曾经梦想成为座上宾在里面喝酒吃饭，哪曾料到这一天来得这么快？走进宽敞明亮华贵气派的包间，我都不认识我自己到底是谁了。

酒搬来了两箱，五粮液。菜点了鱼翅、龙虾、鲍鱼等等。建筑老板对点菜小姐说，只要是你们酒店有的，大菜、狠菜统统上！老板敢眼睛不眨慷慨大方地点，我们当然就不眨眼睛胡饮海吞地吃。反正是别人的，不吃白不吃。

喝掉一箱六瓶酒，我们都略有醉意，良叔说到此为止，算是散席。临走之时，老板又给我们每人塞上两条珍品烟，六百元一条的。我拎着烟，心里在想，铁湾工业园区镇里补给村民每亩地每年六百元，而我手里拥有两条烟，正是村民们两亩地的全年回报。是呀，"找到靠山，有吃有穿"。现在的我，不仅能吃香的喝辣的穿贵的，还能够得烟捞钱。这样的生活，真的让人快乐，让人幸福啊！

三

父母给我打了几遍电话，让我十月二十日务必回家一趟。虽然近段不是很忙，但手头也有一些事情牵着，所以我并不想回家。但父母几次三番地电话催促，打动了我的心。再说，我出来小半年，一直未见他们的面，心里还是怪惦记的。回家前一天，我去向良叔请假，良叔想也没想就答应了，还准我三天假，让我好好休息休息。

十月二十日早上，我怀揣一万元钱，手提六条烟，和小胖小非打过招呼后，准备坐五菱面包车回家。良叔突然出现在我们面前，说，小英雄凯旋故里怎么能坐五菱这种低档车？我把大哥的坐骑借来了，你就风风光光地回家吧。

停在我面前的是一辆黑色锃亮、豪华气派的"卡迪拉克"，是欢哥的坐骑之一。能够坐上这等豪车，我感到自己不枉来人世走一遭。拉开厚重的车门，坐进舒适的椅窝，靠着温软的椅背，我的心里像揣着个"暖宝宝"，暖融融的。欢哥也好，良叔也好，给了我足够的面子，让我享受到一种衣锦还乡、荣归故里的荣耀。

车停在我家禾场上，引来一阵围观。我下了车，被一帮乡亲簇拥着来到门前。抬头一看，我家大门口焕然一新，兴建了一栋门楼。两根粗大的立柱上，横放着一块写着字的匾额，用一红绸布遮着。匾额上饰有花卉和蝙蝠、蝴蝶等图案，立柱上雕龙画凤一派喜庆。父亲走到我的身边，兴奋地告诉我，这是你隔壁的朱爹和村里的几户人家出钱为咱家建的，多漂亮、多吉利呀！他们一定要请你回来，让你剪彩揭牌。我一眼扫过站在父亲母亲周围的那一班，都是我恨之入骨的人。我故意嚷嚷道，什么猪爹狗爹的，做这种花里胡哨的东西管屁用？被叫朱爹的人一点也不介意我的谩骂，顶着花白的头，佝着微躬的腰，挂着满脸的笑，走到我的面前，说，贤侄呀，我们这几家都曾做过对不起你家的事情，造这个门楼，除了表达我们的悔过之意外，更重要的是祝福你在欢哥手下平安顺利。那一班人也随口逢迎道，是的，是的。

看一看门楼，瞅一眼隔壁朱家房屋的面墙，大致处在平行位置，或者说门楼较之朱家面墙还稍稍靠前一点。看来这个叫朱爹的家伙还真服了软了。我们湾子里造房子，村里划了一条基本控制线，拆房新建下墙角时，一般要在基本线内，但也有一些要狠的人家就要突破那么一点，按乡下人的说法，叫"抢运头"。朱家当年仗着他儿子在黑道上混，在拆旧房建楼房时逾越了基本线半尺距离。虽然是引起公愤的事情，但大家敢怒不敢言。只可惜他儿子涉黑被判了死缓，可能要在牢里待一辈子，不然他能这么驯服地带头为我家修建门楼。当时，这件事对我家影响最大，朱家新房比我家那破矮平房超出一米距离，用农村的话说，把我家的风水占完了，财运挡走了。我父母窝囊无用，不敢找朱家理论，只能关在家里叹息生气。小学毕业那年，我家拆除平房兴建楼房，下墙角的那天早上，叫朱爹的家伙逼着我家墙角必须沿村里定的那条基本线下，不得超出丝毫。我母亲不满地咕噜了几句，叫朱爹的老东西竟然扇了我母亲两记耳光。可怜我母亲鼻子被打破，鲜血喷了满脸。我拣起一块砖头，冲过去要找他拼命，被我父亲拦住了。我的心里蓄满了仇恨，咬牙切齿地在心里发狠道：长大了报仇！长大了报仇！

还有那一班人，有的是为田界之争，把我父亲按在水田里，揍得我父亲鼻青脸肿、满身伤痕。有的是为放牛时我家的牛吃草撩到了他家庄稼，便跑到我家掀我家的神龛，家里被砸得稀汤泼水，列祖列宗的神灵也受到亵渎……父亲母亲在村里的境遇比"五类分子"还要差，比"牛鬼蛇神"还要惨，占理的变为悖理，有理的变为无理，赢理的变为输理，因为他们不让你讲理，是人可打，是人可骂，是人可辱。那一幕幕挨打被骂的画面深深地烙在我幼小的记忆之中，累加一块埋在心底，矗成了一座仇恨之山。当尘封已久的山峰露出其狰狞恐怖的面目时，锐利的棱角刺得我心口滴血。面对这种复仇的机会，我能轻易饶恕他们吗？不能，坚决不能！尽管他们集资建造门楼意欲抹平我家面墙和隔壁左右人家的面墙距离，但怎么能抹掉我心中的仇恨？我义正词严、铿锵有力地命令道，我不需要这种无用的东西。我要你们下跪作揖，忏悔对我们罗家的欺凌和对我父母亲的伤害！

场上一片愕然，鸦雀无声。父母亲也许认为儿子的提议太过苛刻，准备到我身边求情说理，被我厉声喝住：不关你俩的事！我要为罗家找回尊严！父母亲立马打住，低头不语。

再看看那一班人，简直就像缩头乌龟一样，眼里满是畏惧和乞怜。在我凌厉而锋利的目光的逼视之下，叫朱爹的狗东西"扑通"跪下，接着一班人也齐刷刷地跪下，预备起地双手捧成拳状，恭恭敬敬地给我父亲母亲作了三个长揖。

一阵大风吹过，掀翻了门楼匾牌上的红绸布，露出红底黄漆书写的四个大字"罗家大顺"，金光闪闪熠熠生辉。

我的心里像剜掉一颗沉重无比的毒瘤一样，特别惬意无比轻松。有靠山的感觉真好！人可以头高颈旺，伸腰挺背，颐指气使，为所欲为。我旁若无人地像横着行走的螃蟹一样走进我的房间，把自己丢在床上。我准备美美地睡上一觉。

我是个爱做梦的人，只要沉睡过去，人就腾云驾雾飘飘欲仙起来。当我踏着白云来到一片山林，潺潺溪流穿林而过，花果飘香，景色宜人。正在我欣赏这仙境美景之时，突然看到黄倩倩白衣飘飘驾云而来，望着我嫣然一笑，伸手让我抓住她。但我反应迟钝，未能攥住她的手。眼看着她要从我视线里消失，我便脚踏浮云，乘风追去。追呀，追呀，就是追不到。翻过一座奇峭山峰后，她从我眼前顿然消失，我大声呼喊起来：倩倩——倩倩——

母亲拿着毛巾替我擦拭额头的冷汗，心疼地说，工作太累了吧，看你一睡就是大半天。我捂住胸口，喘了口气，平缓了一下心绪，说，娘，我不累。我过得很好。母亲捏住我的手，叹了口气，带着批评的口气说，顺啊，你今天早上做过了分。所谓"赶人不上百步，伸手不打笑脸人"，他们都拿钱为咱们罗家修建门楼，破了费用，低了下气，能做的都做了，你怎么不依不饶呢？我有些气鼓鼓地说，我只有那么做，才能消弭我内心积攒的那些仇恨。母亲摇摇头说，你找到欢哥这座靠山，为咱们罗家撑了门面长了威风。但风水轮流转，厄运总有时。尤其是人在得志之时，切不可太过张扬、太过猖狂，更不可赶尽杀绝。后路是自己留给自己的。母亲平时寡言少语，但此刻却能说出这么富有哲理的话，让我心生敬佩。我乖顺地点了点头。

吃过晚饭，我走出家门，来到门前的小河边。薄雾环绕，秋水泛蓝，空气中弥漫着秋收过后的浓郁气息。那种婉约，那份恬静，那股幽香把我带进了远离尘嚣、远离喧闹、远离是非的桃源世界，我沉浸其中，不能自拔。

该死的手机铃声响起，我不想接，可铃声不知疲倦地唱个不止。我的忍受力实在拗不过手机铃声的坚持不懈，便打开翻盖接听。电话那头传来良叔略带责备的声音，你小子为啥不接电话？跟了我这么久，怎么一点敏感性都没有。我随口撒了一个小谎，说自己睡着了，手机放在兜里没听见。良叔没过多与我计较，吩咐道，你赶紧来县城"庄屋茶吧"，早上送你回家的车马上会去接你，我在门口等你。我爽快地答应下来。

县里的开发区已经建到我们村边上。坐上"凯迪拉克"的车，穿过村里的一段小道，很快就驶上了开发区宽阔平坦的大马路，疾行一会，拐了两道弯，车就停在了"庄屋茶吧"门前。良叔像哥们一样揽住我的肩膀，嘴贴近我的耳窝，小声道，欢哥在三楼，准备见你。我不相信地惊问道，真的？良叔沉稳地点点头。想到即将能够见到欢哥，我从小到大崇拜的英雄，我的心里有如万马奔腾，胸口好似小鹿乱撞。

三楼"大红袍"厅门口，有两个壮汉把守。跟着良叔走进包间，我看到一身西装革履的欢哥坐在沙发中央看电视。良叔说，老大，我把罗太顺带来了。欢哥拿眼睛从上到下扫视了我一眼，赞许道，良叔带出来的人真是不一样，一看是个精明相。良叔脸上像涂了油彩一样满面荣光，我的心里也像灌了蜜一样甜蜜无比。我有些拘谨地在旁边沙发上坐下，欢哥问我答，聊了一阵子天。我揣摩这是欢哥在闲扯胡聊中考察我。看到欢哥脸上一直没断过笑，我就知道自己的"面试"还令欢哥满意。

转入正题，良叔对我说，顺子，我们今天下午接到一挺急的活儿，想让你负责完成。十一月份，县里换届选举拟对干部进行大调整。有人觊觎公安局政委的位置，但现任政委没到退下的年龄并且在省厅有强硬靠山，所以要想撼动几乎没啥可能。我们想了很多计谋，综合分析，唯有一招胜算最大。我忙问，哪一招？良叔轻言慢语地说，偷。我有些茫然不知所云。良叔说，偷出一个贪官，他就下台了，下台后位置不就空出来了。我有些胆怯地说，偷谁也不敢去偷公安局呀？何况还是政委家，那不是往枪口上撞啊。良叔说，的确挺危险。我们找人查看过，公安局的住宅小区内装有先进的监控设施，每家都有报警器，且都装有防盗网，八名从一线退下的老公安二十四小时轮流值守，不说偷，恐怕进门都难。正是因为难，所以才让你领头负责。我明知良叔后边抬举我的话是给屁我吃，但我得硬着头皮接受下来。我刚入道不久，凡事只有无条件接受的份，岂有抗命违令的资格？何况，人就是在这种攻难克险中成长起来的。我要成为欢哥那样的人，为什么不把这次行动当作超越自我证实自己的机会呢？我自信而勇敢地说，力争完成任务。

欢哥听到我的回答，叮嘱道，这次行动属绝密行动，不可造次，不能外传！良叔接着布置道，我想让小胖小非参与你的行动，由小非去做"钳手"。我思忖片刻，摇头建议道，小胖小非参与行动没问题，只是小非不能当"钳手"。我认为由小非秘密去丐帮物色一个"惯偷"，比小非亲自出面要好。欢哥眼睛一亮，夸赞道，入道不久道痕挺深的。能够想出借刀杀人借手偷脏的主意，看来你悟性不错呀！良叔高兴地附和道，我向你举荐他来干这件事，应该成功在望不会有失。欢哥举起茶杯，同我同良叔的茶杯相碰后，欣然道，等着你们成功的消息。

我和良叔走出包房。我低声问良叔，谁有这么大的面子，敢派欢哥的活？良叔说，公安局的三号呗，十年前在我们镇上做派出所所长，当时做过欢哥的保护伞，眼看五十岁了，再不当上政委恐怕官就做到头了。原来是这么回事！我俩来到大门口，没见着五菱车。良叔骂道，狗日的小六子，眨不得眼睛放不得手，偷功摸夫地找按摩女去了。我马上为小六子开脱说，跟着您，一天到晚就是行动行动再行动，枯燥乏味死了，好不容易来县城一趟，尝尝荤腥未尝不可。良叔很理解地说，都到了猫叫春狗打连的年纪，不出去玩玩还不正常唰。怎么样，想不想消遣消遣？叔带你到金地洗浴城去，俄罗斯女人那个白呀！看良叔边说边擦口水的样子，我知道良叔心痒痒了。其实我的心更痒痒的，但我不能去，我的初次不能轻而易举地给那些个遭千人摸万人弄的小姐，我的心里只装着黄倩倩，因为我和她有过约定。约定好比一剂灵丹妙药，让我抵御住了来自外界的乱七八糟的各种诱惑。我压住呼呼上窜的欲望，说，良叔您去吧，我得赶回住地和小胖小非商议行动的事。良叔用手在我肩膀上推了一把，笑着离我而去。

我坐的士回到住地，把小胖小非召集拢来，给他们布置任务。我没有给他们讲明来龙去脉，也没透露所偷主人的官职，只是告诉他俩所偷主人住在公安局宿舍前排一单元三楼的东边。小非嘻嘻笑道，偷了多年，偷了多家，唯独没偷过公安局的，太有挑战性了。我敛住笑容，慎重提醒道，你以为公安局那么好偷呀？森严壁垒防范严密，恐怕门都难进唰。小胖插嘴说，你足智多谋诡计多端，不说区区一个县公安局，就是美国五角大楼都不在你的话下。我被小胖的话逗乐了，心里蛮滋润的。最后，我对前期摸排工作做了具体安排：我负责摸清所偷主人的家庭成员以及生活习性等情况，小胖负责熟悉周围的地形和摸清变压器安放位置，小非负责物色"钳手"。

我们三人分头行动，花一星期时间，圆满完成了摸排任务。小胖对公安局家属院周边的地理情况掌握得烂熟于心，找到了最为僻静，极易翻墙入院的"突破口"，还弄清楚了变压器安放的位置，并通过供电公司的朋友，打听到了最简单的停电办法。小非托人结识丐帮的弟兄，找到了县城绰号"墙上飞"的"钳手"。"墙上飞"只有一米五过一点，身瘦如猴身轻如燕。最主要的是他偷得多了，眼光极其敏锐感官特别灵敏，只要到那个家里瞧一眼，就知道那家藏钱匿物的地点，出手千次，无一失手。我呢，摸清楚了政委家以及政委司机家的基本情况，也弄到了司机家的电话号码。我还了解到，政委两口子关系处得不错，一般晚饭后，只要政委不陪客吃饭，两人会一起外出锻炼一个小时。刹时，我脑海里突然冒出利用这一小时入室行动的想法，但立即被自己否定了。因为一个小时里，手忙脚乱，翻箱倒柜，不可能顺利取到东西。何况晚上七点钟左右的时候，是人来人往高峰时段，极易暴露。我思虑良久，觉得只能把行动定在政委外出开会不在家住的时候。我给良叔打通电话，让他找欢哥问问那个副局长，弄清政委近段时间外出开会的具体时间。只有政委不在家，才是入室行动的最佳时机。

根据摸排的情况，我们三个人围在一块，制定出详细周密的行动方案，可谓万事俱备只欠东风。

"东风"没过几天就来了。良叔给我回话，政委十一月十一日十二日在省城开会。我把行动时间定在十一月十一日晚十一时，代号"61"行动。

当晚十时，我用公用电话打通政委司机家的座机。因政委司机是当兵转业的，我便谎称有战友从外地来，一定要见司机本人。电话那头的女人说，司机不在家，陪领导到省里开会去了。得到确认后，我的心才踏实下来。

十一时，公安局家属院突然断电。刹那间，探头瞎了，报警器哑了，院子里漆黑一片了。我和小非以及"墙上飞"头戴"狗毡洞"帽，从那个僻静处翻墙进院。"墙上飞"轻悄悄地奔上前排宿舍的六楼顶上，顺着落水管轻巧地往下滑行到三楼，从洗手间狭小的窗户里拱了进去。我和小非爬到三楼，主人家的防盗门被"墙上飞"打开，我们进得屋子，关好门。

三房两厅的房子里面，唯有最里间那道门紧闭，显然女主人就睡在里边。"墙上飞"拿出万能钥匙，门迅即被打开。我们冲进房里，惊醒了女主人，她正要喊叫，被小非用手堵住了嘴巴。我从裤包里掏出透明胶和绳索交给小非和"墙上飞"，他们敏捷地把女主人的嘴巴封住，又把女主人绑在床背上。我拿手电光对着女主人的脸，和颜悦色道，阿姨，你只要规规矩矩地听我们摆布，我们不会动你一指头，更不会杀你。如果你——我没说后边的话，只是从腰间抽出匕首，在她眼前晃了晃。女主人惊恐万分地望着我，一个劲地摇头。我守着女主人，小非和"墙上飞"拿着电筒开始寻找东西。

只花了一刻钟，"墙上飞"就给我拿来了八本存折和两本省城的房产证，还有几千元现金。

我让小非给女主人松了绑，并撕掉她口上的封胶。我在她面前扬了扬存折和房产证，警告道，你不会傻不拉叽地报警吧？一旦报警，你老公就会被当作贪官捉进号子。

我的话刚落音，来电了，政委家的报警器尖利而急促地响了起来。只怪我们毛手毛脚的，在捆绑女主人时，不小心碰到了床头的报警器。我们三人面面相觑，吓得魂都不在身上，下巴快掉地上了。

立即，听到报警声的门卫和没有睡觉的人涌出来，嚷嚷着跑到楼下。咚咚咚咚，脚步声自下而上纷至沓来。跑，无疑自投罗网，不跑，只能束手就擒。

我自认为能够承担所有凶险的"大心脏"突突直跳，慌得不行，但此时我必须冷静，不然，事情会变得更糟。我若无其事地对女主人说，我们被捉，至多判个年把两年的，有多大点事呢？充其量就是"二进宫""三进宫"呗。继而我口气一转，带着威胁的口气说，如果我们进去，扯出萝卜带出泥，必定要牵出你家的存折和房产证。你两口子工薪阶层，哪来这么多的存款和房产？你不会眼睁睁地看着你家老公就这样完蛋吧。

我的话敲山震虎很有分量，让女主人颇为纠结难作决断。

"叮当""叮当"，门铃响了，我们赶紧躲进洗手间，拴上门，我们得为自己留点后路，如果女主人供出我们，我们就从窗户里钻出去顺下水管溜下去。

我们耳贴门缝，倾听着外边的动静。

门打开了，女主人说，没事，刚才关灯时不小心扫到了报警器，让你们操心了。

没事就好，没事就好。那帮人没进屋，站在门口说。

我迅速给小胖打通电话，让他再次实施断电。

我们原路返回，到了一僻静地，我给了八万元"根子"钱"墙上飞"，这是事先谈好的价码。直到他离开，我也没看清他的模样，只是从"狗毡洞"帽的两个黑洞里，看到他有一双贼眉鼠眼。当然，我也戴着"狗毡洞"，他也没看清我的真实面目。

当晚，我赶回住地，给良叔报告了喜讯。八本存折，合计存款三百二十万，两张房产证上的地址都写的是省城中心地带的，每间一百三十多平米，购置金额超过三百万。良叔拿着存折和房产证，感到沉甸甸的，他说，咱们连夜去给欢哥汇报吧。

欢哥在县城五个住处中的一个住处接见了我和良叔。拿着存折本和房产证，欢哥喜笑颜开地说，明天只要匿名往县纪委一寄，政委就会被"双规"。狗日的东西就能如愿以偿，坐上政委宝座。良叔说，你为他帮这么大的忙，够对得起他了。欢哥拉下脸，不太高兴地说，狗日的东西太小气了，只给了我十万费用，你说这政委的职位只值这个价码吗？哼！想起来都有点小瞧人。

一阵沉默过后，我小心谨慎地说，如果换一个思路，欢哥您不仅可以捞到一笔数目可观的钱，还可以多结识一位"后台"。欢哥眼光犀利地盯着我，问，此话怎讲？我的眼前顿时浮现出政委家女主人乞怜的眼神，虽然女主人长得肉乎乎、胖墩墩的，是我印象之中深恶痛绝的"贪夫人"形象，但想到她危急时刻放我们一马的那份善良，我想我得报答报答人家。我沉住气，试着建议说，政委家失窃，不会声张不会报案，但政委会借助他的眼线打探情况。如果欢哥通过旁人放话给政委，政委必定会亲自找您，您可以向政委索要一笔两百万的封口费。政委心里有鬼需要抓紧按下这桩事，不仅不会与您计较钱的事，还会把您作为救命恩人来对待。所以，您从中不仅可以赚到两百万，而且还结识一位强力靠山，更重要的是没有伤害别人。这一举几得的好事，何乐而不为？至于那位出十万让您帮忙的副局长，您也很好交代，就说找人去偷了，但没偷着有价值的东西，他也讲不出什么道理的。

欢哥猛地拍了一下大腿，欣喜若狂地说，妙哉妙哉！你小子的脑壳就是好用。我看看良叔有些冷落的样子，忙说，我这都是良叔教的。欢哥说，名师出高徒嘛。我现在的地盘要扩充，准备在开发区开辟地盘，你家住在那儿，人熟地熟。我决定调你从良叔班子里出来，独挡一面地给我负责一块。我呆呆的、傻傻的、木木的，不相信眼前的现实。良叔在一旁点醒道，顺子，你只用半年多时间，就坐到了和你良叔一样的位置，赶快感谢欢哥的提携和栽培之恩。我这才回过神来，腰弯成九十度，诚惶诚恐地说，我入道时间短，规矩懂得不多，不知做不做得好？欢哥大手一挥，果断地说，我看中的人，一定没错。我手下的"四大金刚"，都是我一手一脚提携起来的。今后你加入了，我的手下就是"五虎上将"。你得给我开辟一片新天地！我斩钉截铁自信满满地回答道：是！

离开欢哥家时，欢哥扔给我一包钱，说是对"61"行动的奖赏。回到住地打开一看，只有十万元，扣除给"墙上飞"的八万元和购买工具的费用，我恨不得要倒贴本。虽然心有不满，但想到自己已经成为欢哥的心腹，那点小不满瞬间烟消云散而去。

四

为了支持我组建新的班子，良叔把小胖小非给了我，还为我招来两名手下，这样我的班子里算上我就有五个人，相当于半个班的建制。同时，良叔还带着我在开发区转悠，为我们挑选住地。分别之时，我送出良叔很远很远，良叔拉着我的手，很知心地嘱托道，顺子，你虽然单独带班子了，但你得记住：你是在替别人做事。凡事悠着点，别太猛。另外，命和毒这两样东西切切不可染指。良叔说完，拱进车里，小车一溜烟地走了。良叔予我，除了"扶上马"外，还"送一程"，的确对得起我。只是他的临别之言，让我有些费解。好歹我们是欢哥的"五虎上将"，属左膀右臂，应该算是君臣关系，怎么能说是在替"别人"做事呢？难道——怎么想也想不透。我告诫自己想不透就别想，踏踏实实地把事做好，不枉欢哥的伯乐之情和栽培之恩。

外出行动总得有个交通工具，我拿出一万元积蓄，在二手车市场连吓带蒙地购置了一台老款别克车。小非原来没事的时候，倒腾过几次五菱车，对车性有点基本了解。所以，我们不用花钱请师傅，小非临危授命当起了司机。

开发区的建设主体是县上的，而用地很多是占用我们镇里的田。道上有条规矩叫"井水不范河水"，意思是各自在自己的地盘上觅食求财。按说，开发区发展到我们镇上，只要是涉及修路以及项目征地所有的基建工程都得由我们欢哥来做，也就是由我的班子来做。但是，一直霸占着开发区所有建设工程的东哥不答应。道上奉行"大鱼吃小鱼、小鱼吃虾子、虾子吃泥巴"的信条，东哥人多势大，当然不会拱手相让。据说，东哥和欢哥坐在一块谈过这事，但鸿沟太宽没有谈拢，最后不欢而散。好的是两个人面子顾着，没有撕破脸皮。

有一件事摆在东哥和欢哥面前，已经无法回避了。开发区新近引进了一个投资五亿的电子项目，所征用的四百多亩地全在我们镇区内。这是一块硕大无比的蛋糕，打墙院造厂房建配套的基建投资超一点八亿，谁拿在手上谁就可赚到三千万以上。按惯常，这块蛋糕该东哥吃，因为项目是开发区引进的。但是按地盘，又该欢哥吃，项目毕竟落户在欢哥的地盘之上。双方互不相让，好比斧头把越斗越紧。没有谁会轻言退让，因为不仅仅是巨大的利益问题，更重要的是在江湖中的面子问题和地位问题。

相持不下怎么办？按道上的规矩，双方只能选择"摊排"，也就是在项目落户地"摆阵"。

几天以后，中午，欢哥把我约到天广大酒店一豪包，开了一瓶茅台，喝了几杯后，欢哥有些心虚气短地说，明天就要"摆阵"，我把你们"五虎上将"的人马全部聚集，也不过三四十人，满打满算可出十台车。而东哥据我所知超一百人，将近二十台车。我这不要丢人现眼当众服输么？我今后有何颜面在江湖上混呢？我替欢哥斟满酒，自己也满上，端起酒杯敬道，欢哥别发愁，我有办法在"摆阵"中出奇制胜。只是您要给我一笔经费开支。听到能出奇制胜，欢哥立马干掉杯里的酒，问，得花多少钱？我喝掉酒，大口大气地说，不多，五十万。欢哥还是打了一个顿，但他突然想开了似的，豪气冲天地说，只要你能在"摆阵"中胜出，不说五十万，花五百万我也愿掏！我紧追不舍地说，你现在得给我五十万现金，我立马行动。欢哥有些犹豫地说，你总得让我知道你用什么计谋花这五十万吧。我笑笑，把握十足地说，既然我向您要钱，就决不会让它打水漂。您就别打听了，提心吊胆的。等着我的胜利消息吧。欢哥洒脱地说，行，老子信你！下午给你划钱。

有钱能使鬼推磨。拿到钱后，我找到征地所在村的支书，往他荷包里塞了一万元后，指令他明早八点钟组织两百男劳力在村里集合，开赴电子项目工地。村支书眯了几口鱼刺，直打"拦头板"，什么劳力难集中呀，什么怕发生集体械斗呀，等等。我把装有九万元现金的纸包往桌上一摔，成扎成扎的钱飚出纸袋，散落一桌。村支书的眼睛霎时像猫眼睛一样发蓝发亮起来，口里喃喃道，行，行，我来组织，我来组织。

接着，我带上小胖和两个新来的手下，坐上小非开的破别克车，来到县客运出租车市场，花费二十万，租用了四十台出租的小型面包车，并且让每台车前面副驾上坐一个年轻男人。我吩咐小胖和两个新来的手下带着四十台车到车饰店，全部更新换上暗色太阳膜，并且洗刷一新。我则赶到"金迪商厦"，找到商厦经理，把二十万现金往经理办公桌上一板，提出租用一百六十套衣模架。经理面色冷静地算了一会账，大概认为有赚的，立马答应下来。离开时，我用命令的口气说，今晚八点衣模架连同衣服全部到位！经理把钱塞进抽屉，眉开眼笑地说，没问题，没问题。

晚上九点，四十台面包车的后座上都装上了四个穿着衣服的衣模架，由安全带固定着，从暗色太阳膜看进去，好比坐着真人一样。我让小胖和两个新来的手下把他们集中在"怡家"酒店住宿，除防止走漏风声外，更便于明早统一行动。

第二天上午八点钟，东哥的二管带着二十台车浩浩荡荡地开进电子项目工地内，整整齐齐摆在路的左边。二管叉着腰挺着肚站在那儿，一副君临天下志在必得的样子。

八点十分，欢哥手下"五虎上将"的十台车和我租用的四十台面包车鱼贯而进，长龙一样地摆放在路的右边，紧接着村里的两百劳力手持铁锹，打着"我们的土地我们做主"的横幅，成形列队地走进院内，在车的后边摆成了方阵。

我走到东哥的二管面前，感觉到自己俨然像个财大气粗的老板，故意奚落道，都说东哥在县城人多势大，怎么"摆阵"才有这么几个人？东哥的二管犟嘴道，你别显摆，谁输谁赢还不定呢？鬼都知道你家欢哥是从农村上来的"土克西"，十几个人七八条枪，突然涌出这么多的人，必定有诈。我心里有些发虚，但我却表现得底气十足，我放大音量高腔高调地说，你别鸭子死嘴壳子硬！如果你不怕现丑，我把五十辆车上的人马放下来，让你检阅检阅。我是故意在激将他，如果他真让车上的人下来，我就要露馅，那个丑就丢大了。我虎视眈眈地盯着他，想从气势上逼得他透不过气抬不起头，主动缴械投降，但是，他毫不惧怕我的眼光，似乎在我眼窝深处捕捉到了难以掩饰的破绽。他顺水推舟道，把人马统统拉出来，我要眼见为实！

坏了，坏了。难道他察觉到了车内的"假象"？不可能呀！我强力镇静住自己的心绪，虚张声势地嚷嚷道，车上的人都下来，切切注意把"家伙"收好！喊过之后，我走近他，眼光犀利地盯视着他，厉声威吓道，双方人马都下来，剑拔弩张充满火药味，保不准擦枪走火，你那几个人，抵挡得住吗？他躲过我的眼光，转过头看看这边，又看看那边，喃喃自语：怎么会这样？怎么会这样？我一鼓作气穷追猛打道，你方总共才一百人，而我方超过两百人，谁的势力大谁的人多，已经一目了然。另外，我们还有两百老百姓作坚强后盾。你如果还想癞蛤蟆垫床脚，硬撑下去的话，我愿意奉陪！只是事态闹大，伤了你方人马，我可负不起责。我的话夹棍带棒有理有节，让东哥的二管变得搓脚顿手没了主张。思虑片刻，他掏出手机，走到一旁，汇报请示去了。电话打完，东哥的二管走到我面前，有些垂头丧气地说，东哥答应去找欢哥谈判。我冷笑一声，不阴不阳地回击道，你们东哥还有谈判的资格？道上的规矩是"我的地盘我做主"，你们混迹道上多年，不会不懂这个规矩吧。我看了一眼二管，警告道，回去告诉你们东哥，这块地盘是欢哥的，今后别在这儿插手踹脚！

东哥的二管狠狠地挖了我一眼，恨恨地说，算你狠！带着那班人马仓皇离开狼狈而去。我仿佛看到电影上被击败的匪军丢盔弃甲拖枪而逃的画面。我站在那儿，放声大笑起来。

为庆祝我成功恢复"失地"，欢哥请"五虎上将"举行了一场家筵。席间，欢哥提议曾经的"四大金刚"一起站起来为我敬酒，提出一个"课题"让我解答：怎么做到在不大动干戈不冲冲杀杀不违法犯罪的情况下，把事办成？欢哥是我的偶像，"四大金刚"是我的前辈，这种场合怎么容得下我夸夸其谈释疑解惑？我只能佯装不知笑而不答。欢哥说，你别谦虚了，快快说来，不说的话，我们都不坐下了。望着欢哥和"四大金刚"齐刷刷地站在我的面前，流露出来的刨根问底一探究竟的表情，我知道不说几句恐怕难以脱身，便轻描淡写地说，其实我是从老大和四位长辈那儿学的。归纳一下，应试是三点：一是借助"名声"以吓为主。二是与世俱进对症下药。三是万不得已不犯法律。欢哥"啧啧"几声，不吝赞美之辞地表扬道，这都是开创先河的经验之谈，总结得多好！你们得认真听虚心学，让自己的"小宇宙"爆发爆发。接着欢哥拉下脸，指示道，今后你们给我记住：做事别开口就杀、动手就打的，多动动脑子多用用计谋，想方设法地退去咱们身上这身黑皮。否则，咱们将无路可走无处可逃！"四大金刚"唯唯诺诺齐声道是。我知道出头的椽子先烂，出风头的人讨不到好。果不其然，我被"四大金刚"灌得酩酊大醉不省人事，吐得一塌糊涂。是良叔把我搀扶到酒店开房陪了我一夜。

元旦就要到了。三十号晚上，我召集手下在住地加了一个餐，准备放他们三天假，让他们回家去看一看。我正在寝室收拾东西，手机响了，是欢哥打来的，他让我迅速赶到县长途客运站，从一个叫樊斌的人手里取回一个包裹，然后送到"飞歌夜总会"，交给名叫宽子的人。欢哥特别强调，这个包裹很重要，本来是他亲自接收的，因在省城他不能来接，便委托我来接收，让我小心加小心，务必亲手交到宽子手里。接着欢哥给我发过来樊斌和宽子的手机号码。

我让小非开车送我来到长途客运站，心里直犯嘀咕：什么包裹这么重要，非得让我来取来送？没等我想明白，樊斌的电话就打了进来，我们约好了见面地点。樊斌是个年轻人，他交给我一个快递邮件，一句话没说，匆匆而去。我上车后，马上给宽子打电话，电话接通后，我让宽子到"飞歌夜总会"门口等着取东西。宽子说，我是夜总会的调酒师，此时很忙，你给我送到三楼吧台来。我有些不耐烦地说，东西是你的，应该是你下来取！宽子强硬回应说，我没时间，你必须送上来！你怎么连这点规矩都不懂。宽子最后一句话里提到"规矩"两个字，让我茅塞顿开，我有些惊悚和惧怕了，因为我已经隐隐感觉到快递邮件里是那个可怕的东西。这个货我是绝对不能送上去的，一则我怕"飞歌夜总会"有公安设下的埋伏，最近关于这方面的专项行动一个接一个。二则我不想染指这个东西。良叔提示过我，我也深知触碰这种东西就是走向一条不归之路。我冷静地想过后，让小非把车开到离"飞歌夜总会"不远的副食烟酒批发市场，找到一红酒批发点，我花钱买了两件红酒，把快递邮件用透明胶粘在一件红酒箱的底部，让小非穿上专送红酒伙计的工作服，坐着老板驾驶的专门送酒的电动三轮车，拉着红酒驶向"飞歌夜总会"。

我的心忐忑不安，整个人站也不是，坐也不是，走也不是。我便上车打开DVD听摇滚，让那种刺激缓解我的惶恐。

半个小时后，小非乘着老板的三轮车回来，向我报告红酒和邮件已经交到宽子手里。我舒了一口长气，但心里总像揣着块石头，硌支硌支地不舒服。我给欢哥发了一条短信："东西按要求送达到位"。之后，我便关了手机。

回到家刚好十点钟，父亲母亲一边看电视，一边聊闲话，瞧见我回来，又是问这又是问那的，我简单地回答了几句，洗也没洗，倒在床上睡了过去。

睡到第二天将近晌午，我才醒来，发现短裤衩又湿漉漉的，下面的那个东西像新出的藕毡直挺挺的。我知道我又梦见黄倩倩了，时间越久，对她的思念越甚，也不知她身处何处现在干吗？打开手机，屏显上立马跳出黄倩倩的生活照，那么妖媚，那么楚楚动人。我用嘴巴对着屏显亲了又亲。

手机的短信提示音响起，我翻开收件箱，看到良叔发给我的短信："中午来我家，叔侄聚聚喝杯酒"。我打开发件箱，写下"十二点到"几个字，发了过去。为昨晚送货的事，我正要去讨教良叔。

我让一位同学用摩托车把我送到镇上。走进良叔家，看到表婶又是蒸又是煮地弄了一桌子菜，我的食欲大开。良叔从屉柜里翻出一瓶"古井坊"，拿出两只长形玻璃杯，正好把一瓶酒分完。良叔说，叔侄今个对掰了。我笑道，听叔的。

从踏进良叔的屋里开始，我从良叔的言行举止之中已经看出今日的午筵不是喝酒那么简单，一定有重要事情要告诉我。在良叔开口说重要事情之前，我把昨晚替欢哥送货的前前后后一五一十地向良叔做了汇报。良叔听完，有些着急地说，当时你怎么不给我打个电话呢？我说情急之下人都晕了，哪里想到那么多？良叔说，这是欢哥下套让你进，做笼子给你钻。我有如坠进迷雾找不着北。良叔咪了一口酒，用筷子拣了颗花生米丢进嘴里，边嚼边说，欢哥现在很欣赏你想控制你，他要把你当作赚钱的"工具"，牢牢地抓住你。怎么着？你没有杀死过人，也没砍残过人，更没有搞走私贩军火，他只有把你引到贩毒这条道上，让你紧紧地绑在他的战车上，使你不能自拔不能脱身。我感到浑身发冷毛骨悚然。我真是一个大傻B，当时已经悟到那个东西有问题，但还是接到手里。我急切地问，良叔，我犯这事严重吗？良叔沉吟片刻说，说严重很严重，毕竟你成了贩毒链条上的一链，接货和送货。说不严重也不太严重，因为你受人之托不知内情。再说，你是初犯，所以问题不会很大。良叔的话让我的心绪稍稍有所平复。

两人你敬我我敬你地喝了一阵闷酒。当酒剩不多时，良叔突然问我，上次你"摆阵"成功收复开发区那片"失地"，欢哥给了你多少奖励？我咕噜道，两万。良叔有些轻蔑地说，打牙祭塞牙缝咧。你知道他从中赚了多少吗？那单基建合同他前几天和电子项目的投资商签了，一点八亿。他从中至少要赚三千五百万。良叔的一笔账算得我有些心烦意乱起来，我不满地鼓噪道，偷政委家，他只给了我十万，害得我贴了几千块。良叔进一步爆料道，他让我去找政委，开口索要两百五十万，政委想也没想就答应下来。你知道吗？欢哥偷政委家有更深的用意。公安局在南区建新办公大楼，投资一个亿，政委分管财经和基建。所以，欢哥隔了几天就到政委那儿要拿这项基建工程，并承诺能够想办法把那两百五十万给弄回来。政委的痛脚捏在欢哥手上，加上欢哥还能把失去的钱给找回来，当然只有答应的份。你说欢哥签下这笔合同，又可赚取两千万。想到欢哥赚钱的速度和堆头，比捡破烂的老头捡破烂的时间要短堆头要大咧。我的心里像倒翻了五味瓶不是滋味。

良叔脸色难看闷闷不乐，独自端起酒杯饮了一口。我看出良叔不高兴，是希望我有所回应。我想了想说，欢哥一笔都是几千万几千万地捞，为什么对我们那么小气那么抠门呢？良叔叹了一口气，纠正道，不是小气抠门的问题，而是他根本不把我们当人看的问题。我跟了他十几年，风里雨里，火里水里，舞刀弄枪，挥棒出剑，"灌窑"给他看场子，"霸市"给他守摊子，"扩充地盘"给他出点子，"强占工地"给他挡枪子，把他弄成了亿万富翁，省城买了五套房，县城拥有八套房，另外还有两个坐收租金的市场。而我，今年将近不惑，落得个什么？存款不到三十万，县城没房，省城就甭提了。

做人，要将人心比自心，自己吃肉，分块骨头下属啃，自己喝汤，给点羹下属尝。不然，谁还那么死心塌地地给你卖命呢？我安慰道，良叔，谁叫咱们寄人篱下受管于人呢？要是咱们自己为王，情况就大不一样了。

良叔的眼里闪烁出希望之光，他摘下眼镜，呵了一口气，用大拇指擦擦镜片，说，顺啊，叔找你来喝酒就是想和你商量这件事的。我想带着你脱离欢哥，投奔东哥，在开发区那块干！东哥那边的政策很优惠，挂他的名，他只收百分之三十的挂名费。那样的话，咱叔侄有赚的了。良叔脸上的那种阴郁和沉闷一扫而去，瞬间像涂上一块暖色的油彩，给了我极大的感染，行啦，我听您的。我又不无担忧地问，咱们叛逃过去，欢哥会放过咱们吗？良叔琢磨了一会说，曾经有一个心腹想脱离欢哥，被欢哥追杀得背井离乡两年，后来这个人回到县城组织人马，现在的势力远远盖过欢哥。凭我这十几年对他做出的贡献以及和他的交情，他应该会放我一马。这件事议到为止千万保密。春节期间，我找机会试探试探。

我举起酒杯和良叔的酒杯相碰，"崩"的一声快要溅出火花。干！两人异口同声，继而一饮而尽。

春节前的一段时光，相对于平时要清闲许多。我的班子组织了几场"灌窑"，再就是帮助欢哥在城区收了几笔烂账，没有组织大的行动。

小年那天，我买了两份烟酒，先去拜了良叔，接着赶往县城拜了欢哥。欢哥很高兴，随手从包里掏出三万元现金递给我，让我去给父母买点礼品给自己添点衣物。

怀揣三万元钱出来，我的心里荡漾着一种幸福感和满足感。虽然只有区区三万元，但我的父母劳作一年未必有这个收入。找到欢哥这座靠山大半年，我的生活发生了质的飞跃，吃喝穿都不在话下，我还有了自己的存款。作为一个不到十八岁的青年，我还有什么不知足呢？何况，春节过后，跟着良叔单飞出去，前方还有更加美好的生活向我招手致意咧。

带着这般美丽的心情，揣着这份美好的憧憬，我来到商城，在进旋转门的刹那，我的眼前一亮，黄倩倩竟然在我前面的门格里。我们为这种邂逅喜出望外激动不已。我说，咱们到隔壁"罗兰咖啡"去叙叙旧吧。她一脸羞红地答应下来。我真想凑上前去，啃一口她红扑扑的苹果一样的娇美的脸。我们手牵着手来到"罗兰咖啡"，找了一包房。

我问她，你还好吧？她撅起樱桃小嘴，小声道，好什么？你逃走后，我在学校也待不下去了，只好到省城父母身边，帮助他们守摊子。我有些愧疚地说，连累你让你受苦了。她毫不在意地说，没受啥苦？就是想你想得很苦的。说着，眼睛向我放了一次电，勾得我魂魄出窍。我反锁上门，走过去抱住她，在她脸上狂吻。一边吻，不安分的手从她的内衣里伸进去一边摸，一丝不苟，步步为营，摸遍了她的全身。我难以自制地说，我要！她理智冷峻地说，我也想要！但我们得遵守约定。等到你十八岁那天吧，我会毫无保留地献给你。说完，莞尔一笑。那一笑甜到了我的心里。

吃完煲饭，我从兜里掏出一万元递给她，你去买点衣服和化妆品吧。她愣了一下，惊问，哪来这么多钱？我得意地说，跟着欢哥赚的呗。她饶有兴趣地问，跟着欢哥一定赚了不少钱吧？我点了点头。她抱住我的胳膊，撒娇道，我也要跟着欢哥去干。我摇头否定道，你一个女流之辈，怎么能干这个？她反驳道，女流之辈怎么啦？女飞侠、女特工、女间谍多得是，比你们男人干得不会差。我坚持道，反正不行。她摇着我的胳膊嗲声嗲气地问，为什么不行嘛？我解释道，这内面很复杂，一时说不清，春节以后再谈吧。她很不高兴地站起身，眼泪汪汪道，我都是你的人了，你却什么都隐瞒我。你不让我加入欢哥的班子，你得给我一个说法吧。算了，看来你对我一点感情也没有。说完要走。我拦住她，抽张纸巾给她擦去泪水，劝慰道，你别耍小性子了，我告诉你。她破涕为笑，歪倒在我怀里。我有些迟疑，因为那个秘密是我和良叔不可外泄的绝密，要死人的，能告诉她吗？正在我犹豫不决时，她那只柔软的小手伸进我的内衣，在我胸前轻抚，我盛装秘密的宝盒不攻自开。我小声道，我和良叔准备脱离欢哥，挂靠东哥，自己单干。她并不惊讶，劝我，欢哥对你不薄，为什么一定要"叛逃"呢？我说，欢哥的确对我不薄，但我要赚钱。良叔提醒我，跟着欢哥赚不到钱。赚不到钱我今后怎么养活你，让你过衣食无忧的生活？说完，我在她的脸上嗑了一口。她追问道，离开欢哥投靠东哥是良叔的主意吧？我不置可否没有回答。

晚上，我陪她到"飞歌夜总会"疯了大半夜，把她送回家时，已经是转钟两点了。

五

正月初二早上，父母督促我给良叔去拜年。我拎着别人孝敬我的礼品来到镇上良叔家。良叔把我拉到书房，告诉我，已经和东哥接上了头，东哥非常高兴"收编"我俩，还愿意为我和你提供一切保护。我急不可耐地问，咱们什么时候过去？良叔说，我和欢哥约好了，明天下午去给他拜年，顺带说一说这件事。我欣喜地说，等着您的好消息。

回到家，我和同村的几个同学玩牌，从初二下午一直连轴转地玩到初三晚上十点。回到家，人疲惫不堪，刚要睡下，手机响了，是表婶的。她在电话里哭着告诉我，良叔从县城回来的路上出车祸了，正往县人民医院送，让我迅速赶过去。我睡意顿消，让父亲骑着摩托车驮着我往县医院赶。在快上开发区的大马路时，快速行驶的摩托车被一根电线绊住，父亲和我摔在地上。刹时，两个蒙面人直奔我来，在我左小腿上狠狠地砍了一刀，痛得我昏死过去。

我躺在省城医院里，不敢回忆那恐怖的一刻。幸亏我父亲送我到县人民医院及时，县人民医院没有耽搁又用救护车把我送到省城医院，医生很快安排了手术，才保证我快要砍断的腿能够移接上，保住了腿不落残疾。想到良叔的离奇车祸，想到我突然遭到砍杀，难道是一场有组织、有预谋的连环行动？良叔初三那天在欢哥处喝完酒后，欢哥派车送他回镇，良叔坐在副驾位置，行至半路，司机避让一辆大巴车，便一头将小车撞向路边的一棵大树，正好将坐在副驾位置上的良叔撞成"肉饼"，而司机只是受了一点轻伤。最为蹊跷的是，怎么会有蒙面人守在路口，好像早就料到我一定要通过那里一样，并且蒙面人没有动我父亲，只是砍断我的小腿……

住院期间，父亲一直陪护在我的身边。父亲只有四十多岁，长得太过于"着急"了。头发花白，好似下雪天掉在头上怎么也抖落不掉的雪花，脸上皱纹密布，棱角比搓衣板还要明显，整个人变得更加沉默少语。母亲既想照看我，又要顾家里，心惊两头慌，人变得像祥林嫂一样，神神道道落魂掉腔似的。我知道父亲母亲心里哑急哑怄。他们把面子看得比生命还珍贵，把虚荣看得比身体还重要，但我的受伤让他们的面子赊光虚荣掉净。他们本以为宝贝儿子找到欢哥这座靠山后能够顺风顺水一路风光下去，没想到这种风光短暂得昙花一现，只维持了大半年时间。还有一点，他们从良叔的悲惨人生结局中，似乎已经预见到我的未来。所以，他们的心情很复杂，惊惧、疚愧、担忧、迷惑等等。他们在我面前想说又不敢说，说深说浅都不好。他们不说，我也懒得搭理，反正每天躺在病床上，我能心无旁骛地对着白墙壁发呆，一呆可以几个小时，思考我的人生。

在省城医院住了两个半月，主治大夫劝我转回县人民医院。在转院前的那天晚上，父亲实在憋不住，向我道歉说，顺子，我和你娘错了，不该让你寻找欢哥这座靠山，差点把命丢了。我看到父亲眼眶红了，心里顿时软下来，满不在乎地说，这不是你们的错，是我命中要挨这一刀。谁叫我上学时刺别人一刀呢？这是报应！再说，不经风雨，何以见彩虹？不洒鲜血，怎能做英雄？父亲看我丝毫没有收手的意思，赶紧央求，你趁这次机会迅速退出吧。我和你娘商量好了，准备送你到邻县你叔伯舅舅那儿去继续念高中。我摇摇头，说，我没有天分，不是读书的料。再说，退学大半年，我的心玩野了，人变岔了，身体也坐不下来了。父亲有些急了，责问道，你不回学校读书，难道你还去找欢哥不成？这一问点到了我的死穴，一语中的我的抉择。我做出这个抉择，有过纠结，但我是个什么东西，我的心里比谁都明白。我有几斤几两几大能耐，我心里掂量得清楚清楚。用我们家乡的话说，我是一个没多大用的人，稂不稂，秀不秀，读书读不出名堂，干活干不出花样，也就那么点出息。只有在道上混在班子里干，才能够充分激发我体内仅存不多的那点潜能和"小聪明"，让我享受到如鱼得水般的快乐和游刃有余的快感。想到这里，我对父亲说，只有继续在道上混，我才有机会为良叔为我自己报仇雪恨啦。父亲几近愤怒几近崩溃，但他没有大发雷霆，而是语重心长地说，一刀还没砍醒你呀。顺啊，挨一刀买个教训，别想着报什么仇雪什么恨了。欢哥人多势众，辉煌当顶，你去找他报仇，等于是蚂蚁拱大树——徒劳，鸡蛋碰石头——找碎呀。父亲说得不无道理，的确，欢哥是一头凶猛无比的大鳄，而我只能算是一只四处乱撞的苍蝇，并且被折断了翅膀，现在趴在充满灰垢的窗玻璃上，前途暗淡且没有出路。我想到去投靠东哥，但欢哥会放过我吗？所以权衡再三，我还是决定依傍欢哥这座靠山，继续走下去。反正君子报仇十年不晚，那笔账还记在那儿呢。为了让父亲母亲不再为我担惊受怕，我对父亲说，您和娘放心，我即将满十八岁了，知道怎么处理好自己的事。父亲没再说什么，只是深深地叹了一口长气。

转回县人民医院那天，正是我十八岁生日。考虑到我能拄拐行走生活可以基本自理，我便让父亲回家，家里春耕农忙等不得。父亲千叮万咛地让我注意这小心那地啰嗦一通后，背上装着衣物的编织袋回家去了。我一个人躺在普通病房的破铁架床上，想着我的十八岁，应该是青春舞动活力绽放的啊！怎么会变得如此惨淡、如此灰暗、如此失败透顶呢？

下午五点钟，几名医护人员替我收拾好住院物件，用手推车把我推到设在新楼房里的康复理疗住院部。我住进了窗明几净设施簇新的单间病房，病房里花团锦簇，床边的桌上摆放着水果。

我知道我住进了特护病房，只有县领导和有钱的大老板才能住进来，还得提前预约。正在我疑惑之时，黄倩倩出现在病房门口。她浅笑盈盈地飞到我的身边，温柔地说，知道你今天转院回来，我下午在病房里布置了半天，准备为你过生日。我愈发疑惑，你怎么知道我要回来？她转过头，有些调皮地说，欢哥说的。她的回答让我更加疑惑，你和欢哥是——她轻巧地回答道，欢哥是我舅舅。我离开学校后，就在他的公司做出纳。所有的疑惑迎刃而解，一系列的揣测终成现实。我带着满腔仇恨问，春节前在"罗兰酒吧"

你为啥要演那出戏？她沉下头说，我舅派我去的。我舅早已看出良叔已生二心，只是要得到确切消息。你应该知道做大哥最最忌恨什么？叛逃投敌。我舅和东哥本身是死对头，而良叔要带着你投靠东哥，我舅能不出手吗？我吼叫道，我们只有这种心，还没做呢？值得良叔拿一条生命我拿一条腿来偿还吗？她被我的吼叫声吓着了，很是伤心地说，我舅对手下布置的只是撞伤良叔，挑你脚踝一根筋，让你们接受一点教训。谁知道"四大金刚"中的另外几个和良叔早有芥蒂，对你在我舅面前少年得志出尽风头很为不满，所以在行动中他们都用过了火。我气恨难捺，手指她的眼角说，你说得太轻飘了，一条鲜活的生命就这样没了，我的腿再还砍深一点，就要腿脚分离终生残废了。她抓着我的右手，放在她双手中抚摸，低声下气地说，对不起呀，我让舅狠狠地教训过参加行动的那两班人。另外，我叫舅拿出八十万赔给了良叔家，拿出二十万给你治腿。刚才我令小胖小非把存折给你家送过去了。我赌气地说，我不要！她一往情深地望着我，柔情似水地说，亲，为啥不要？你得攒钱娶我呢。我转过头去，没有理她。

她用小刀削了一只苹果，切成麻将块状，放在盘子里，插上牙签，坐在床边，拈起牙签穿上苹果喂到我口里，充满自豪地说，你知道我舅多欣赏你吗？他说你少年老成，说你善用脑子，说你胆大心细，说你精明能干，是干大事的料。他还向我透露，他准备隐退江湖到省城发展，县城的业务和人马交由你统领。你就放手干吧，我会护着你。她的一番温言软语正中我的下怀，但我不能表现得太猴急猴相，毕竟欢哥予良叔予我的那笔孽债血债未干、痛感犹在。

当天晚上，黄倩倩领着小胖小非为我举行了十八岁生日派对。在鲜花、蛋糕、红酒和女人的香甜之吻中，我总算找回了一种青春绚烂的感觉。

晚上十一点钟，小胖小非走了。黄倩倩留下来，吻了我一下，郑重其事地说，今天是你十八岁，也应该是我兑现约定的日子，但你腿脚不便，美好的那一刻留待你出院之日吧。我抱着她纤细柔软的腰，紧紧地往怀里靠了靠，心里感动得不行。

黄倩倩走后不久，我的病房里迎来了两位不速之客。两位进屋后，在病房里查看一通，一位从床头柜边发现了秘密，轻声告诉我有人在病房里安装了针孔探头和微型录音机。他们扶我来到医生办公室，关上门，两人掏出证件递给我看。我一看是警官证，心里顿时有些害怕，眼睛都不敢朝他们看。其中一位便衣开口道，我们是县公安局"打黑除恶"办公室的工作人员，我们已经掌握了你的一些犯罪事实，替欢哥开赌场、敲诈勒索、贩运毒品等。我很想不表现得那么熊样，让自己镇静淡定下来，但如何使也镇不住淡不下，双手像得了帕金森综合征似的抖个不停，身子也像打摆子一样战栗不止。另一位便衣说，你虽然未满十八岁，但你的犯罪足够送你去劳教几年。我有些绝望，整个身体快要支撑不住歪倒下去。我曾自诩是新型的"道上"人，尝试着揭掉黑道留给人们印象的凶神恶煞青面獠牙的"脸谱"，撕去凡事拳头开道比刀试枪的"标签"，完成从上到下从外到内脱胎换骨般的"蜕变"，自认为做得高明，做得隐秘，神不知鬼不觉的，谁想到早已纳入公安的监控范围。看来那句俗话说得一点也不错：要想人不知，除非己莫为。正在我惊恐无望时，先前的那位便衣说，考虑到你是初犯，我们准备给你一条生路。我的眼前霎时露出一线生机，赶忙问，什么出路？另一位便衣接着说，希望你充当我们的"卧底"，借助欢哥信任你倚重你这种优势，顺利打入内部，掌握核心机密，搜集犯罪证据。我没有立即表态。我考虑到了，如果我答应下来，那就意味着背叛欢哥背叛黄倩倩，意味着我要失去那虚位以待的统领位置和已托芳心于我的黄倩倩。那是多么诱人的职位！多有魅力的女人！失去他们，我的生活还有什么色调还有什么精彩？这倒是其次，最最让人担忧的是，欢哥为人奸诈出手狠毒，要是他知道我背叛了他，我这条小命恐怕难保。越想越觉得后怕，我委婉推却说，我能力有限，恐怕做不来。另一位便衣好像窥视到我的内心，很为严肃地说，只要你用心去做，凭你的精明肯定能做好，何况还有我们给你提供保护。只是你心存侥幸心有不甘，沉湎于过去难以自拔。告诉你，他们并不相信你，但要利用你。所以，希望你认清形势，为我们提供足够的证据将欢哥绳之以法。那位便衣同志站起来，走到我身边，厉声警告我，你如果执迷不悟继续找欢哥做靠山，危害社会，祸害乡邻，只会死路一条！如果你找政府做靠山，和公安配合，戴罪立功重新做人，我们热忱欢迎！孰轻孰重，你自己选择吧。另一位便衣趁热打铁地激将说，良叔死得不明不白，你被砍得无缘无故，仇要报冤要伸，真相要揭开，你就没有一点男人的血性吗？

　　我已经十八岁了，骨子里流淌着浓浓的男人血性，仇恨的火焰在胸中熊熊燃烧，我还有什么犹豫呢？望着两位民警饱含深情充满期许的目光，我坚定而自信地点了点头。

茶　趣

一

"商有商道，官有官品，茶有茶趣。"这是五年多前，蒋志锋在职博士的论文答辩完后，在导师周文康的办公室里，导师对着蒋志锋说的。参加论文答辩前，市委书记已经找他谈话，让他到宁阳去做县委书记。几天的准备和答辩，他一直恪守着这个秘密，只字未提。答辩顺利通过后，他才把这项任命说与导师听。导师不置可否，说了那组排比句。他坐在沙发上，聆候下文。导师端起茶杯，喝了一口茶，既像是叮咛，又像是告诫，更像是朋友之间语重心长的嘱托："没事，喝茶。"

一想到这些的时候，蒋志锋心里便涌过一片温暖。陪副市长黄建军吃完晚饭，他便让司机送自己回到住地，第一件事，就是清理茶具，准备泡茶。

喝上自己泡的茶固然欣然，其实让他更为惬意的是泡制的过程。在那个有些冗长、有些缓慢、有些千篇一律的过程之中，他享受到的是一种潜心静气的淡泊和远离尘器的安然。

蒋志锋将泡制好的茶倒在壶中，热气腾腾，隽香四溢。他端起茶壶，将壶嘴送到嘴里，滋滋地、美美地小抿一口，香气冲鼻而入，甜味沁人心脾，让他感受到一种做神仙享清福的安逸和自在。

黄副市长是宁阳人，每年回家乡一两次。每次回来，比在其他地方要

"放肆"一些。这次回老家调研环保，安排的活动早就完了，但黄副市长有兴趣夜宿，县里求之不得。按理他应该"全陪"到底。但是，他只做了"半陪"，陪吃完饭就回住处了。后续"半陪"——洗脚、K歌、打"双升"，他交给县长朱圣光了。他实在是受不了！只需花半个小时就能解决的一顿晚餐，却足足吃了两个半小时，杯来盏去轮番敬酒，天南地北胡侃海聊，坐在那儿强装欢颜疲于应付，心里头烦得要命，巴望不得快点散席。当一场马拉松式的晚宴结束后，他借口吃药，和黄副市长握手告辞抽身而去。不是他要伎俩哄领导，实在是他受不了这种无休止的繁文缛节。后续还有三项活动，少说也得耗时五六个钟头。足浴捏脚得花一个半小时。K歌没有两三个小时，领导唱不过瘾。等到转钟回到酒店，再打三局"双升"，不到凌晨两三点钟上不了床。最要命的是，第二天上班头重脚轻昏昏沉沉，人像犯鸦片瘾一样哈欠连天无精打采，哪有心思工作？把大把大把的时间耗在这些上面，人累心瘁，毫无意义，真的不如回到住处，泡茶品茶，身心放松，自得其乐。

第一道茶喝完，他又开始泡制第二道。

做了五年的县委书记，应该说对导师"没事，喝茶"的四字诤言已经深有领悟融会贯通。导师深锁校园置身学术，却能洞悉事态、读懂世事、读透官场，说出这等警世格言，好比冥冥之中上帝赐给他的一道神符，成为他行为处事的座右铭，让他在炙手可热、大权独揽的岗位以及虚浮躁动、风气不好的官场，能够处变不惊、临难不惧、站稳脚跟、立于不败，一路顺利地走过来。是的，喝茶，让人潜心静气涤烦益思；喝茶，让人愉悦身心打发时光；喝茶，让人淡泊名利剔除邪念。

泡好第二道茶，他把茶水倒进壶里，捏住壶把，正要往口里送，手机里赫然飘出《自由飞翔》的铃声。来电话了，他有些漫不经心地拿过手机接听，耳窝里传来常务副县长张晓然急促的声音："蒋书记，不好了，工地上出大事了。"他心口突地一紧，感觉到工地所出之事绝非小事，不然，张晓然不会晚上打电话惊扰他的，忙问："出啥事了？"张晓然喘不过气似的，急慌慌地说："何口村近百村民手持铁锹和冲担，闯进金威建筑公司住地，把四个小青年打成重伤，奄奄一息。"他赶紧命令道："你让人迅速送四位伤者到县人民医院，控制现场，切莫再发生报复性械斗。我叫上公安局黄局长，马上赶到。"

他用红色座机拨通黄局长家的电话，让黄局长火速赶到青口镇何口村部和他会合。

青口镇位于县城的西南面，毗邻大巴山脉，翻过山便是邻省的疆界。青口镇有八个村，人口不到两万，稀稀疏疏散居在将近五十平方公里的土地上。这里盛产绿茶，尤以"青口毛尖"受人青睐畅销市场。到宁阳任职的头两年，他没有急于而贸然地打出宁阳经济发展的招牌，而是用许许多多的时间深入各地考察调研，走访农户，广泛征求各方建议，最后才形成以打造"青口毛尖"为中心的方圆百里"茶乡"的战略定位。这两三年，他全身心都投入到了"茶乡"建设之中，像抚育自己心爱的孩子一样，倾注了足够的呵护和关爱。国家对民生投入加大，各类项目纷至沓来目不暇接，钱随项目走，按那种分布，只能像撒胡椒面一样，星星点点地这里投一点，那里投一点。钱投进去了，起不到实际作用，看不出整体效果。分析出这种弊端，为了用好国家的每分钱，他大胆提出整合项目集并投资的想法，把这几年国家投入到宁阳的民生项目和资金全部放在青口镇和双月镇，作为新农村建设的先行区来打造，同时也作为城镇化建设的示范片来培育。光靠国家的项目和投资难以完成两个镇的建设规划，他便把县财政用于民生的资金也倾斜到这一块上，让常务副县长张晓然统一调度统一指挥，运行两年多下来还比较顺利。

怎么突然出现严重的伤人事件呢？蒋志锋有些闹不明白。这里的老百姓，淳厚善良，老实本分。他们怎会集结一块冲进工地袭击伤人呢？

小车载着疑惑一路来到青口镇政府院内，黄局长的车已先期到达，另外，几辆警车闪烁着红灯，停在院内。

张晓然迎候他走进会议室，拉开圆桌中间的座椅，侍奉他坐下。

镇委书记简短地汇报了案由：何口村的村部旁，有一烂尾房，屋顶塌陷，残垣断壁，曾经做过厂房。二十年前，镇里响应县委号召，要求村里兴办茶叶加工厂，当时的村支书被逼无奈，便吆喝本姓本族的自家兄弟近二十人，每人出资五千元，办起了何口茶叶加工厂。由于缺乏技术、缺乏市场、缺乏资金，工厂从投产之日起便亏损，维持了不到两年就破产关闭。这次新农村建设，村里的八十多户整体搬迁，村部也要拆迁搬走，村部所在地按规划要挖一个百亩见方的大蓄水池。金威公司进驻后，和村里签了搬迁合同，但却没有考虑这片破厂房。正当他们要清障拆除时，那些曾投资办厂的人出面阻挠，要求补偿损失。金威公司和村里签拆迁合同时，村里曾要求他们考虑这个方面的赔偿。但是，金威公司认为，地是村里的地，他们又没办证，房子也破得像个遭受战火洗礼的遗址，毫无价值，不需考虑赔偿。当他们准备强行拆除时，二十户里选出了十位老爷老太，分班值守在破厂房里。工程无法进展下去，金威公司便从老家请来了在"道"上混的四个"土油子"，夜晚家家上门威胁恐吓，但无济于事，二十户团结一心像铁板一块。几个"土油子"一计不成，便出恶招。夜半时分，他们集结一块，砍这些人家的茶树，向这些人家的猪圈、鸡棚里投毒。今天早上，有五头大肥猪和近百只土鸡被毒死。于是，晚上就发生了近百村民冲进工棚打伤小青年的行为。

会议室里一片静默。

"你们说说，该怎么处理？"他打破沉默，问。

"金威公司固然不该雇请'拐子哥'来闹事。但是，这帮刁民本不该揪住陈年旧账不放而阻挠施工，更不该蓄意报复恶意伤人。为了保证工程顺利进行下去，必须让公安派出所抓获几个为头的刁民，刑拘几天，以儆效尤！"常务副县长张晓然怒气冲冲地说。

他把目光扫视到镇委书记脸上，在和镇委书记的眼光交接之时，镇委书记的眼光避过了。镇委书记从他的脸上没有看出什么异常，便顺着张晓然的话，同仇敌忾地说："办厂是二十年前的事，都水过几秋了，还抓着不放。地是村里的集体用地，他们又没出钱买，所以不应该存在赔偿问题。前不久，我们镇里组织专班找他们做工作，根本说不通，净是些歪理邪说。尤其还有几个刁民，硬生生地把我们做工作的专班人员推到门外，说和我们说不到一块。之后我们再去，他们家家关门闭户，根本不睬我们。鉴于这种情况，我同意张市长的意见，抓几个为首的刁民——"说到这儿，镇委书记瞅瞅他的脸色，见他脸色铁青、眉心紧锁，猜不透他的心思，没再往下说。

呜呼！他的心里涌过一阵悲凉。大会说小会讲：群众利益无小事！他们是真的没有听进去呢？还是有其他隐情？这么明显的侵权行为，他们居然信口胡说，责骂老百姓是刁民。他忍住胸中喷喷直涌的愤懑，控制住霍地站起的冲动，厉声质问：“你们口口声声刁民刁民的，他们何刁之有？”

张晓然、镇委书记在他利箭般眼光的逼视之下，埋下了头。

“二十年前，这些纯善的老百姓响应上级号召，每家出资五千元办厂，亏进去一大砣。几千块钱，对于这些山区的农家小户来说，是多么巨大的一笔财富！这些年，支撑他们夺回亏损的希望就是那片破厂房。而金威公司一口拒绝不予考虑，他们能不闹腾吗？更令人发指的是，金威公司竟然请来‘拐子哥’，威吓、投毒、害民、伤畜，老百姓能不恼恨吗？不说他们打伤那几个小混混，就是打死他们也不为过！”他有些咬牙切齿，有些痛心疾首，像枪弹出膛地说出这番话，好比一股郁结之气从胸中喷出，人感觉舒坦多了。

“这帮小混混为非作歹危害乡邻可恶可恨，老百姓在他们身上出出气解解恨可以理解。但是，再不能出人命了。”黄局长笑道。为了缓和会议室里略显紧张的气氛，黄局长建议道：“参与打人的老百姓有过失，但法不责众，公安派出所不能去抓他们，怕引发大规模群体事件。最好的办法就是镇里的干部和我们派出所民警到村里去开个会，对他们进行一下教育。”

“如果这样处理，项目就难以进行下去了。”镇委书记这才回过神来，嘟哝道，“金威公司已派人回老家报信，他们扬言明天用汽车拖一百多名‘拐子哥’来，踏平河口村！”

“放肆！”他猛拍桌子霍然而起，高声道，“共产党领导下还敢出这等事。让金威公司滚！你黄局长负责，连夜清场！”

张晓然绕到他的身边，附在他的耳旁，低声提醒道：“金威公司是曹市长老家的公司……”

他的心里一腾，人缓缓地坐了下来。联想到两年多前，项目进入招投标程序，一切在公开公平公正的环境下展开，最后中标的是来自省城的红人集团和县里的水利工程公司。但曹市长出面给张晓然打了招呼，张晓然给他汇报后，两人密谋半天，最后采取变通办法，从县水利工程公司的工程量中抠出一块给了金威公司。请神容易送神难，赶走金威公司，意味着得罪曹市长，那个麻烦就有点大了。何况自己处在仕进的关键时刻，冒犯一把手市长，那不是在活活断送自己的政治前途吗？想到这里，他有些懊悔自己太冲动太冒失太不冷静。

一言既出驷马难追，开弓岂有回头箭。当着几位要员的面，收回弹出口腔的话，作为县委书记有何颜面威望何在？再说，青口双月示范片建设项目是县里的"一号工程"，也是自己任职宁阳留给群众的一份礼物，如果让金威公司继续干下去，这份礼物可能就会大打折扣，不像一份拿得出手有模有样的礼物。更为重要的是，只有赶走金威公司，才能对何口村的老百姓有一个交代，以绝双方继续交恶之后患，工程才得以顺利实施下去。为了一言九鼎的权威，为了给老百姓一个说法，为了自己悉心培育的项目顺利完工，只能牺牲金威公司了。

脑子里经过短兵相接的交锋过后，他痛下决心斩钉截铁地说："必须赶走金威公司！"

"我是现场总指挥，三家公司中，最不听调度、工程进度掉坎最大、质量最差的就是金威公司。我拿这帮临时拼凑起来的乌合之众也没啥办法，巴望不得把他们赶走。"张晓然附和道，转而不无担忧地问："金威公司仗着后台老板硬，要是赖着不走怎么办？"

"想方设法，也得把他们撵走！"丢下这句话，他走出了会议室。

回到住地，已是转钟，简单地洗了一把便上床休息。

第二天早上，人正在迷糊之间，张晓然的电话打了进来，欣喜地向他报告：已经稳妥地遣送走了金威公司的全部人员。在松了一口气的同时，心里仿佛又安上了一块疙瘩，他指示道："在工程量的测算和资金结算方面，给点倾斜。另外，落实好那四个住院小混混的医药费用和误工费用。"张晓然答道："这个请您放心，我已做好安排。只是曹市长那里，我建议您一定得去说一说。今天是周五，您回家休息，顺带把这件事办了。我可不希望您为了我们宁阳的工作把自己的前程耽误了。"张晓然美其名曰地关心他的政治前途，实则他更加关心的是自己的政治命运。他只有三十多岁，一路绿灯畅通提拔，未曾出现坎坷。如果这次在曹市长这儿受点阻，势必会影响他顺风顺水无可限量的仕途。好汉做事好汉当，有难来临挺身扛！他淡定地安慰道："你不要太过操心，曹市长那儿，我想我会说通的。"张晓然嘻嘻恭维道："有您亲自出马，当然不在话下。"

搁下话筒，他拿起手机，从"联系人"中翻出曹市长秘书小军的号码，随手拨了过去，通了，彼此寒暄几句后，他便询问市长下午的行程安排。小军告诉他，市长下午主持召开市长办公会议，五点半钟接待华晨电子的老板，六点半陪省安委会的领导晚餐。他赶紧说："你见缝插针安排我见一见市长吧，我有要紧事向他汇报。"小军一口应承下来。

下午，他没有安排其他活动，坐在办公室处理了几份文件。四点半钟，他从壁柜里取出盛装紫砂壶的礼品盒，打开盒子，揭开红缎布，一尊"贵妃出浴"壶展现在眼前。这是在云南做房地产生意的一名老同学送的，据说是吕尧臣大师打造的全手工紫砂壶。乍一看，盖是乳，身是臀，嘴巴线条极像贵妃。一只壶值不值钱，有无收藏价值，关键看它是不是手工制作。他虽然不能认定这只壶是吕尧臣大师的手工真品，但他确定这只壶也假不到哪儿去。起码购买时花去了不菲的价格。再则，他对鉴别壶的真假略知一二：从壶上可以看到有泥条的接头痕迹和用手拍打过的印记，手指触摸壶内壁有明显的褶皱。正是看到它的珍贵，所以他只是偶尔取出欣赏欣赏，一直未舍得用。没想到今天派上大用场了，有什么比送这种东西更合适呢？高尚而又风雅，低调而不奢华。

他小心翼翼地还原好包装，轻轻搁进公文包里。

从县城回市里只有四十分钟车程，五点半前，他赶到市政府，小军见到他，有些着急地说："我正等您来呢。市长办公会提前结束，华晨的老总正在市长办公室里谈事。我已经给市长讲过了。这会我要出去给市长处理一件事。你就在我办公室等着，市长接待完，会叫你的。"他连说了几声谢谢，在沙发上坐下。

小军给他倒了一杯水后，匆匆而去。他兀自坐在那里，脑子里思虑着该如何开口跟曹市长说？是先汇报工作说明案由再赔礼道歉？还是开门见山赔礼道歉，其他的话什么都不用说？思来想去几个回合，他决定还是开门见山直奔主题，先赔礼道歉再说，市长接受致歉就会问问案由，如果市长不接受道歉，说什么也没用。

海关的钟声敲响了六下，他站起身，走到门口，看到隔壁市长办公室大门紧闭，好像密谈还在进行之中。他返回小军的办公室，有些心神不宁地来回踱步。

时间一分一秒地流逝，他的心也在一点一点地沉沦。六点十分，隔壁办公室的门还是没有动静。六点二十分，市长办公室的大门依然故我，好像焊死一般。小军向市长禀报过了，难道市长忘了？抑或——他不敢往下想，宛如在滑向一片难以见底的深渊。

六点半钟，隔壁办公室发出开门声响，他拎上公文包迎了出来，眼睁睁地看到一位戴眼镜的客商和市长先后出门，在出门的刹那，市长随手带上了门。他有些尴尬地站在那儿。市长从他身边走过，不动声色地说："今天要陪省里的客人晚餐，没时间见你了。"好大一个闭门羹，让他措手不及。

陪客人晚餐迟一会儿早一会儿有啥关系？这分明是市长用这种托词回击自己昨晚的行动。看来自己得罪市长了，并且得罪得不轻。不然，市长不会无视一个县委书记的存在，怎么也得抽点空隙接待一下的。

目送市长和客商走进电梯，长长的走道上空空如也。他感觉到自己有如一个被抛到沙漠的弃儿，孤独、绝望、无助。现在官场流行"官员三法则"："暧昧女人但不暧昧感情，接受礼品但不接受现金，得罪群众但不得罪领导。"开始听到，只是一笑而过，因为他实在不敢苟同这些观点。但今天的事实，让他颇有感悟。

一阵风从走道里嗖地穿过，他感到一股透心的凉和蚀骨般的冷。

二

周一早上，蒋志锋七点钟从家里出发，不到八点就到了办公室，人未落座，分管工业经济和招商引资的常委、副县长曾子斌推门而入，在他办公桌对面的椅子上坐下来。秘书刚用茶具泡了一壶茶，拿纸杯给他倒了一杯。曾子斌美美地抿了一口，赞叹道："还是蒋书记您会享受生活，这茶呀，喝得真香！"他瞧一眼曾子斌，问："看你满面喜色，是不是有啥高兴事？"曾子斌嘿地一笑道："还真被您说中了。"接着故作神秘地小声道："这次可招来了一个大东西。"

一直以来，宁阳县的工业经济是短腿，招商引资是弱项。除了偏远、闭塞之外，与上级对这里"以保护生态为主"的定位很有关系。话虽这么说，但市里对宁阳的考核结账与其他县区一样，依然和 GDP 紧密相关。所以每年考核结账排位，宁阳总是市里的倒数第一。除了名声不好听面子不好过外，对干部的任用也有一定的影响。即便这样，他始终抱定一个信念：招商引资必须招引适合宁阳的。所谓"适合"，最基本一点就是项目必须绿色环保，不带丝毫污染。因而，在招商引资上一直没有什么大的突破。今天突然听到曾子斌说招引了一个大东西，他的心里也跟着滋润起来，欣然问道："是一个什么大项目？"

曾子斌没再卖关子，直言奉上道："一个台商投资 3 亿美金，专门生产手机电池。"

听到投资 3 亿美金，他怦然心动。不说宁阳这座小县城，就是很多经济发达的县市，也很少招到单体投资 3 亿美金的特大项目。而听到电池项目后，他的兴趣锐减。不是他排斥电池项目，而是他认为手机电池项目落户宁阳，水土不服，不会有好的投资收益。他淡淡地问："项目谈到一个什么地步？"

"双方基本框架达成一致，只是他们提出了三个要求，如果我们能够答应，明天您就可以飞到东莞和他们签约。"曾子斌正儿八经道。

果然有附加条件，他早就预料到了，并且他还预感到，台商提出的附加条件很直白很苛刻很实际，简而言之就是两个字：攫利。让你欲罢不能弃之可惜。虽然兴趣全无，项目也不太靠谱，但也得耐着性子听下去，毕竟这是曾子斌付出艰辛所得，要是你连听都不听完，对分管领导的工作积极性是一种摧毁性打击，那班子里今后谁还会为你卖命工作呢？他笑道："你具体说说他们提出的条件和要求。"

曾子斌翻开笔记本，郑重其事地报告道："第一，在县城工业园区零地价供地 800 亩，为他们办理工业用地的土地证。第二，项目是用电大户，县里为其架设双回路的线路，用电价格比照我们县小水站发电的入网价格收取。第三，负责建设污水处理站并允其排放。"

哼！简直就是霸王条约，逼你入瓮，逼你就范。他不动声色地问："你算过满足他们这三条要求，县财政得贴多少钱吗？"

"算过，满打满算得贴一点八亿。"曾子斌功课做得很足，一口拿出了数据。

"我们县每年一般预算收入也就个把多亿，你觉得能够承受得下这个项目吗？"他其实已经在心里对这个项目画了十个血红血红的大叉叉。一次性财政补贴一点八亿不说，以后每年还要贴补电费，最不能容忍的是，电池项目是重金属污染，沁入地下破坏地下水资源及地力，可能会影响几百上千年。他本想一口拒绝，但为了照顾曾子斌的情绪，所以没有一口拍死。他想循循诱导，让曾子斌自行放弃，这样就不至于挫伤他的工作激情。

"一点八亿的补贴，对我们宁阳财政来说，的确难堪其负。但是，我们应该看到项目投产后所产生的巨大经济效益：年缴税五千万以上，能够解决一千多人就业。"曾子斌还在竭力争取，想用实打实的数据说服。

　　"这只是你理想中的数据。"他笑道。他的心里明镜似的，像这种项目，在宁阳无法生存下来发展下去，也许项目投产之时就是工厂倒闭之日。姑且不论交通费用，关联企业的配套问题，单就"用工荒"，就是首先要面临的一大难题。在宁阳招不到上千名技工，到外地招，人家不会来。招不来工，就达不了产，达不了产，就产生不了税收。县财政投进去一两个亿，等于把钱扔进古井，恐怕连泡也不会冒出一个。

　　"即便是理想的数据，我觉得应该努力一把。台商好不容易把我们宁阳作为几个候选地，我们不能轻言放弃。现在的招商引资，都得花巨资下血本贴钱补物，舍不得孩子套不到狼，不然，老板不会到你这个地方投资办厂。蒋书记，宁阳几年来没有招到一个像模像样的项目，您开会坐黑角，我们感觉也很憋屈。如果我们引进这个项目，至少在市里放颗卫星，同时在全省能引起一定的轰动效应，对您对于整个班子都是一个大好事！"曾子斌发自肺腑、情真意切地说。

　　他何尝不想在招商引资中火上一把，在工业发展上风光一回，在 GDP 的增幅上领先一次。但是，人不能为了解脱霉头霉脑的窘境而丧失底线，更不能为了提拔重用而贻害子孙后代。他有些激动地说："项目入驻宁阳，意味着我们这片好山好水好风光要遭受污染。"

　　"为了发展，为了宁阳的整个班子，您就不能网开一面？"曾子斌心犹不甘，不愿放弃。

　　"环保是我们宁阳的生命线，我不敢越过半步！主政一天，我就要坚守二十四小时。"他不为所动坚持己见。

　　"唉……"曾子斌长叹一声，没再往下说。

　　虽然否定了曾子斌的项目，但不能否定他的工作，他充分肯定道："你们招商专班能够找到这么大的项目，可见付出了许多艰辛，值得表扬。"接着他鼓励道："只要保持这种干劲，一定能找到既绿色又环保的好项目。我相信你们！"

曾子斌惨淡一笑，挟上笔记本走出办公室。

秘书闪身而入，轻声报告道："红人集团的汪董在外恭候多时，想见您一面。"

他想起来了，昨天在家里休息，导师周文康打过电话，向自己推荐红人集团董事长汪雨欣。红人集团在青口做工程，他只听说过，从未与汪雨欣谋面。导师最后特别强调道："雨欣是我极为欣赏的为数不多的女弟子之一。她可是有来头的，你好好接待一下，对你会有益处。"跟导师学习三年，虽然不是脱产，却与导师之间感情笃深关系甚近无话不谈。做县委书记五年，他只是逢年过节去拜访一下导师，导师从未因为私事找过自己，今天破例电话求助，他有什么推却的理由呢？所以他很爽快地答应道："您让她周一早上到我办公室，有什么事我们当面谈。"导师呵呵笑道："行啊！完了你让她把'青口毛尖'给我带一点过来，茶还得喝呀。"他赶紧检讨道："失职失职，我改日到省里开会时亲自奉上。"导师明日向自己讨要"青口毛尖"，实则是在暗示自己，要时刻记住他曾说过的话："没事，喝茶！"

导师看人重看秉性，所以能够进入导师法眼的人并不太多，能让导师隆重推介的人更是少之又少。看来姓汪的女人非等闲之辈。到底是怎样的一个女人呢？他特想见识见识，对秘书说："你让她进来吧。"

仅过一会儿，门上响起两声轻微的敲门声，轻得好像怕吵到主人似的。从这敲门的力度和声响，他便断定来人懂礼仪有涵养。他回应道："请进！"

门锁被轻轻旋动，门扇被缓缓推开，映入他眼帘的是一位高挑而白皙的女子，一身素装，几分优雅。他礼貌地指指沙发："请坐。"她抿嘴一笑，悄然坐下，双腿紧挟，好一副淑女范儿！

他从茶壶里给她沏了一杯茶，她轻启朱唇："谢谢！"接着她呷上一小口，含在嘴里慢慢在口舌间旋动，咽下，柔声柔气恭维道："蒋书记泡制的'青口毛尖'色美、气香，鲜醇爽口，果然名不虚传！"

"看来你也是懂茶之人。"他在她对面的沙发上坐下，猜道。

"略知皮毛而已。我们两人都有幸师从周文康导师，他的'没事，喝茶'理论对我们应该都有影响。"她适时抛出两人熟识而尊敬的导师，意欲拉近彼此之间的距离。

"在世态浮躁红尘滚滚的当下，能够修炼到'没事，喝茶'的境界的人，为数不多，导师应该算一个。"他由衷地赞叹道。

"你也可以算一个。"她抬起雪白细嫩的玉手纤指，点着他说。

被人赞美让人神清气爽，被漂亮的异性赞美，更是让人心花怒放。他谦逊地说："算不上，算不上。"

"敢于得罪市长撵走金威，这样的人既有李白不事权贵的傲然风骨，又有陶渊明不为五斗米折腰的君子风范。还不能算一个？"她引经据典地把他与两位名士相提并论，丝毫看不出阿谀逢迎之嫌。

"为了工作，我的决定无可非议。但是，面对现实，我感到自己鲁莽无知，甚至可能闯下大祸。"不提这件事，心情很好，提起这件事，他的心情变得糟透了。

"在这个官本位的年代，你的行动不啻扇了市长一记耳光。所以，你目前需要做的就是想方设法修复和市长的关系。这也是我今天来面见您的一个重要任务。"汪雨欣敛起笑容，相对严肃地提醒道。

"有点难，但我会尽力去做！"他沉吟片刻，表态道。

"相信您能做到！"她投射给他两道信任激励的暖流，让他力量倍增。他想急于跳出那团不愉快的泥淖，立马转换话题，问："说说你的下一个次要任务吧。"

她的思维还停留在那个话题中，听到他变换频道，她稍稍有点猝不及防，但她只用了两秒钟进行调整，迅速跟上他的节奏，平静而又温柔地说："金威退出，张副县长让我们红人集团接手他们未做完的工程。我们集团做工程的宗旨是，既保证工期，更保证质量。张副县长让我们多做工程是好事，但也让我们感到有些为难——"

"你们为难什么？"他有些急不可耐地问。

"首先，我们按照施工合同，超做了许多工程量，县里没拨付资金。第二，这次让我们接手金威公司的余下工程，没拨一分钱。让我们垫资做。考虑到这项工程是为民谋利为民造福的'一号工程'，我们集团很重视，准备从省城调度一点资金垫付先做，没想到遭遇银行'钱荒'，调不出资金。所以，找您解决燃眉之急，为我们出面借支两千万，只挪借两个月，我们承担利息。"她有些不好意思，说完便低下了头。

名曰借支，其实她是在讨要县里本该付给她的工程款，只是她变换一个角度，送你一个人情。县里财政空虚，拿不出钱，不然张晓然会按工程进度付款给红人集团的。找谁呢？找当老板的朋友，自己出面筹集两千万没啥问题，但万一自己突然调走，钱还不回去咋办？害朋友的事坚决不能做！想来想去，只能再赊一次脸去找市财政局的马天明了。心里有了主意，他当即承诺道："我马上去找我的老同学借借看，力争不影响你的进度。"

"那先谢您啦！"她甜甜地说，有点嗲，女人的柔媚尽显其中。

汪雨欣飘然而去，留下一盒老关章古树茶搁在茶几上。这是顶级普洱，价格比较昂贵，第一反应他准备赶出去退还给她的，但细细一想，却之不恭。何况受了这份礼，养湖水煮湖鱼，把它转送给市财政局的马天明，也是一个不错的安排。那个家伙爱茶如命堪称"茶圣"，投其所好送他一柄茶，或许能够助推借支成功。

他用座机打通马天明电话，问他上午在不在局里？马说在，他约定十点半钟在他办公室见，未等马回话，他就撂下话筒，匆匆出门。财政局长是炙手可热、人人敬奉的主儿，该有多少人等着约见，如果你不先发制人给他约定时间，指望排队也许等到猴年马月呢。

十点半钟，他准点到达市财政局三楼东头，看到门口候着几个人。他推开马天明虚掩的门，有人正在给马汇报工作，看到他进屋，汇报工作的人立马起身，说改时间再来，说完便出门了。

他把茶叶放在马天明办公桌上，马拎起，细细端详一番，说："老关章的货，不便宜呀！看你这副样子，又是来者不善啦。"

他嘿地一笑，用玩笑的口吻说："送这么好的茶叶供你品鉴，当然是有事相求。不然，喂白眼狼呀。"

"蒋志锋，你别得了盐不知咸淡，讨了利不知好歹。以前给你办事，什么时候收过你的礼品？"马天明有些急眼地申辩过后，言归正传地问："大书记，有事直说吧。"

"示范区上，建设资金差了人家施工单位一大截，再不拨付一点，人家可要停工。你也知道，那个工程就是我的命根子。所以，只有找你想方了。"

他毫不隐瞒如实禀告。

"眼下市局的调度资金也很紧张。"马天明脸色严峻。

"哭穷是财政局长的天性。我不管你紧不紧张，反正你拱天眼钻地洞也得为我调度两千万资金救急!"他装出一副耍赖玩泼的模样，口气强硬地像下命令。

马天明也许从他不达目的不罢休的架势之中看到，不打发打发他不会消停，思虑片刻，说："我只能从企业解困资金中给你们调度一千万。"

"还是多调一点吧，一千五百万。"他讨价还价地说。

"好吧，你下午让县局局长来办手续。蒋志锋，为了你的示范区建设，我踩红线给你调度了多少次资金？但是，我不怕，因为你是在为老百姓造福谋利，我调得心里高兴。"马天明亮开心扉，颇有感触地说。

"谢谢老同学的理解!"他眼眶红红的，泪珠差点滚落下来。

"还有一件事你考虑一下。我们省厅和省里的五家主流媒体就财政民生投入做几个专题和几个专访，我想在这节骨眼上，把你县青口双月示范区建设好好宣扬宣扬。"马天明好心建议道。

"别——"他立即拿手制止，佯装不满地咕嘟道，"老同学，怎么变得这么现实，一会放了点春风，立马就想收场夜雨。"

"我是为你提升知名度和影响力。"马天明首先予以声明，继而批评道，"当五年县委书记，从来没有在'电视上露过脸、广播里留过言、报纸上登照片'，这不正常，这很做作!"

他没与马天明争辩下去，而是双手合拳作了个揖，装出告饶的样子念叨道："低调，低调。"

马天明没再强求，无奈地摇摇头，走过去把门关严，在他旁边的沙发上坐下，严肃地问："你没有得罪过曹市长吧？"他不明就里，赶忙摇头否认："没有啊!"马天明皱皱眉，神秘兮兮地说："宣传部长老刘调省新闻出版广电局任职，空出一名常委职数，昨天书记召集市长、副书记、纪委书记和组织部长的五人小组会，讨论增补人选。书记提议补你，但曹市长坚决反对，所以这件事搁下来了。"

"消息可靠吗？"他有些不相信，因为他妻子在市委机关大院内工作，没有听到这个方面的信息。

"绝对可靠!"马天明掷地有声地答道,接着说:"如果这次你能直接补进常委,不枉在宁阳苦守五年,说明市委对你还是公正的。但是,变数大,你得好好把握这次机会。"

"决定权在别人手上,你让我怎么把握?"他镇定自若不急不慌地说,"行贿买官,打死我也不会去做。到上面打通关节向下打招呼,我也没门道。所以,只能听之任之。"

"你糊涂!"马天明恨铁不成钢地猛拍一下他的肩膀,故意刺激道:"做五年县委书记不得提拔,依旧'蹲点',这不是什么光彩的事,别人会笑你窝囊无用,会说你不思进取。难道你愿意背负这种名声?"

"我也没办法,我得罪曹市长了。"他无奈地向马天明坦白了撵走金威公司以及第二天赶去给市长赔礼却被吃闭门羹的全部经过。

"不说曹市长,换任何人都不会原谅你。"马天明听完原委,严厉批评道,"你好歹四十多岁了,做县委书记五年,官场规则怎么一窍不通呢?再说你是品茶之人,一向淡泊、心静,关键时刻怎么能像'愤青'一样由着性子,像'愣头青'一样做事不顾及后果呢?你摊上大事了!"

"情急之下,我看不得老百姓受委屈,没想到得罪了曹市长。你也别教训我了,快说说怎么挽回吧。"他深知豁子闯得不小,在心里反复批评自己N次了,只是他不知道该如何去补救。

"曹市长很喜欢字画。我这里有一幅名人的画,是前年市里在北京做活动,一位画家送的,我交给你,加上你的那只壶,一并奉上。今晚你必须见到曹市长,如不在家,你就等,别坐在车上等,坐门口台阶等,打点悲愤牌,让领导看出你的诚意。"马天明思路清晰目标明确,当机立断沉稳部署道。

他总算找到了一定的方向。

从马天明手里接过名家的画,他的心里涌过一阵莫名的感动,很强烈。

三

在机关食堂用过晚餐，蒋志锋没回办公室，而是独自出门，沿护城河——府河散步。刚刚调到宁阳时，府河两岸杂草丛生、垃圾遍河，不堪入目，他烧的第一把火就是治理府河，通过向上争取府河改造资金五千万，县财政补贴两千万，将府河两岸护坡、做清水平台、栽花植树，花一个冬季时间把府河建成像公园一样的景观带。开园那天，老百姓自发地燃鞭放炮，庆祝活动持续了两个多小时。

走在用青石铺就的清水平台上，望着清凌凌蓝悠悠的河水缓缓而下，吮吸着那簇簇喇叭状的石榴花发出的清香，他和众多休闲晚练的人一样，自得其乐、沉醉其中。

手机铃声响起，他瞄一眼屏显，写着朱圣光的名字，赶紧接听，朱圣光在电话里告知，省里县域经济工作会议结束，他直接往回赶了，约他七点钟在办公室给他汇报。

看朱圣光急溜急溜的样子，真应了别人形容共产党官员的一句话："贯彻会议不过夜，落实精神不误时。"他暗自揣摩，朱圣光不只是汇报会议精神那么简单，一定还有更为紧迫的事情。

他返回办公室，秘书已经冲制好一壶茶，正在清理茶具，他对秘书说：

"你忙一天也辛苦了，早点回去休息吧。"

秘书前脚出门，朱圣光后脚赶到。甫一坐下，朱圣光便向他呈上省委省政府关于县域经济考核排位的通报。他接过来，寥寥扫了一眼，看到宁阳排到85位，比去年又降2位，正好落入后十位，成为"摆尾方阵"中的一员。

"是不是又有压力了？"他淡淡地问。

"压力超大的。"朱圣光语气凝重地说，"看到通报后，自感矮人一等。分组讨论时，书记、市长虽然没有点名批评，但旁敲侧击地指出了我们招商不力、总量不大、发展缓慢的问题。"

"省领导有明确指示，像我们这类县不受排名影响。你应该看淡点，别那么在意。"他轻言慢语地劝道。

"您没身临其境，感受不到那种气氛。我坐在那里，有如火烧屁股，坐不住呀。最令人忧虑的是，明年县域经济排位将以城镇化建设为重点，而目前我县的城镇化率，排在全省倒数三甲。"朱圣光心急火燎，毫不避讳地直言道。

"青口双月示范片建成后，应该算是一种新型城镇化模式，我县的城镇化率应该会有所提升。"他即时点醒道。

"没有领导出面表态，只怕费神、费力、费钱、费物，到时落得个不认可。"朱圣光极为担忧，坦言道。

听完朱圣光的回答，他的心里很不舒服。打造青口双月示范区，是在为老百姓做事，怎么是费神、费力、费钱、费物呢？他严正指出道："领导认不认可不打紧，老百姓的认可最重要。"说完，他盯着朱圣光的脸，推心置腹地感叹道，"老朱，跟你说心里话，我对排名并不看重，因为我更看重的是在我们的任内实实在在为老百姓做一两件不留隐患、不留遗憾的事。剔除'追求政绩'的要挟，抛却'形象工程'的束缚，用很纯粹的心理、很认真的态度去做。这样才不枉任职一届。"

"也许我还远没有修炼到您这种'不以物喜、不以己悲'的境界和'埋头做事不顾其他'的高度。我们受名利所困，为名利所扰，怎么也摆不脱那种羁绊。"朱圣光自愧弗如，低下脑袋检讨道。

"我也没有你吹捧的那么高尚，那么不食人间烟火。但是，有一点必须把握，我们的工作不能被名利绑架！"他特别强调道。

"您太'奇葩'了。"朱圣光带着揶揄的口气道，"这次面临晋升机会，您也无动于衷？"

面前的县长汇报会议精神只是一种铺陈，讨论晋升才是他的落脚点。他装着不知情地问："又听到什么风声了？"

朱圣光有些惊诧地摇摇头："宣传部长老刘调省里任职，这地球人都知道的消息，未必您还蒙在鼓里？"

"不是还没走吗？"他故意强词夺理道。

"等他走了，黄花菜都凉了，常委位置也有人坐上去了。"朱圣光说。

"看来形势挺严峻的，民间组织部有些什么传闻？"他平时最讨厌八卦，但好奇心驱使他关心起"小道消息"来。

"按资历和能力，论资排辈应该递补您进常委。但是，有些人会找关系拱路子呀，如开发区管委会主任老关，本身级别是副厅，他转任常委比您提拔进常委要容易得多，何况人家现在是广泛发动，四处撒网，功课做得相当扎实。"朱圣光爆料道。

"他拱他的路子，我没啥关系可找的，只能顺其自然了。"一股悲观的情绪笼罩心头，让他郁郁不欢。

"不拱路子可以，不找关系也行。但是，您必须修复和曹市长的关系！不然，会影响到您，影响到我，影响到我们整个班子！"朱圣光有些激动，话语中隐含着训诫和"逼宫"的意味。

为了工作，赶走了曹市长老家的金威公司，一件再平常不过的事情，怎么到了他们眼里，就像是触犯了天条帝旨呢？平时对自己唯唯诺诺、言听计从的朱圣光居然用这种语气跟自己说话？太不像话了！他狠狠地剜了朱圣光一眼，顺手端起茶杯，喝了一口茶，慢慢咽下，随之而下的是那蓬腾腾上升的火气。静下心来，细细想过，他放弃了猛烈抨击朱圣光一番的想法。同处一个班子，如果把面皮撕破，今后如何共事？再说，他能够理解朱圣光的心境。朱圣光年近不惑，做了三年多县长，按官场"三年一级"的惯性提拔思维，他也应该做书记了。如果再不升任书记，也许就要调入市直部门任职。从县长到书记，虽是平级，但就有那么一坎，迈不上那道坎，等于是没过当

"一把手"的瘾，必定遗憾终生。所以，朱圣光恨不得马上迈上那道坎。望着朱圣光直射过来的急切而又渴盼的眼神，他心平气和地回应道："曹市长那里我已经去沟通过了，领导大度，不会计较这芝麻小事。同时你尽可放心，我不会阻碍你仕进的，等青口双月示范片年底建成，我向市委请辞回市直安排工作。"

"您千万别这样说。我对自己很放心，我只是对您不放心。谁都知道，您资历深厚，品德绝佳，能力出众，呼声极高，如果不提拔任用您，天地良心啦！"朱圣光不吝赞美之辞，也许他已经领悟到了刚才那番话的不礼和放肆，所以就用悼词一样的褒扬大肆赞美，以弥补其过失。

"你不必言过其实地夸奖，我自己有几斤几两还是掂量得出来的。你跟着我搭班子几年了，为人不错，工作也不赖，市委会考虑你的。"他好言安抚道。他说这些话是有依据的，只要在书记市长出席的场合，他总是极力推荐这位"副手"，以加深在他们心中的印象。

"那谢谢您啦！"朱圣光感觉到这个议题再讨论下去纯属多余，便转换话题问："贯彻县域经济会议精神，您安排在什么时间？"

他在心里揣摩片刻，明天一天有活动，后天上午也有安排，"后天下午吧。"

朱圣光站起身，核实道："周五下午召开常委会，我让市委办公室的同志下通知。"

周五下午的常委会虽是两点半开始，但九名常委和两名列席人员人大主任及政协主席都提前到了会场，进入会议开始前的"轻松五分钟"环节。往往这种时候，大家会推举人大主任老郭讲个段子。老郭天生就是讲笑话的料，人生相滑稽不说，语音可塑性强，能够惟妙惟肖地模仿各种声音，增强现场效果。同时，老郭记性好，听了的笑话过耳记住，看了的段子过目不忘，脑壳里储存的段子多，可以在不同场合不同人群讲不同的笑话。当大家的目光不由自主地聚焦到老郭身上时，老郭也不客套，便润润喉咙，绘声绘色地讲开来："一名副县长心里有个疙瘩始终解不开，老婆怎么服侍也枉然。有一天，他实在憋不住了，便追问老婆：你到底出轨几次？老婆含羞道：三次。副县长大怒：哪三次？老婆小声答：一次是你要当科长，局长不同意；二次是你要当局长，分管副县长不同意；三次是你要当副县长，县里的 66 名企业家不同意。"

众人哄堂而笑。几名副县长明知被编排了也没敢声张，只能一笑而过。

两点半钟，他宣布会议开始。瞬间，会场安静下来，大家打开笔记本，屏气凝神，边听边记。

朱圣光简要介绍了全省县域经济会议的现场参观情况和会议概况，重点传达了省委书记省长的讲话精神，最后，他就贯彻落实会议精神讲了三点要求："第一，吃透精神，形成共识。第二，找准定位，明确目标。第三，制定方案，强化考核。"

朱圣光讲完，蒋志锋的心里有些隐隐不悦，除了对自己提出的打造"茶乡"的战略定位只字未提外，同时对青口双月示范片建设也闭口没说。他不理解朱圣光在城镇化建设上还要找准什么定位明确什么目标？

不悦只在心头一晃而过，他整理好情绪，启发道："刚才朱县长已经传达了县域经济会议精神，请大家放开思路讨论一下，如何因地制宜地做好我们宁阳的城镇化建设这篇大文章。"在"因地制宜"这四个字上，他咬字特别重。

片刻的冷场过后，三十出头的组织部长金城虎打起头阵率先发言："省里对县域经济发展十分重视，考核体系非常完备，虽有领导说我们这类县纳入考核，但任用干部不看名次不受影响。这话能听吗？既然纳入考核，就必须要看名次受影响。"金城虎顿了顿，提高音调，"这就牵涉到一个发展观的问题，我认为我县在发展县域经济上思想过于保守，重心不够突出，措施缺乏力度，发展趋于缓慢，导致这几年县域经济发展基本无所作为。要解决这个问题，我们必须重温小平同志的语录：'思想更解放一点，胆子更大一点，步子更快一点。'这样发展才更好一点。"

这哪里是在发言，简直有如发难？他有些惊诧地瞥了一眼这位锋芒毕露、咄咄逼人的 80 后同人，心里悄悄地自省开了："我的思想不解放吗？我的工作力度欠缺吗？我的任内没有作为吗？"一连串的想法像气泡冒出后迅速消失了。因为他很敏锐地察觉到了金城虎的用心。他是市里下派的年轻干部，按照人家给他设计的仕进路径应该是两年一小步，三年一大步，从组织部长到县委副书记再到县长到书记，完成这些程序只能在十年之内四十岁之前。而目前他下派三年多，原地踏步纹丝未动，他的心里急呀！人一急就生怨，有怨也就在发言中激愤难捺，带有明显的攻击意味了。

"我觉得金部长说得有些道理。"副县长曾子斌接着发言道，"我们的发展思路不清晰，没有高举工业化发展这面大旗。城镇化的内核是工业化，如果没有工业化作支撑，城镇化只能是空中楼阁。这几年，我县没有引进一个大项目，工业发展拖后腿，税收增长很缓慢。在此，要给大家作检讨。"曾子斌言辞恳切，语调沉重地说，接着话锋一转，激情高扬道："下一段，我们在工业发展和招商引资上思想要放得更开，政策要放得更活，门槛要放得更低，服务要变得更优。否则，就招不到大项目进来，就只能永远落后！'贫困县'的帽子不应成为我们延误发展的搪塞，交通闭塞不应成为我们迟缓发展的理由，保护生态、维护环境不应成为我们不去发展的借口。"

金虎城点火，曾子斌浇油，火势越来越大，让一场工作讨论会，俨然向着批斗会的方向演变。虽然很刺耳，虽然很灼人，但也得硬着头皮听，不能堵塞言路呀。

宣传部长黄贯中挪挪身子、耸耸肩膀，亮开大嗓门开了腔："我牵头城建工作，但这几年，我县的城建工作重城管轻拓展，重老城改造轻新铺摊子，重修修补补轻园区建设。所以，投入小，亮点少，城镇化率没多少上升。现在流行四句话评判标准：'变化看城建，发展看税收，收入看居住，稳定看情绪。'想一想，我们离这个标准有多么大的差距。上级领导到宁阳视察和调研，只是走马观花地在县城及周边走一走，看到我们县城山河依旧没啥变样，当然会认为我们力度不大、作为不大。有几个领导能够屈驾到青口双月示范片去走一走瞧一瞧的？举全县之力投那么多钱进去，不宣传、不造势，肉淹没在咸菜里，有什么用？我们虽不提倡'路边花'，但也不能'路边差'呀。我建议市城投公司多卖几宗地吸纳资金，不要守着金饭碗讨饭吃。要学习其他县市，拉债扯债也要建个几十平方公里的新区，既提高城镇化率，更让上级领导看看咱们的气魄、胆识和作为！"黄贯中慷慨陈词过后，归纳总结道："我们整个班子为何几年不动？归根结底就是我们缺乏建设宁阳的责任意识和改造宁阳的作为意识，思想上墨守成规，行动上畏畏缩缩，发展缓慢，亮点不亮。长期处于落后被动的状况，班子不动也就不足为怪了。"

黄贯中的发言带有一种声讨的意味，名义上说班子，实则在说带班的班长。不只是像曾子斌在那把火上浇油，简直就是在往那蓬火上输送天然气，火势喷地一下窜起老高。从金城虎到曾子斌，再到黄贯中，怎么都是一种口气一个腔调？难道有人在底下预先组织？虽然不能确定，但是这种苗头和迹象对于班子建设也是非常不好的。原来他一直很自信地认为，自己对这个班子还是能够自如掌控的，除了清晰的工作思路和扎实的工作作风外，还有更能征服人的人格魅力——善良、真诚、正派。他也知道这个班子几年没动，死水一潭，每次开会看到的都是那几张老面孔，没有新生代补进来，就像吃肉一样，多吃几次就腻了。大家有些怨气有些牢骚，他能够理解。但是，不至于这样无限地上纲上线，质疑他的发展定位、工作理念以及作为意识。照这个阵势来看，自己已经很难箍住这班人了。因为这个平时貌似亲热一团和气的团队里，已经有人在"提拔"面前，变得焦躁不安，变得迫不及待，变得丧失理智。完了，完了，如果再有两个人顺着这个思路发言下去，这个讨论会就会变为一场彻头彻尾的"斗地主"会，那蓬熊熊燃烧的大火恐怕请消防车来也难浇灭。

他感到一种危机在逼近。

常务副县长张晓然正要发言，被人大主任老郭举手拦住。老郭先是一笑，然后板起脸孔，严肃地说："我虽是列席会议，但我得说几句。我是一个老同志，不怕得罪你们，对你们几位年轻人积极要求政治进步可以理解，但是，你们不能为这几年没能晋升和提拔而瞎指责。什么思想保守呀，什么力度不大呀，什么无所作为呀，统统都是信口雌黄乱说一气。"老郭激愤不已，一针见血地先予回击，接着条分缕析地驳斥道，"首先，保护就是最大的发展。如果围着 GDP 的指挥棒转，跟着加快发展的步伐走，既曲解了上级领导对我们县的要求，更浪费资源破坏环境，我们为之骄傲、赖以生存的这片好山好水好风光就不复存在。所以，我们必须坚定不移地按照现有的发展观走下去！第二，卖地敛财，乱铺摊子，用子孙的钱来装点门面，换来'鬼城''空城''死城'，那是罪在当下，贻害无穷，我们切莫效仿！第三，青口双月示范区建设，是打造宁阳'茶乡'的具体行动，虽然没被那些高高在上的领导所看到、所赏识，但是，老百姓拍手称快呀。这种造福百姓、功德无量的实事不仅是大发展，更是一种大作为！作为班子成员，我们不能视而不见、乱发议论。"

这是他万万没有想到的。换届时节，老郭只有五十二岁，按上面规定，他还能继续提名做副书记，但考虑到班子不能梭动，提拔不进一个新人，他就给老郭做工作，让老郭转任县人大主任，由一线退到二线，老郭勉强答应了。一直以来，他以为老郭为此事心存芥蒂，哪曾料到自己的判断出了偏差。老同志关键时刻挺身而出敢讲真话，遏制住会议朝不利于他的方向发展，向那蓬燃烧正旺的火上浇了一桶凉水，火势没再肆无忌惮地蔓延，而是呈逐渐减弱之势。

政协主席老程接过老郭的话头，细声细气道："因地制宜谋发展，坚定不移搞保护，在'以发展论英雄'和'以GDP论升迁'的当下，能够做到这两点难能可贵！今年'两会'期间，请全体人大代表、政协委员投票，对县委班子满意度进行测评，满意率高达99%，是这些年来未曾有过的。什么是衡量我们工作好坏的标准，老百姓的口碑呀。老百姓如此拥戴我们这个班子，是由于我们有位好班长，带着我们把发展的触角伸到了群众之中，把所有的钱都投到了老百姓身上。没有搞那种造景设点只求好看的'面子工程'，也没有搞那种乱铺摊子劳民伤财的'形象工程'，更没有搞那种杀鸡取卵急功近利的'政绩工程'。"老程用手捋捋被空调风吹乱的几缕稀发，喘息片刻，略带感伤地继续说道，"要讲提拔，蒋书记最该提拔，他都没啥怨言，而我们有些年轻人却在那儿不住地叫嚣，不停地鼓噪。志锋同志在宁阳一待就是五年，但他依然坚守、淡定、为民。这需要的是一种超好心态和政治智慧。我做了十几年秘书长，历经六任书记，看得多了。一届班子最忌急躁、冒进、随意跟风，最怕盲从上级，搞一阵风、一刀切。好在我们这届班子有蒋书记掌舵领航，没有出现反复和曲折，实乃宁阳之幸、百姓之福！"

老程由衷而又中肯的赞许震撼住了整个会场，彻底扭转了会议的风向，无异于拿着一把高压水枪对准那蓬渐为暗淡的火苗一阵猛射，火被瞬间扑灭。老同志是一种财富，他们往往在关键时刻，用自己几十年的工作历练和人生体验做出公正而直白的评判，让人心服口服。再说，他们是宁阳的"永久牌"，而不是"飞鸽牌"。他们将终老宁阳，可谓本地老百姓的"代言人"，有绝对的"话语权"和可信度。

会议呈一边倒趋势，副书记、纪委书记、张晓然以及女秘书长相继发言，高度肯定青口双月示范片做法，并就加大建设力度和加快推进速度提出了许多好的意见和建议。

最后，他归纳各方意见，花十分钟时间，作了一个短小精悍的总结。本来，他的心经历了冰火两重天的考验，神经出现了坐过山车般的惊惧，有许多苦水要倒，许多委曲要讲，许多心得要谈，林林总总起码得说上一个小时。但他没有讲，一则该讲的两位老同志和后续的几位领导讲得很多了，自己再讲有些多余，再则周五了，有几个家住外地的常委要赶回去和家人团聚，提早收工，大家都欢喜。

五点钟会议结束，其他常委纷纷退出，黄贯中扭着胖得有点沉重的身躯走到他的身边，告知省报、省电视台、省电台等五家媒体拟于本月底齐聚宁阳，对宁阳尤其是青口双月示范片建设进行全方位、多视角、立体式的系列宣传报道，并对他进行单独访谈。他一眼就看出名堂，这是黄贯中为刚才会上的攻击性发言抛过来的橄榄枝，他不能接受，便和颜悦色地推却道："我看免了吧。你也知道，我不喜欢宣传更畏怯访谈。何况青双月示范片还未建好，'雁在天上飞，锅里烧开水'的事我可做不来。再说，你们几位常委刚才在会上发言，对宁阳的发展很不满意，如果请那么多'吹鼓手'来闹场，你觉得合适吗？"

黄贯中额上冷汗直冒，努力压住大嗓门，小声检讨道："对不起，蒋书记，今天人太冲动了。"

冲动不能成为攻击他人的借口。再则，他最憎恶那种"大街上吵架，茅厕里赔礼"的人的做法。虽然心里很窝火，但他还是努力没让火气冒出来，笑着敲打道："老黄，你是宣传部长，县委的'喉舌'，今后说话不要你字斟句酌，但起码得过滤过滤。"

黄贯中张嘴还想解释什么，但他已经离席而去。

他回到办公室，陡见妻子晓敏在办公室里抹桌子，异讶地问："太阳打西边出来了，你不在家里照看女儿，倒来监管她爸了？"晓敏歇住手，笑笑说："女儿交给她姥姥姥爷了。我们部里今日有事过来，办完事后我就留下来了。"他从她手里夺过抹布，怜惜地说："一个人又是顾家又是顾小孩的，还没忙够？既然到宁阳来度周末，那就轻轻松松。"

秘书进来，问他要不要在政府宾馆安排晚餐？他说，不啦，等会我带你嫂子到府河边吃野鱼去。

"看你气色很好心态不错呀。"晓敏洗完手走出来，在沙发上坐下，说。

"必须的。"他在她旁边坐下，抓住她的左手，说。

"这是个绝佳的机会。"她把右手搭上去，说。

"当然。"他很快领悟到了她的用意，基本明白了她此行的目的。

"你赶走金威公司，得罪曹市长也罢，那是你的工作，我不会干涉。但是，你怎么能把余下的工程转给美女当家的红人集团呢？这岂不是伸着指头让别人咬吗？"眼泪在她眼眶里打转。

赶走金威冒犯曹市长这件事已经闹得沸沸扬扬，再把美女汪雨欣扯进来，不产生轰动效应才怪咧？他很感委屈，更感无奈，只能在她面前强行表白："你要相信我！"

"我可以相信你，但社会相信你吗？谣言像长了脚一样在全市传播，你浑身长嘴也说不清。"她幽幽怨怨地说。

看来事态的发展远比自己想象的更加复杂更加难料，自己无力左右这种不断恶化难以逆转的态势，好比坐着漂流船，穿行在滩险水急的峡谷之中，只能顺流而下顺其发展。他装出一副无所谓的模样，淡然地说："嘴长在别人脸上，他爱咋说就咋说？"

"男人活在面子上，女人活在虚荣中。当县委书记五年不提拔，反正你的脸已经耻出来了。我呢？没有你那样的好心态。如果这次不被提拔，社会上又要猜忌你：是不是经济上不干净啦？是不是男女作风上有问题呀？是不是工作能力受怀疑呀？每一条都是'杀伤性武器'，足以摧毁我脆弱的意志。你让我每天怎么在机关大院里出出进进？"她的苦深藏心中，和着泪水夺眶而出。

他把女人揽入怀中，紧紧地。她抖抖索索的肩背在他的呵护和安抚之下渐渐平复下来。是呀，要是能和自己心爱的女人长久地这样远离红尘，不理凡事，深拥相亲，该是多么幸福啊！

四

桌上，放着曹市长的秘书小军退还回来的两件礼品。曹市长带着几名县市长到台湾招商去了，吩咐秘书小军专程把礼品退还回来。选择这个当口，也是别有用意，让他再送送不出门，解释碰不到人。是礼品太过贵重，市长不敢接受吗？显然不是。两件礼品属鉴赏之物，对有欣赏水准的人来说，可能有点价值。而对于不会欣赏的人来说，值不得什么，可以随手扔进屉角里"沉睡"过去不得问津。唯一的解释就是曹市长根本不想原谅自己。照这样来看，自己又要和这次的人事微调失之交臂，提拔进班子只怕又要泡汤。

想一想那天的送礼过程，让他感到很不自在。

那天下午，他就开始与市长秘书小军联系，摸清市长行踪及晚上回家的时间。小军告诉他，市长晚餐在政府接待中心陪台湾来的一行客商，估计九点多钟回家。他叮嘱小军：市长从接待中心出发回家时，给我发个短信。小军答应下来。

为了保险起见，他和司机八点多钟就守候在市领导们居住的小区里边，听着音乐，想着心事。九点过几分钟，手机便收到小军的短信息："市长已从接待中心出发。"他把两件礼品拿到礼品店特地进行过重新包装，非常精美，他看了一眼，很满意地装进包里。常委楼虽是联体建筑，但是单门独院，他蹑手蹑脚像做小偷一样地来到市长家门前，看到一楼客厅亮着灯，本可以敲门进去等候，但一想到马天明的支招，便放弃了那种想法，在市长家门前的台阶上坐了下来。

屁股贴在石板上，冰凉冰凉的。心儿难得平静，晃荡晃荡的。好像一场世纪宣判，更像一种苦苦煎熬。

终于看到小车灯光直射在路面上，终于等到小车在市长门前停下来，终于目睹市长从小车里走出来。他慌忙站起身，恭敬地叫道："曹市长。"市长一愣，嚷嚷道："怎么不进屋坐呀。"市长话音刚落，家门就开了，保姆把拖鞋搁在门口，并随手拿了两只鞋套递给他。

市长呈"大字"摊在沙发上，一副劳顿犯困的模样。他在市长旁边的单人沙发上坐下，直起身子，诚恳检讨道："首长，金威公司的事，对不住您了。"市长一动不动，瓮声瓮气道："金威那帮人太不争气，在你这儿讨不到米，只能又给他们找一个地儿要饭吃。"听话听音，他能感觉到市长心里怨气未消，于是便搬出早已编好的理由，试着解释道："当时双方闹得很僵险出人命，我怕他们势单力薄，被当地老百姓围攻，所以就让他们撤退了。"市长依旧没动，嘲弄道："看来我得好好感谢你呀！"他听得直哽直哽的，无言以对。过了片刻工夫，市长挪了挪肥胖的身躯，睁开微闭的眼睛，训诫道："你为了工作这么做，我非常理解。只是你作决定前，应该先给我通声气，让我出面撵他们走，岂不人情两美？要说你也不年轻了，做了五年县委书记，腿也该跑抻了吧？"自己做错什么了？却被市长无缘无故地训斥，不轻不重地刻薄，奔上门来讨气恼，何苦来哉。他差点愤而站起拂袖而去，不辱自己血性男儿刚直不阿的本色。但是，看到窝在沙发里市长肥胖而苍老的体态，他既是领导又是长者，批评下属是他的职责，训责晚辈是他的义务，有啥想不开呢？何况上午马天明一再叮咛：市长再怎么发火你都必须忍气吞声！他生生地忍下那口气，面带微笑诚恳接受道："感谢首长及时指教！"说毕，他从公文包里掏出礼品盒，搁在茶几上，告辞而去。市长没说一句话，连眼皮也没抬。

这些天，他的心逐步平复下来。他自以为市长训也训了，气也出了，礼品也收了，应该原谅自己了。没想到秘书小军今天把礼品退回，让他对市长的举动琢磨不透。既然琢磨不透，那就别费心劳神地琢磨了。反正自己已经低声下气地认过错赔过礼道过歉了，不说仁至义尽，倒也诚心实意。市长不原谅自己，那是市长气性太大心胸太狭气量太小。这样的人不值得自己去尊重，更不值得自己为之纠结而影响情绪。就算他在提拔上设阻作梗，自己也拿他没有办法，只能静观其变了。大不了不能提拔呗，又不是天塌地陷，何况继续做县委书记还能主宰一方、掌控一片咧。

他收起礼品，考虑要不要给马天明打个电话，把那幅名家的画退还给他。仔细想过，还是别打为好。马天明要是知道市长把礼品退还回来，一定又是一番絮絮叨叨的数落，一通不厌其烦的指点，烦死人咧。名家之画只能等以后有机会再退还给他。

人一旦想通，好比从漆黑无望的山洞里走到开阔之地，豁然开朗心情大悦。上午十点钟，是示范区建设的例会时间，他想早点过去，看看现场，走到门口，却被一位不速之客堵住。他有些警惕地问："你找谁？"来人不急不慌地自我介绍道："我是省城威龙公司的张国兵，今日专程来拜望您。"

他扫视来人一眼，指着沙发说，"坐。有什么事吗？"

张国兵坐下，故作神秘地说："我是来和您谈笔生意的。"

"谈生意？"他有些摸不着头脑，"你找错人了吧？"

"就是和您来谈笔生意。"张国兵非常肯定地说，"市委宣传部老刘调进省城，空出一名常委职数。目前竞争这个职位的有两个人，一位是开发区的关主任。他是副厅级别，转任常委是重用。一位是您，从县委书记到常委，属提拔。虽然您的提拔难度大于老关，但我们很愿意为您促成此事。"

他这才明白张国兵所说的"生意"是什么，故作好奇地问："既然是生意，总得有取费标准吧？"

"二十万。"张国兵伸出两个指头，"您只要答应，不用签合同，不打预付款，我们是君子协定，事成之后您打钱给我公司就行了。"

"你就不怕我放你的鸽子？"他不相信如今会出现这类公司，更不相信还有这种付款模式。

"您是有素质的领导，怎么会呢？再说，我们帮助过某某任副市长、帮助过某某进常委、帮助过某某当县委书记，好多好多，没一个赖账飞单的。"

张国兵如数家珍般地"晒"出他的光辉业绩，让人深信无疑。

"看你把握十足的，你说说你们用什么法子击败竞争对手？"他想刨根问底地深入进去，探寻一下个中内幕。

"这是我们的业务机密，不便透露。"张国兵先是回绝，接着郑重声明道："不过您尽可放心，我们有三条行规非常严格：第一，遵纪守法。第二，严守秘密。第三，合理取费。"

"即便你说得天花乱坠，也打动不了我。同时我坚信，共产党内稍稍有点头脑的人绝不会上你们的钩。"他板起脸严正拒绝道。

"哟！"张国兵并不着急，神秘兮兮道："我们公司成立几年，效益倍增，生意特火，找我们的官员可多了。不瞒您说，我们就是老关雇请过来的。"

"既然是他请过来的，你们来找我干什么呢？"他被说得云遮雾罩不知所云。

"十天前，我们受老关之托，派三个人来调查您，属'三非'调查：非官方，非公开，非常规。但是，您的言行举止无可挑剔、无懈可击，我们的人忙了一星期一无所获。既然我们出手，不能空手而归。于是我们经过商议，决定助您反戈一击，只要得到您的授权，我们就去调查开发区的关主任。因为我们已经掌握了关主任和人开房的视频资料，到时候网上一挂，他就死定了！"张国兵细说原委娓娓道来，简直就像重现克格勃导演的悬疑重重的谍战大片。

黑了天啦！他打了一个冷战，心里充满了惊恐和不安。

"蒋书记，人家做了初一，您就可以做十五，以其人之道，还治其人之身，还犹豫什么。您只要点个头，就能够顺利提拔进常委班子。"张国兵不断激将使劲撺掇道。

他有过一丝的心动。但他立刻就把自己否了。他觉得自己的提拔应该是光明正大正当竞争的提拔，而非采取这种偷鸡摸狗的小人做法。如果靠走偏门、耍阴谋、使诡计、出恶招得以提拔，一旦传讲出去，自己的人格会被看低，形象会受贬损，当那个常委又有什么意思呢？别人怎么样他不管，也管不着，但是自己的底线不能破原则不能丢正气不能失。他本想痛批猛斥严词拒绝，但想到自己完全没必要和这些人较真斗气。所以，他委婉推辞道：

"谢谢你们能手下留情，没有抓住我什么把柄。说心里话，我做了五年县委书记，非常渴望提拔，但我不希望我的提拔沾染任何非正当的元素，我不想亵渎那个职位！"说完，他蓦然发现张国兵搁在茶几上的手机，好像闪了一下光，让他顿时警觉起来。他怀疑那个手机既有摄像功能又有录音功能。悬啦！要是自己松口答应，张国兵就会拿到利于老关的证据，自己就要落入他的陷阱掉进他的圈套，提拔不成不说，还会弄得声名狼藉臭名远扬。世道险恶，防不胜防啊！

张国兵瞪眼望着他，达几秒之久，像看"外星人"一样新奇，脸上写满失望，告辞道："虽然生意没谈成，但能结识您这样的好官，认识您这个'官场另类'，值了！"

"你这款手机很新颖，能否给我瞧瞧？"他笑着讨要道。如果张国兵给他看，说明没什么，如果张国兵不给，那就可以断定手机里有名堂。

张国兵慌忙地将手机装进包里，笑着掩饰道："一款老式机，不值得看。"

从张国兵衣冠楚楚的外表，到他居心叵测的内心，再到他慌慌张张的神态，他感到阵阵后怕和惊悚。

他赶紧下楼，坐上车，向青口双月示范区建设指挥部赶去。走进指挥部会议室，看到与会代表全部到齐，眼光齐刷刷地望着他。会议开始后，首先由三大专班负责人各自汇报了上月的工作进展，安排了下个月的工作进度，提出了需要解决的问题。接着两个施工单位负责人发言，再接着现场总指挥张晓然总结成绩指出问题提出下段工作要求，最后由他发表重要讲话。但他今天没有讲话，说了一句："按晓然同志提出的工作要求去落实。"

会议半个小时就结束了，与会代表相继而去，会议室里只剩下他和张晓然。张晓然笑着问："领导今天不作会议强调，是不是对工作进度不满意？"他摇头否认道："不是。人在高兴时喜欢讲话，人在极其高兴的时候就不喜欢讲话，因为他都不知道讲什么了？"张晓然很兴奋，说："只要让您满意和高兴，说明我们的辛苦没有白费。"他竖起大姆指，高度赞誉道："近段的工作很令我满意，尤其是让红人集团接手金威公司那堆乱摊子，非常英明！红人集团花两百万补偿河口村那些村民，大气，有大企业的范儿！"张晓然说："让红人集团接手，的确是最佳选择。在不长的时间里，他们就把金威公司掉坎的进度追补回来了。原定工期三年，看来可以提前半年竣工，一切都挺顺利的。只是我听说，又有人泼脏水，说您和红人董事长汪雨欣有一腿。"他并不恼怒，嘻嘻笑道："我不在意，让他们随便匹配好了。"张晓然神情肃穆地问："在这节骨眼上，对您不会有啥影响吧？"他未置可否地移开话题，严肃指示道："抓紧施工，保证质量，提前竣工，早日受益！"说完，他就走出了门。他故意回避提拔这个话题，是因为这个话题太敏感太沉重，太让人伤心，犹如长在身上的一块"脓包"，碰之则疼，触之亦痛，只有不碰不触麻木不仁方可凑合。

吃过午饭，他坐车前往省城，到省发改委找肖主任汇报青口双月示范区建设情况。由省发改委牵头，财政厅协助，拟在全省范围内选取二十个门类不同各具特色的地方进行城镇化建设试点。如果能够纳入试点，不仅有政策扶持，更有资金支持。所以，他对这次汇报十分重视，除了让县发改委主任王兆山打前战接洽外，还找到肖主任的挚友给他打了招呼。肖主任日理万机，能够定在下午五点钟接待他，可见幕后工作做得深厚扎实。

四点四十，小车到达省发改委院内，王兆山迎接着他走进电梯，上到八楼，在肖主任办公室隔壁的候客室里坐下。

五点整，肖主任未现面。王兆山给肖主任秘书打通电话，秘书说肖主任在列席省政府常务会议，议题太多连住了，恐怕一时半会散不了会，最好再约时间。

听了王兆山的汇报，他说："是咱们求见人家，当然得等。"

陆续有办公室关门的声音从走道内传过来，下班时间过了，肖主任依然没有露面。王兆山像做错了事一样地说："蒋书记，没约好人，让您扑空了。"他安慰道："你又不能掌握领导的时间，咱们再等等吧。"

窗外天色渐暗，楼内静谧无声，快到七点钟了，王兆山又给肖主任秘书打通电话，秘书说肖主任散会后陪省长接待一班韩国来客，没想到你们会等候到这个时辰，肖主任答应明早七点半在办公室接见你们。

虽然工作今天没有汇报出去，有些让人失望，但领导承诺明早听取汇报，也算是一个不错的结果。如果六点钟下班时间候不着领导就立马撤离，看不出你的诚意和坚持，领导就不会承诺明早接见。在电梯上，他对王兆山感慨道："等领导也是一门学问啊！"王兆山鸡啄米地直点头，一连串说了几个"是"。

到湖边的一家小餐厅里，几个人点了几道小食，填饱了肚子。接着让司机驱车省农大院内，本想和导师周文康品茶论道一番，不曾想到导师外出讲学，他只能把"青口毛尖"茶叶交给师母，遗憾返回。

在酒店入住下来，冲了一个凉，正靠在床头看电视，手机短信提示音响起，他翻开收件箱，赫然看到三行字："听说在省城办事，如果方便，请你到酒店对面的'天茗茶庄'二楼毛尖厅，雨欣约你品茶！"

反复看了几遍，有一种百看不厌的感觉，就像品赏"色翠、味鲜、香醇"的"青口毛尖"茶一样，回味隽永香润心田。"雨欣约你"中省去一个姓氏"汪"字，让他有一种莫名的亲近感和无可抗拒的赴约冲动。

他没作犹豫，翻身起床，穿衣蹬鞋，匆匆赶向对面的"天茗茶庄"。

上得二楼，在"毛尖厅"门口，他轻敲一下门，听到女声"请进"的回音，便推门而入。

站在面前的女人，眼波涟涟，浅笑盈盈，长裙没踝，亭亭玉立，宛若仙女下凡。

"为了方便谈话，我没叫泡茶服务生，自作主张要了两杯'青口毛尖'。"待他坐下，她笑道。

"你也喜欢'青口毛尖'？"他问。

"我爷爷在宁阳带兵剿匪的时候，靠吃野果充饥，喝毛尖提神，和'青口毛尖'结下了缘分。"她说。

"你是红色后代。"他顿时有些肃然起敬。

"爷爷临终之前，一直念叨'青口'，不停提到'毛尖'。为了还愿，我们红人集团就来到青口做工程。两年下来，我也喜欢上了这里。"她顺着她的思路，继续说。

他曾经有过纳闷：既有实力又有影响的红人集团全都在大城市做工程，何以到青口做这点小事？原来有这层背景？他说："一个女人喜欢品茶，一定有其原因。原来你家有血统嘛。"

"这话还真不假。我父亲是茶博士，品茶专家。我公公喜欢喝茶，被人叫作'茶仙'。导师也爱喝茶，一再告诫弟子'没事，喝茶。'我父亲在其后边加了一句'喝茶，没事。'意思是官场之人，只要把茶品出味道来，一定不会出什么事。"能言善谈的女人，说得无心，却让他听出了弦外之音。女人身上罩有层层眩目迷离的光环，让他看不清、辨不明。

服务生送来两只圆形玻璃杯泡制的"青口毛尖"茶，腾腾雾气直往上冒，但见杯中条索紧直，叶尖齐整，叶片嫩绿，汤色明亮，瞬间，屋子里清香四溢。

"这等好茶，缺乏的是'包装'，如果请高手出来营销，'青口毛尖'定会洛阳纸贵，价格上扬，茶农收入也会大幅增加。"望着那两杯茶，她若有所思侃侃而道。

"不知有何高招？"他虚心请教道。

"虽然你一直面带微笑，但你眉心锁结、心事重重，为提拔所累为人事所困吧。"她明察秋毫洞察细微，接着一语点破道："为了示范区建设，得罪了曹市长，接踵而至又被别人把你我'拉郎配'，一定感觉到仕途迷茫心灰意冷，肯定没啥心思想工作了。"

"没有，没有。"他矢口否认道，"我对提拔已不敢奢望、不抱幻想。我已经想得很开，做了五年县委书记，资历摆在那，市委总得对我有个说法有份交代。所以，我现在很超脱，工作没受丝毫影响。"

"看来我小看你了。"她望着他嫣然一笑，眼里有缕缕情愫在流转，贴心贴意道："我好替你担心，生怕自己连累了你，一连几日都寝食难安，不过今日看到你这种状态，我就安心了。"

面前的女人一直在为自己担惊受怕，让他有些感动，为了彻底祛除她内心的担忧，他以超然世外禅韵十足语气道："我是品茶之人，一向淡泊名利清心寡欲，深知'得之亦失，失之亦得'之理，不会在意这一时的得失。我现在一门心思，就是把青口双月示范片建好。"

她的双眼里蓄满欣喜，脱口而出道："对的，明天早上七点半去给肖主任汇报，一定要汇报好，力争挤进二十家试点之中。"

"你怎么知道我明早去给肖主任汇报？"他疑惑，明明只有两三个人知道的事情，怎么她会知道呢？联想到导师周文康曾经给过的暗示：这个女人有一定来头。她到底是哪路神仙呢？

"我只是听说的。"她慌忙掩饰过去。

他端起杯子，品了一口茶，玩笑道："看来我的思想和行动尽在你的掌握之中。"

她没作回答，站起身，手持茶几上的水瓶，为两只杯里续上水。

看到她白皙细嫩的手儿，闻到她身上隐隐散发出来的体香，感受到她举手投足间释放出来的优雅和高贵，他有些心猿意马，有些想入非非，几近沉醉。

她转过头，一眼瞥见他盯着自己看，眼里现出一丝慌乱，人有些不自在起来。为了打破这种带点暧昧色彩的尴尬，她转换话题诚心建议道："县里应该考虑策划'青口毛尖'品茶节。"

"现在从上至下反对举办节会。"他轻声提示道。

"县里不能办，委托公司承办啦。如果你同意，红人集团愿意为你们组织这场活动。"她很自信地直视着他，没有丝毫的回避。

"愿闻其详。"他迎着她的目光，回应道。

"首先，你们必须争取进入到全省二十家城镇化建设试点之中，想方设法也要拿下这块'金字招牌'，为打造'茶乡'奠定基础。同时，这也是您蒋书记任职五年的一张工作成绩单，得到上级认可，您成绩单上的成绩将全是优秀。有了这张名片，我们公司举办茶艺节就更有底气。初步设想，我们以帮助宁阳革命老区扶贫解困的名义，拟请省市领导出场，把场面搞大；请国内外知名的茶专家来品鉴，通过他们之口宣扬茶叶；请做茶和销茶的企业家代表到场，洽谈投资及销售。保证把声势造足把影响造大把'青口毛尖'造红，让你脸上面子光光。"她欣喜地展望道，一副成竹在胸稳操胜券的巾帼女杰模样。

"绝妙！"他十分钦佩地赞叹道，以扶持革命老区的名义去请领导出场，领导们可以堂而皇之地来，挺起腰杆讲，规避文件规定带来的风险。

听到赞扬，她的脸上有微微的酡红，让她的脸更加生动更加妩媚起来。

"只是，人家会不会认为我借机炒作抬高自己？"在这种事情上，他总是表现得患得患失，不那么理直气壮，不那么明目张胆。

"这个你不用担心。"她似乎知道他会提出这个问题似的，早有考虑，

"我们花气力炒作'青口毛尖'，重点推介青口双月示范区，顺带宣传宣传宁阳，当然，也让你露一露脸。肯定做到安排不刻意，活动不故意，宣传不经意。"说完，冲他自信地一笑。

"露脸的机会留给县长朱圣光吧，我就不必出场了。"他推脱过后，反复念叨道，"千万别给老百姓留下搞形式、讲排场和花里胡哨、没有效果的印象。我不喜欢张扬，更害怕出风头。"

"这不是张扬，也不是出风头，这是在举办实实在在的宣传活动。"她纠正道，转而诘问，"你不觉得你的那种做法是在封闭宁阳、封闭自己吗？"

"我宁愿封闭也不愿意抛头露面，所以对待记者我是'三绝'：谢绝访谈、回绝约访、拒绝采访。只做默默无闻埋头耕耘的'老黄牛'，不做咋咋呼呼啥事不干的'八哥'。"他和盘托出了藏在内心的真实想法。

"你这人真逗！"她露齿一笑，呛了一小口，随口问，"太走极端了吧？"虽有批评的意味，但话从女人的口里说出来，让人感受到的是一份关心。

"挡得一锤开，免得百锤来！只有极端一点，才可抵抗住蜂拥而至的记者。你以为记者给你登宣传文章白登啦？所以，我概不接待，既省了钱，更省了精力，还省了文章登出后让别人指指点点的机会，一举多得，何乐不为？"面对心仪的女人，他完全敞开了心扉，无所顾忌，"处于我们这个层级的官员，很多人花钱搞'宣传'，出钱做'包装'，无非是扩大影响提升名气。我反其道而行之，拒绝采访不搞宣传，全市记者对我敬而远之，影响不是更大，名气不是更响？"

"原来玄机在此。不可否认，你这样做达到了预期。"她用一种异样的眼光盯了他一眼，善意提醒道："我认为必要的宣传还得搞，做了工作总要反映出去。"

"我下村到农户家走访座谈，十有八九的老百姓最讨厌我们有些大领导下基层搞调研，先搞'预演'，连说什么话、做什么动作都要编排出来，老百姓看在眼里，怨在心头。所以，他们最反感看所谓的新闻报道和宣传文章，认为全是假的。宣传已成为一种纯粹的工具，而失去了它的神圣职责和庄重使命，打死我也不会去凑这种热闹而让老百姓指着背脊骨骂我。"在她面前，他有一股强烈的倾吐欲，鲜少吐露的心迹一股脑全部倒了出来。

"虽然有些偏执，但我很喜欢。在当下这个社会，能活得像你这样真实的人恐怕像国宝熊猫一样弥足珍贵了。"她抬眼望他一眼，赞美道。

两个人一边喝茶，一边聊天，甚是投机。

夜有点深了，他起身告辞，她也随即站起，嘴巴动了动，似乎有话要说，欲言又止。他走到门口，她叫住他，满腹心事地说："有件事情早想告诉你，怕你分心，所以一直搁在心里。最近一段时间，我怀疑有人在跟踪追索我的行踪。左思右想，估计与你的提拔有关。"

哦！他立刻想到了老关想到了张国兵，未必他们贼心不死还在折腾？心里一阵紧张过后，瞬间变得轻松起来，因为自己心底坦荡无私无畏。他堂堂正正语调轻快地说："你我之间清清白白，没啥可怕的。"

四目相对，两束清澈明净的眼光交汇对接。

她似乎不那么放心，谨小慎微地说："你先出门走，我坐会再走。隔墙有耳，小心为好。"转而她意味深长地叮嘱道："相信'天道酬勤'这句俗话，记住'没事，喝茶'这句嘱托。"说完，眼里泄出一阵柔柔的电波，有鼓励，有企盼，有渴望，快要把他电晕。

走在回酒店的路上，他还能感受到骨头缝里都有电波带给他的麻酥劲。

躺在床上，带着一份美丽的心情正要入睡，妻子晓敏的电话打了进来。但凡她的电话，不用接听他也知道是什么内容。虽然有些烦躁，但他还是装出很关心的样子说："深更半夜的，忙了一天，还不睡呀。"晓敏很来劲地说："你心宽体胖睡得香，我心里有事睡不着呀。"他顺口问："又有啥事啦？"晓敏有些生气地说："你故意怀揣明白装糊涂。你没看见人家老关，每天往市委市政府跑，可勤便了。"他说："人家是给领导汇报工作。"晓敏数落道："你以为别人都像你一样，一天到晚就是工作工作的。生命在于运动，关系在于跑动，提拔在于活动。我听说市里已经把老关报上去了。你彻底没戏了。"他毫不惊诧不以为然地说："报就报呗。"她有些大失所望，也有些无计可施，口不择言地责怨道："你就一木头墩子，无可救药。我也懒得像祥林嫂一样成天唠叨你了。你就等着让别人嚼你的涎瀑子淹死吧。"他很为敏感地问："别人又说什么了？"晓敏透了口气，声音低沉地说："反映你三个问题：一是县域经济发展滞后；二是得罪市长讨好'红颜'；三是任职几年鲜有作为。"他顿时火冒三丈，对着话筒歇斯底里喊道："放他娘的狗屁！"说完，狠狠地将电话摔到地上。他何曾如此激愤如此粗野如此暴跳如雷：不被提拔也罢，人品遭到辱没不说，工作被全盘否定，成绩被一笔抹消。作为男人，谁能忍受得了这种恶意诽谤和不实中伤？

五

十月八日，宁阳"青口毛尖"品茶会在新落成的青口广场隆重举行。省人大常务副主任亲自到场，带来了省发改委、经信委、农业厅、供销社等十几家关联单位的领导，市委书记、市长以及几名常委悉数到场陪同，海内外知名的十名茶专家被请到茶会，至于做茶和销茶的企业家代表将近两百名到会捧场，还有各路记者纷至沓来。这是宁阳有史以来级别最高、人数最多、规模最大的一次招商活动。

所有嘉宾乘坐从省城调来的观光游览车围绕青口双月示范区游览一遍。展现在他们眼前的是一幅生机勃勃的新农村建设的美景。水泥公路四通八达，伸延到了茶叶种植区。公路两旁是石砌的排水渠，渠边植有几排绿树。在青口双月两个集镇的周边，统一规划了各村的民居点。民居格调一致风格一样，清一色的两层楼房，白墙红瓦……走了一路，与会代表的赞美和感叹就洒了一路。

游览完毕，省人大常务副主任对陪在左右的书记、市长以及一行官员大发感慨道："到哪里寻找中国最美乡村，这里就是！把散居山上的茶农，统一规划集并建设，既屯了地，又让茶农享受到了公共资源的便利，真是好啊！如果我有生之年能住到这里，我就不愿意到大城市住高楼、吸废气、听噪声，人一天到晚没个安静。"

市委书记立马接过话头，迎合道："我们在青口镇建有别墅式宾馆，如果您乐意，我们随时欢迎您到这里小住几日，为我们的'茶乡'增添人气、提升品位。"

品茶大会十点五十八分举行，县长朱圣光主持，各方代表上台发言。

仪式简洁精炼，一刻钟完毕。

随后进入到经贸洽谈程序。

虽然节会由红人集团一手操办，县里只是协办，可他还是有些顾忌重重。总怕别人议论，心一直紧绷着，直到节会最后的成果统计摆在面前，他才安下心来：与五家和茶相关联企业签订了五个多亿的投资意向，与一百多家茶商签订了购销合同，销售价格比去年上涨三成。通过红人集团利用"节会搭台经贸唱戏"这个平台，成果斐然不说，"青口毛尖"茶叶更是名声大噪享誉海内外。

真得好好谢谢红人集团，谢谢那个女人！

一周后，有一天的下午，马天明突然造访，直截了当地问："省委组织部和市委组织部组成联合考察组明天对你进行考察，应该接到通知了吧？"

马天明"内线"多，内幕消息总比别人来得快，他当然明白，但他确实没得到通知，便摇摇头，继而很为丧气地说："你也别戏谑我了。我对提拔已经不抱什么指望了。"

"我说老同学，别装出一副蒙在鼓里什么都不知道的清纯样子。"马天明带着嘲弄的口气说，紧接着大声诘问道："你口口声声说上面没有关系，请问你是怎么把省人大常务副主任请到宁阳参加茶会的？人家可是正部级干部，做过省委副书记，从来不轻易动脚的。没有相当过硬的关系，你能够请动他出场吗？"

"我真的和他没啥关系，这都是由红人集团一手操办。"他申辩道。

"还有，你县青口双月示范片能够入围全省二十家城镇化建设试点之中，也是有大领导在后面操纵。一个地市定一个点，按书记市长的想法，是上报他们亲自抓的公明县的那个点，离市区不远又在路边，市里投了一两个亿进去，形象、效果都还不错。书记、市长领着我和发改委主任分头到省发改委和省财政厅做工作，但做不通，他们以青口双月示范区建在山区极具推广价值为由，硬生生地把你们定上去了，把书记、市长悉心培育的点给刷了。这是很明显有大领导在背后助推宁阳，往你脸上贴金啦！"马天明进一步"吐槽"道。

这是他完全不知的内幕，他更不知道定这个点还有这么多的曲折。他声明道："我们从没找过大领导，我只去给省发改委肖主任作过一次汇报。"

"蒋志锋，看来你是睡在我们身边的'赫鲁晓夫'，伪装很深，深藏不露呀！"马天明用手指着他，很不相信地攻击道。为了论证他的论点，马天明继续爆料道："刘部长调走后，按程序，市委本应立马上报提拔人选快速增补的，但后来却被上面的人打招呼压下来，直到十月中旬才上报。并且这个时间节点似乎在等你完成一系列的'展示'以后。你不觉得蹊跷吗？"

马天明的点拨，让他仿佛看到那双白嫩细长的手儿隐隐约约在眼前晃动。难道是她？有点像。他带着不确定的口气道："如果说有一双手在操纵的话，我估计与红人集团的汪董有关。"

"如果你没找关系，那一定是她。"马天明极为肯定地说，"我找人查过，红人集团是家很有背景的公司。"

"只是我怎么也想不通，她为什么要倾力相帮？"他感到疑窦重重，连自己都说不清楚。

"人嘛，有时讲的是一面之缘。或许你是她心目中的'蓝颜知己'呢。"马天明猜测道，接着嘻哈道，"你这个人长着一副让普天之下女人都信任的国字脸，低调而不张扬，稳健而不浮躁，讨女人喜欢很正常。再说，你具备了提拔的所有条件，她只是顺势推了一把。"

"老同学，别灌我的洋迷汤了。"他很有自知之明地回应道。

"你太让我刮目相看了。青口双月示范区建设，做这么巨大的工程，不仅媒体蒙在鼓里，连书记、市长也浑然不知。那天品茶会上，看书记、市长以及各位领导的神色，都被震撼到了。你貌似老实木讷，实则暗藏心机呀！"马天明深有感触大发感慨道，"你平时拒绝采访、抵制宣传，原来是要达到'不鸣则已'的效果，简直就是老谋深算！"

他嘿嘿一笑，颇为得意地说："做一件大事有如哺养一个人，从小到大，你让他的成长过程公开于社会，给人们不会带来什么惊喜。但如果你在他出生之时就蒙上一层神秘，突然一天长成'巨人'，带给大家的当然就是一份震撼般的惊奇了。"

马天明不住地点头，突然发问："你这是兵法中的哪一计？"

他笑答道："兵法中的第三十七计：低调为人、老实做事。"

"你呢？充其量算是一个好男人，而非'新'男人，别活得那么一本正经，要与时俱进。我前天收到'新'男人标准的段子，念给你听，好好琢磨。"马天明拿出手机，打开收件箱，一边看屏显，一边煞有其事的念道："'新'男人标准：尊重人，理解人，有时也骂人，从不算计人；想私事，做公事，有时好性事，从不误正事；爱喝酒，喝好酒，有时喝花酒，从不乱酗酒；有爱心，多善心，有时也花心，从不丧良心；想女人，爱女人，有时换女人，从不坑女人；重亲情，记恩情，有时也矫情，从不负友情！"

"我看这是你们财政系统制定的'新'男人标准吧。"他回击道。

"行了，共勉共勉！记住，好好对待明天的考察，别出什么岔子。"说完，匆匆而去，他拉都拉不住，说是赶回市里陪省厅的领导晚餐。

品茶会后，为了表达感谢，他给汪雨欣打过几次电话，但都是"关机"的回音。马天明走后，他再次拨打过去，听筒内依然传来的是女声毫无感情色彩的声音："对不起，您呼叫的用户已关机！"

她怎么突然像人间蒸发一样呢？

他决定给她发条短信。打开发件箱，不知该如何称呼？写"汪雨欣"，太生硬太没人情味。写"汪董"，太平常太格式化。他最终斗胆写上"雨欣"，也算是对她那天短信的一种回应。

"雨欣，感谢你的台前支持和幕后关照。蒋志锋何德何能，让你如此竭尽全力相帮？大恩不言谢，今后只能以努力工作相报。祝一切皆好，美丽永驻！"

一气写完，他确认无误后，便发了过去。

组织部长金城虎来到他的办公室，向他通报，下午已接到市委组织部干部科打来的电话，明天省委组织部和市委组织部的联合考察组进驻宁阳对他进行考察，问他："要不要向下边打声招呼？"他当然明白打招呼的用意，无非就是给科局长和乡镇书记镇长打一个电话，告之他们推荐谁，座谈时多说好话等等，他很反感这种预先通知事先招呼的行为，让党内任用干部的一道民主程序完全"跑调"，彻底"变味"。当然，他有足够的自信在推荐中脱颖而出，在座谈中获得认可。所以，他正儿八经地回绝道："不要打那种招呼，我会良心不安的。"金城虎讨好巴结道："其实，您坚守宁阳五年，思路清晰，作风扎实，清正为民，政绩突出，一点问题都没有。我是想打声招呼，确保百分之百。"

这个时候如此恭维如此奉承，是对那次讨论会上攻击性发言的救赎吗？他很难领这份情，坚持道："我不要这样得来的百分之百，我更希望听到他们的真实想法。"

金城虎有些无趣地走出办公室。

第二天的考察极为顺利，马天明连夜给他反馈了情况：推荐票接近全票，参加座谈的八十人几乎全部给予充分肯定和高度评价，只反映了他两个方面的问题：过于低调，不善宣传；缺乏对上的联络和沟通。

对于考察，他没多在意，倒是那个"失踪"的女人占据了他的整个心，让他牵挂让他揪心让他彻夜难眠。

漫长的等待使他变得焦躁不安。

直到第四天后的午夜，他的手机里传来有微信进入的提示音。搁以往，他会等到天亮再翻看，但是，这个微信他却迫不及待地翻出来看了。

终于等到了她的回复，终于得到了她平安无事的消息。

"我关着手机，在巴厘岛度假。其实，你不用谢我，因为你只是得到了你应该得到的东西。我对你的帮助，只算是顺手人情。从建设'茶乡'开始，我们由'茶'而相识相知，宁阳给我留下了太多太多美好的记忆。之所以顺手帮你一把，基于三个方面的考虑：其一，你处事公道。红人集团在宁阳受到公正公道对待，不像在其他地方光靠打招呼、讲人情、牵关系才能办事。我觉得不能让给人公道公正的人在提拔上得不到公道公正的结果。其二，你为人正直，敢碰权贵。我认为不能让正直的人受到社会的扭曲，更不能让权贵伤害你的正直。其三，你乐于助人。那天开口向你借两千万只是试探性的，没想到你立马就办并且办好。让有古道热肠的人在关键时刻得到帮助，他助人为乐的品德才能延续下去。雨欣最后送你两句话，一句话是导师的'没事，喝茶。'一句话是我父亲的'喝茶，没事。'保重！"

　　他连看几遍，百感交集。

背西瓜

一

1942 年秋天的一个清晨，位于江汉平原的沙湖好似还在睡梦中，湖面上一片朦胧。可湖岸的码头上已经人来人往，鱼市也早早地开市了，一片杂乱热闹的景象。这时，一辆日军的黄色军用三轮摩托挂着太阳旗在一路灰尘的护送下横冲直撞驶入码头。车刚停稳，车手和后座的两个伪军急急下车，跑到这边，点头哈腰地恭迎坐在厢斗里的日本兵下车。

日本兵被服侍下车，故作威风地正正帽檐扯扯军服，满面威仪地背上长枪。刺刀雪亮雪亮的，寒得瘆人。

两个伪军从摩托车后边取下两只木桶，其中一个对着人群吆喝道："皇军前天奇袭游击队，消灭了很多流寇湖贼，确保了咱们沙湖及周边地区的安宁和稳定。皇军打了大胜仗，非常辛苦，咱们得表表心意，向皇军献礼！"话音刚落，另一个伪军便拍手鼓掌，见没人响应，自我解嘲道："大家手里提着东西，腾不出手鼓掌庆贺，那就来实的，进贡开始。"

两个伪军一个验货是否新鲜，一个煞有其事地做着记录。老百姓满面愁容，自觉排成长队，井然有序地呈上贡品，都是早上从湖里捕捞的新鲜刁子鱼、鳊鱼、鲫鱼、鳜鱼等等活鲜，放进桶里，活蹦乱跳。

两名记者搬弄着相机从不同角度拍摄着照片。

日本兵站姿笔挺，像一根木桩一样，面无表情，纹丝不动。

突然，验货的伪军接过一名骨瘦如柴的老人提供的长约尺余的一条鳡鱼，闻闻有味道，便破口大骂道："你个老不死的，怎么进贡这种臭鱼，不想活了？"老人可怜巴巴地小声申辩道："这是我昨天下午在湖里捕的，才放了一夜。"验货的伪军将鱼扔向老人的脸，老人躲闪开，欲走，被验货的伪军拽住，拉至日本兵身边，添油加醋地告状道："报告皇军，这个刁民献臭鱼给皇军，完全是别有用心想毒死皇军，请予处罚！"

日本兵不由分说，端起枪把，刺刀直捅老人胸口而去。刹那间，羸弱的老人倒在血泊之中，像只被割颈扼喉的老公鸡，趴在地上，挣扎着蠕动几下，便无声无息了。

收鱼还在继续。日本兵若无其事，依旧立桩似地站在那儿值岗。

不远处有一位年轻女子，远远站在那边，她将这一切看在眼里，恨在心头……

这个女子名叫白荷，是新四军派驻沔东沙湖一带的特派员。白荷从鱼市里买了两只土鳖，用网袋兜着，悄悄地溜到船上，走进船篷，打开船板，向胡队长和建军报告了刚才老人被捅的一幕。

"狗日的日本兵残暴无比、草菅人命，必须要他血债血偿！"建军脸上的肌肉在愤怒地颤抖，眼睛里射出的是烈火一般的仇恨。

"前天进湖'围剿'，我们的十五名游击队员光荣牺牲，今天又对老人如此下手。这个'西瓜'咱们背定了！"胡队长的牙齿在嘴唇上咬出一排血印，"白特派，你发话吧。"

白荷思索片刻，和盘托出基本成形的"背西瓜"计划。

"你一本正经严肃古板，能够把鬼子勾引到船上来么？"胡队长对计划大加赞赏，只是对这个关键细节有些担心。

"是呀，你在我和胡队长心中就一钢铁女侠，恐怕难做好勾搭引诱的事。"建军也附和道。

"呵呵，那我就让你们开开眼界，'狐狸精'是怎么变成的？"白荷说着，从裤荷包里掏出两根红橡皮筋，把头发扎成两支羊角辫，又从舱里翻出一双绣花鞋穿上，"怎么样，面貌大变吧？"胡队长和建军同时发出惊讶之声，"特派员还有这等本事，变身有术呀！"

白荷绕了好大几个弯，来到日本兵眼睛视觉范围之内。这副渔家姑娘的婀娜身姿和清纯模样，马上吸引了日本兵的目光，他的眼睛像黏合剂一样一刻没再离开过她的身影，当白荷走过日本兵身边，冲他露出两排洁白的牙齿，莞尔一笑时，日本兵再也按捺不住，喝住她："喂，你的，怎么不上贡皇军？"白荷回神望日本兵一眼，噘起小嘴，没吱声。日本兵追问道："你的，说话！"白荷抬起头，惊恐地瞥了日本兵一眼，泪水唰唰在脸上流淌。看到白荷梨花带雨、娇羞无比的脸，日本兵淫邪地一笑，假情假意道："小姑娘，不要怕，有话直说。"白荷抹了一把泪，小声道："其实我带了两只土鳖来上贡的，只是我爹病了，我想土鳖珍贵，留着给我爹补补身子。"日本兵眼睛一亮，大呼道："土鳖？那可是大补大补的，我们坂田大尉最喜欢沙湖土鳖。快说，土鳖在哪？"白荷指指远处的渔船，"就在那条船上。"日本兵四下瞅了瞅，拉下脸，凶狠地吓唬道："你的，欺骗皇军，罪该万死！"白荷以为自己露馅了，心里突然一紧。但转念一想，这是鬼子常常使用的诈计，便稳住心神，满脸真诚地邀请道："我一个小女子，怎敢欺骗皇军？要不，你随我去船上取吧。"日本兵脸色和缓开来，急问："船上有人没有？"白荷摇头道："没有。"日本兵不怀好意地笑了笑，命令道："你的带路，走！"

白荷走在前面，日本兵端枪尾随。来到船前，白荷轻咳三声。日本兵警惕地看了看地形，又看了看船体，确信无人后，才跟着白荷上船。日本兵从船头开始，一步一步，小心翼翼，检查得十分细致。在船舱中央，日本兵用脚使劲跺，接着又用枪托敲，听到舱内发出空洞的声响，便问白荷下面是什么？白荷心里直打鼓，但她极其镇静地应答道："下面是空的，晚上睡觉用。"

不能让日本兵在船舱中央过分纠缠，必须尽快转移他的视线，白荷迅即到船尾提起网袋兜着的土鳖，拎给日本兵看，"这是你要的土鳖。"日本兵眼放绿光，接过网袋，赞美道："土鳖好肥！"继而把枪往舱里一横，把网袋搁在枪旁边，抓住白荷的手拽到身边，像饿狼扑食般地抱住她，放肆浪笑道："土鳖是上司的，而你——花姑娘是我的。"说完又是亲又是啃，手极不安分地在白荷胸前乱摸。

白荷拼命反抗，左抵右挡着日本兵的魔掌。两个人你争我斗，船体剧烈摇晃。白荷脚像生根似地稳稳站住，而日本兵被颠簸得脚步趔趄重心失衡倒在舱里。胡队长和建军同时顶起舱板，拱出底舱，拿出麻袋，打开袋口，往日本兵头上盖去。日本兵只嗷嗷乱叫几声，挣扎几下，便动弹不得。三人合力将麻袋口捆紧。

麻袋里溅出的生石灰粉充溢整个船舱，三个人被呛得喘不过气，咳嗽许久才缓过神来。

"看来这生石灰粉的味道真是不好受哟！"建军感叹道。

"这就是侵略者的下场！"胡队长特别解恨道。

"今天这个'西瓜'背得还算顺利，多谢你们俩的默契配合。"白荷笑着表扬道。

"要谢得谢你特派员会扮'狐狸精'。真看不出来，你还有这身本事？外界传你有飞檐走壁之功，百步穿杨之能，只身独闯日军司令部获取情报，简直太神了。"建军极其崇拜地望着她，由衷地夸奖道。

"那只是一种传说。"白荷迎着建军膜拜的眼神，笑笑道。

说笑之间，白荷隐隐听到巡逻汽艇的轰鸣声从远处传来，越来越清晰。她立即掀开舱板，让胡队长和建军藏进去，拿出一床棉絮，盖在麻袋之上。

白荷走下船，混进人群之中，心提到了嗓子眼，眼睛一刻没停地关注着汽艇的动向。

汽艇在湖面兜了两圈，沿着湖岸对泊岸小船进行走马观花似地一通巡查后，飞一样开走了。

白荷速返船上，荡开双桨，船掉过头，离岸而去。

船驶入湖中，胡队长建议道："扔掉'西瓜'吧。"

"行啦！顺带奉上一枝白荷花，权且当作中国人民对他的祭奠。"白荷道。

胡队长和建军抬起麻袋里的日本兵，合着"一二三"的口令，"三"字出口，麻袋已飞出船舱，随着"扑通"一声巨响，麻袋旋即沉入湖中，冒出的几个气泡立马被掀起的浪花吞噬。

船掉转方向，往纵深的芦苇荡划去。

三人心情大爽，压着那股子兴奋劲，低沉地唱起了《背西瓜之歌》：

　　　　游击队，本领大，
　　　　神出鬼没"背西瓜"。
　　　　背的西瓜不能吃，
　　　　丢进湖里喂王八。
　　　　今天背个小胡子，
　　　　明天背个大傻瓜。
　　　　背得鬼子心胆寒，
　　　　背得百姓乐哈哈。

二

坂田大尉万万没有想到，他派到沙湖码头接受渔民献礼进贡的中士岸田俊没有随车回营，仿佛人间蒸发一样。前天晚上接到汪步清部队的情报，告之沔东游击队在沙湖"环岛"集结，他迅速集合队伍，在汉奸赵布仁的引领下，趁着夜色掩护，悄悄包围了"环岛"，打得游击队死的死伤的伤逃的逃，要不是那些游击队员水性好，也许战果会更加辉煌。他当晚把"歼灭共产党游击队三十名"的捷报，他也不知道到底歼敌多少名，为了表功，他写了三十名，反正又没谁来核实，用电报发给驻守武汉的阿兰几维少将后，立马收到了阿兰将军的恭贺回复，并鼓励他继续充当"消灭游击队的先锋"和"维护沙湖稳固共建东亚繁荣圈的表率与示范"。阿兰将军是他的老乡，也出生在"国家主义"的故乡——山口县，还是高他十届的学长，两人都毕业于日本陆军士官学校。山口县出了五位首相，二十多位将军。他希望通过这场战争锤炼自己、提升自己，今后成为大日本帝国的栋梁乃至主宰。

他紧紧地抱住阿兰将军这棵大树，一刻也不曾松，且越抱越紧。阿兰将军似乎对他也蛮贴心，在去年底的一次宴会后，阿兰将军放开量多喝了几口，略有醉意，他陪阿兰将军按摩醒酒。阿兰将军推心置腹地讲道："进入中国，是天皇的旨意，是在百十年前大日本帝国就定下的战略决策。名曰进入，其实是侵略，侵占山河，掠夺资源。但是，我们在世界人民面前不能赤裸裸地表现出我们的野心。我们除了不择手段地消灭异己，想方设法铲除阻碍我们扎根下来的匪寇之外，我们更要学会'统治'，要把治辖维护得平安和顺，给世人留下大日本帝国的皇军和中国人民共生共荣的印象。只有这样，我们的侵入才有意义，我们的扩张才有冠冕堂皇的理由为全世界所接受。"

阿兰将军的话给他启迪颇深，让他受益匪浅。是呀，侵略亦好，扩张也罢，其目的是占有。既然是占有，必定有反抗有战斗，这就考验你能否把反抗因素减少到最低限度，把战斗力度缩小到最低程度。再说，虽然有四千万万的人口，却素有"东亚病夫"之称，逆来顺受，懦弱无能。对付这样的人，你不能一味凶狠，也不能一味残暴，那只能是钢铁般的拳头打在棉花堆上，使不上力，借不上劲。

阿兰将军的谆谆教诲教他改变了许多。对于敌对分子和反抗人士，他是恨之入骨，宁可错杀一千，绝不放过一人。对那些手无寸铁、驯善本分的老百姓，在他眼里俨然猪狗不如，男人的脖子曾是他比试刀锋的试验品，女人被任意奸淫后还要开肠破肚。而今为了升迁，为了展示自己与众不同的才华，他收敛起了往日的那分张狂和凶残，总是以一副谦逊和蔼的面目出现。为了适应"统治"，他规定全体士兵在梁翻译的指导下学习中文，每周两天不容间断。他要让所有士兵能和中国人自由交流，真正融入中国。他要领会阿兰将军话之精髓，把自己治下的沙湖打造成为"皇军和沙湖人民共生共荣和平相处的示范基地"。所以，前天晚上突袭游击队取得大捷后，昨天，他特别策划了今天的庆祝活动。早上，派中士岸田俊到鱼市收鱼。专门从武汉请来两名记者，拍摄一组群众主动送鱼热情献礼皇军，一派皇军爱民民拥皇军其乐融融的照片发到省报上。中午，他请沙湖集镇上的工商人士、社会名流、乡绅土豪齐聚皇军驻地，摆了一个六六三十六桌，向世人展示皇军与民同乐的盛世之景。

多好的创意!多美的噱头！要是岸田俊不离奇失踪，这该是他做得最最完美的一项工程。虽然照片拍回来了，虽然中午的宴会如期举行了，但他却有刺卡喉咙极不舒服的感觉。要是往常，他会取消中午的宴请，带领一百多个士兵包围鱼市，清剿湖区。但这次他没有，表面上他装得没事一样，但内心里却喷发着仇恨的火山。他预感到这一定是沔东游击队所为，只是他无法相信，前天半夜被打得七零八落抱头鼠窜的游击队，怎么在一天之内能够重新集合组织这场暗杀行动？

人虽已死，但他心里或多或少地对岸田俊有所不满。你岸田俊为啥不分青红皂白地捅死一个老头，仅仅因为老头送了一条臭鱼？本来杀死一个支那人算不得什么，皇军在中国杀的人多了去了，问题是你在众目睽睽之下，无缘无故地杀死一个病病怏怏行将就木的老头。他曾经给手下多次强调，不要对那些卑贱平凡、无关大局的贫民大开杀戒，那样会激怒民怨、丧失人心，与打造"皇军与人民群众共生共荣"的思路格格不入，更会削弱"统治"的根基。即便你岸田俊要过嗜血之瘾，完全可以避人耳目去杀去刚，谁阻着你拦着你了？这群笨蛋傻瓜，像教不驯的猪，怎么不能理解上司的良苦用心呢？

坂田把自己一个人关在办公室里，众多问题萦绕脑际，百思难得其解。军用皮鞋踩踏着楼板，轰轰作响。他踱步来到挂在墙上的地图面前，瞧瞧集镇，驻守着一百多名皇军和近百名汪系部兵，铜墙铁壁一般。又瞧瞧鱼市，紧捱集镇，也在皇军和汪系部队布下的天罗地网一样地掌控之中。再瞧瞧沙湖湖区，有三艘巡逻汽艇不间断巡查。共产党游击队是怎么越过警戒，在皇军的眼皮底下把一名皇军暗杀的呢？难道他们长了翅膀不成？

"大尉！"门外有人在叫。

"进来！"坂田回答道。

进来的是副官吉田一明，沉痛地报告道："大尉，刚才湖上巡逻队在靠近码头的湖面上，发现一只麻袋，打捞上来，内面装的是岸田俊的遗体。"

"巡逻队净是他娘的饭桶！"坂田拍拍桌子，怒气冲冲道，"发现线索没有？"

吉田一明呈上拿在手里的白荷花，递给坂田："这枝白荷花系在麻袋袋口。"

"又是白荷花！？"坂田接过白荷花，茎秆有些刺手，他生怕刺伤手似的，顺手丢弃在办公桌上。

这是他接收到的第七枝白荷花，七名皇军军士就这样不明不白地遭到暗杀。同出一辙，都是被麻袋套着，都是溺死在湖里，都是尸体凫起来才被发现，都有一枝白荷花相陪。

"大尉，对这些支那人，太仁慈太忍让地不行，我们必须报仇，为岸田君为那六名军士，讨还血债！"吉田一明拳头捏得紧紧的，牙齿咬得嘣嘣响。

坂田一把抓起荷花，一瓣一瓣地从茎上撕下，花瓣丢在桌上，铺了白白的一面，煞是硌眼。坂田又从桌上拾起一瓣，慢慢地在拇指和食指之间捻搓，偌大的花瓣，瞬间变成了一团花泥。白荷花呀白荷花，抓住你，我要用你们中国最传统的五马分尸的办法让你死无全尸，或是用最残暴的一刀一刀地割你的肉、剁你的筋让你凌迟而死，再不济也要先奸后杀再给你开肠剖肚……死，太便宜你了。活捉你后，我要把你送到武汉，献给阿兰将军，他喜欢女人。他玩腻以后，然后再把你送到前线慰安所，让千千万万的皇军军士在你身上践踏蹂躏获得快感。我要让你生不如死！当想到这里的时候，坂田的心里才流过一阵快意，脸上才挤出一丝得意。可回头发现那只是一种臆想时，他瞬间变得垂头丧气，"皇军的生命，有七个，远胜千万条支那人性命。我想报仇！我要雪耻！只是白荷花，来无影去无踪，像有天助神佑一般，我们根本找不到她的踪迹。"

"白荷花，胡家台人，二十三岁，父母死于皇军的炮火。她十七岁参加新四军，现在是新四军特派员，专门组织游击队员'背西瓜'。"吉田一明像背书一样准确而熟练地道出烂熟于心的白荷花的基本资料，继而蛮有把握地建议道，"只要在她家乡附近多放眼线，定能摸到白荷花的行踪。"

"你的，想法太简单。"坂田摇头道。

吉田一明没有吭声。

"立刻传我命令：所有军士外出，必须三人成行。否则，军法处置！"坂田的小眼睛里射出两道厉光，像刀锋一样锐利。吉田一明双脚并拢，举手敬礼道："是！"

吉田一明出门而去，梁翻译敲门而入，直接进言道："大尉，岸田君已去，军士们要组织隆重的悼念活动，排场愈大，愈发不好。我建议低调处理，让岸田君尽快入土为安。"

坂田扫视梁翻译一眼，沉思片刻，赞许道："你地，说得有理。"接着他单刀直入地问："你说，怎样才能抓住白荷花？"

梁翻译舔舔嘴唇，一副毫无准备的神情，再看看坂田满脸镇静的模样，知道他胸有沟壑成竹在心，便假意恭维道："谁都知道大尉是皇军中为数不多的'中国通'，不仅能说一口流利的汉语，而且熟读中国古代兵书，深谙兵法。白荷花，一个女流之辈，抓住她，对大尉来讲，是分分钟的事。"

"你地，懂我！"坂田很高兴梁翻译对他的赞扬，欣然吩咐道："通知大队长赵布仁，皇军的两名中队长小泽和安信，接受我的训话。"

梁翻译出去通知人员了。

赵布仁和小泽、安信几乎同时到达，三个人毕恭毕敬地站在坂田的办公桌前。

坂田倏地站起身，严厉地扫过三人一眼，一字一句地强调道："白荷花，是我皇军的心腹大患，必须集合全部力量，共同歼灭！"坂田摸摸挎在腰间的军刀，眼里杀机四起，他指着赵布仁："你地，将所有士兵化整为零，分成若干小组，乔装百姓，寻找白荷花的踪迹。"赵布仁挺胸收腹，高声回应："是。"

待赵布仁走出门去，坂田对小泽和安信继续布置道："在沙湖闸以及沙湖大桥上增加哨点。"

小泽和安信睁着疑惑的眼睛，很为不解地望着坂田。

坂田细细讲述了自己的部署。

三个人同时发出了狰狞而得意的笑声。

谋事在人，成事在天！坂田很满意自己的布置安排。他决定微服到集镇西头的奎阁庙去走一趟，效仿一下那些迷信鬼神的中国人，每每在重大行动前，到寺庙烧香拜佛磕头作揖乞求保佑，也是对自己做的杀人放火等等杀生之事的一种救赎。兴许佛法无边可以助得自己扳回一局咧。

三

月色皎洁，夜色渐深。白荷行进在返回沙湖的崎岖小道上，心情是特别地清爽，步伐是无比地轻快。'背西瓜'后的第二天，她在和新四军交通员的秘密接头点——奎阁庙西头厢房后边的窗格里，取到纸条，得到指令，让她与位于仙桃镇郊的沔阳特委首长见面。当晚，她就出发了，不敢走公路，只能抄小道，六七十里的路程，她绕了几乎一夜。后经过辗转迂回，直至第三天才见到特委首长——毛书记。毛书记握住她的手，紧紧地，久久不愿松开，"谢谢你，白荷同志。有你的指导，我们沔东游击队名声大噪，让鬼子闻风丧胆，为沔阳人民的抗日救国树起了标杆。"接着，毛书记给她讲了抗日形势，还给她安排了近期的工作，并告诉她，梁翻译是沔阳特委的"卧底"，让她尽快和梁翻译接上头。

午夜时分，白荷才回到游击队临时指挥所，一间小渔棚里。胡队长和建军刚刚睡醒起床，准备出去。

"你俩深更半夜干什么去？"白荷关切地问。

"当然是'背西瓜'去。"胡队长答道。

"我不在的这几天，坂田有没有特别行动？"白荷绕过'背西瓜'的事情，扯出另外的话题。

"没有。"建军接口道，"只是新增了沙湖大桥和沙湖闸两个哨点。"

"不对呀。"白荷回忆道："以往'背西瓜'过后，坂田都要带领日军和伪军虚张声势地在沙湖地区'围剿''扫荡'几天。这一次怎么突然不做了呢？"

"也许他们认为做的徒劳无益吧。"胡队长随口道。

"胡队长，建军，我觉得坂田增设两个哨点有蹊跷。"白荷满腹疑惑。

"这有啥蹊跷的？"胡队长辩解道，"增设两个哨点，无非是检查过往船只及可疑人员，加强警戒呗。"

"事情没你们想象的那么简单。"白荷揣测道，"我总认为这两个哨点是坂田放置的两个鱼饵。"

"白特派员过虑了。"建军郑重其事地解释道，"我和胡队长也曾有过疑惑，所以我们连续蹲伏了三夜，未发现任何反常。今天白天，我们几个小组经过认真合计反复讨论，才决定今晚一起行动，争取背他三个'西瓜'。"

"反正我这心里不过关。"白荷依旧顾虑重重，但她立即转换口吻道，"既然你们是集体决定，我只能祝愿你们成功。"

"特派员今天赶路辛苦，好好休息休息，等着我们的胜利捷报吧。"

胡队长的貌似关心，明显带着支开她去单独行动的意思。但是，这个时候怎么可能离开他们呢？再说，他们外出行动，自己的心揪着，那会坐卧不安的。白荷板起脸数落道："我才走了几天，你们就想脱离领导单独行动？太不江湖了吧。"

"'同伴不丢伴，丢伴是半转'，我们怎么舍得丢下特派员单独行动呢？胡队长是心疼你旅途劳顿。"建军讨好卖乖道。

"白特派加强领导，我们可是求之不得呀。"胡队长也不自然地开起玩笑。

三个人背着麻袋，悄悄地向沙湖闸摸去。

沙湖集镇建在通顺河两岸，沙湖闸是通顺河上的一座节制闸，处于集镇中心。闸有五孔，闸上五六米高立着三四平方米的启动平台，一名日本兵站在平台上放哨。他们准备在换班时节，对被替换下来的倦怠困顿的哨兵动手。

三个人匍匐在大堤旁边的棉花地里。

白荷仔细地察看着周边环境，但见月色朦胧环境静谧，一切尽在模糊之中。她的眼光紧紧盯着闸口下边的那间房屋，隐隐约约地发现，从窄而细的门缝隙里透出了一线光亮。这么晚了，怎么还有灯光？这个问题从脑里晃过，让她一阵心急。她悄声问："想到过日军设埋伏吗？"胡队长答："想到过，从中午开始，我们有线人在周边巡查，没有看到日本兵有任何动作，应该不会设有埋伏。"白荷进一步追问道："要是坂田中午前就把部队调过来埋伏起来呢？"胡队长没有想得那么深那么远，想当然地否认道："不会吧。"白荷指指那间房屋，怀疑道："那间房屋现在还亮着灯光，让人生疑呀。"胡队长满不在乎道："在一线灯光上小题大做、大做文章，白特派员未免谨慎过头了。怎么出去了几天，就变得畏畏缩缩、胆小如鼠了呢？"

面对胡队长扑面而来的热嘲冷讽，白荷深感委屈，她真想撒手不管，随他们去。但是她不能眼睁睁地看着这位勇猛有余、心计不足的游击队长中鬼子的奸计。狡诈的坂田不是那么好对付的角色，他不会平白无故地增加两个哨点，仅仅是因为加强警戒吗？另外，这间房屋从门缝隙里挤出来的灯光仿佛一柄利剑，直通通扎在她的心头。凭直觉和预感，她觉得有问题，便恳请道："胡队长，取消这次行动吧。"

"取消行动？你说得轻巧，我们精心策划的连环行动，就你一句话就取消吗？"胡队长眼睛一碌，一副麻脸无情的样子，"我说特派员，你别插手，让我这个当队长的单独决策做一次行动吧。"

是呀，没有确凿证据，也没有明显破绽，怎么能够说服头脑发热、犟死一条牛的胡队长和随声附和步步紧趋的建军放弃这次行动呢？动用新四军特派员的令牌恐怕会更让他们反感。

双方陷入一阵僵持。

离行动时间越来越近，白荷心急如焚，忍不住地问："建军，带弹弓没有？"

"带了。"建军从腰间取下弹弓。

"你到下边去，给我用弹弓向那间屋子的后边木窗户上发射一粒石子，弓要拉满，劲要用足，声响要弄大。"白荷细致布置道。

建军躬身往下走去。过了一会，那间屋子的木窗户上听到"嘣"的一声脆响，在这静默的夜晚显得格外刺耳。瞬间，那间屋子大门洞开，十几个鬼子全副武装端着步枪冲了出来，在探照灯的引领下，向房屋后边搜寻过去。

搜寻格外小心，特别仔细，但未见异常，鬼子立马收兵，缩回屋里。

一切又恢复到先前的模样。

"胡队长，咱们要快速通知另外两个小组，立刻取消行动！"白荷迫不及待地指示道。

正好，沙湖钟楼的钟声敲响两下。

"来不及了，我们相约两点一起行动。只怕他们中了埋伏凶多吉少。"胡队长无比懊恼，自谴自责道："我这骷髅子真的是让驴踢了，考虑问题咋就这么简单呢？"边说边用拳头狠捶自己的头部。

"咱们要不要去那两个地方看看。"建军建议道。

"别去了，那样会中计。坂田做事，一定留着后手，有倒钩须的。听天由命，回去等消息吧。"白荷叹息一声，无奈而又无助道。

第二天早上，线人来报，两个小组在行动时遭埋伏日军的袭击，第二小组一人牺牲，另两人跳河逃脱。第三小组金波为掩护两人逃跑被日军俘虏。

一连两天，胡队长像个肉葫芦一样不发一声，白荷一一瞧在心里。她没有和他搭讪，有意让他自个儿反思。他能够检讨自己、反思自己，说明他已经有所警省醒、有所觉悟。响鼓何须重槌擂呢？

只是金波关在日军那里，她的心一刻没再安生。

第三天吃早饭时，白荷打破静默，安排道："等会儿咱们分头行动，捕一些鱼，要活的；采一些莲蓬，要嫩的。我想明天去见梁翻译。一则是和他接上头，二则是摸摸金波的情况。第二天早上，胡队长挑着担子，一头摊篮里装着鱼，一头摊篮里堆满莲蓬，闪忽闪忽走在前头，白荷拿着秤跟在后边。两人假扮作小两口，夫唱妇随有说有笑地来到集镇上。

靠近余家祠堂大门，胡队长歇下担子，取下草帽，一边扇风，一边环顾四周。白荷扯开嗓门，吆喝道："卖鱼呐，新鲜肥肥的沙湖鱼呀。卖莲蓬呐，正宗爽口的野莲蓬。"胡队长也跟着吆喝道："鲜鱼吃下肚，百病都没有。莲米吞下喉，万事不用愁。"

许多乡亲围过来，有的要买鱼，有的要买莲蓬。白荷称重，胡队长算账收钱，两人甚是忙碌。

人越聚越多，刚刚走出余家祠堂门口的一名伪军小头目跑过来，把人轰开，当着两人，警告道："这里是军事要区，别在这儿非法聚集，要是皇军看见了，可没好果子给你们吃。"

"咱们卖莲蓬，违了哪门子法规？皇军也得讲道理呀。"胡队长额头暴着青筋，大声申辩道。

"我看你的胆子比沙钵还大，根本不把皇军放在眼里，只有新四军和游击队有这胆。走，咱们到里面去说。"伪军小头目不由分说，取过扁担，挑起担子，强行往余家祠堂走。

白荷跟在小头目背后，一个劲地赔小心。

小头目搁下担子，白荷立刻送上莲蓬，笑脸孝敬道："我家死鬼不会说话，得罪了长官。您吃点莲蓬，消消气。"

小头目打掉白荷送呈过来的莲蓬，公事公办大口拉气道："你们的鱼和莲蓬上缴充公。识时务点，赶快滚蛋！"

白荷护住两只摊篮："不行啦，长官，我们卖点辛苦钱，得养家糊口咧。"

"弟兄们，来啦，吃莲蓬。司务长，把这鱼弄去，中午改善伙食。"小头目在院子里喊道。

瞬间，住在屋里的伪军听到召唤纷纷跑了出来，三下五除二，一摊篮莲蓬被抢一空，装莲蓬的摊篮被拉脱了形。

只有那摊篮鱼还晾在那儿。白荷蹲在旁边，不住地抹眼泪。

胖唧唧的司务长走过来，和声细气道："你们怎么能到这儿卖鱼卖莲蓬？你们不知道他们都是些土匪流氓呀。"

白荷哽咽道："我们到这儿来，是冲着我表哥来的。"

"你表哥是——"胖司务长问。

"梁翻译。"白荷答。

"梁翻译是个好人，他最见不得当兵的欺负老百姓，我也看不惯他们这种做法。都是农家出身，这采一摊篮野莲蓬捕一筐鱼不容易呀。你等着，我偷偷打个电话到隔壁皇军司令部，让梁翻译过来为你做主。"胖司务长悄声道，一人悄悄绕到前面值班室打电话去了。

仅仅过了几分钟，一个戴眼镜的年轻人来了。白荷从特委毛书记的描述中留有印象，最突出的特征是戴着眼镜。白荷迎上前，问道："表哥，舅舅舅妈身体还好吧？"

戴眼镜的年轻人不慌不忙地应答道："舅舅舅妈身体很好。我出国多年，表妹都长变了，越变越好看了。"

暗号对上了。

梁翻译弄清原委，把伪军小头目和司务长弄过来，没有呵斥，也没有训诫，而是和颜悦色地笑道："你们把莲蓬分吃了，鱼留下给你们中午改善改善伙食，这都不是什么问题，只是不能白吃吧。"

"付钱，付钱。"两人唯唯诺诺，连忙呈上钱，交到白荷手上。

"表妹，表妹夫，难得见一次面，中午我请你们上桃园酒馆吃顿饭吧。"梁翻译邀请道。

"让表哥破费不好意思，我看吃饭免了。"胡队长很客气地回绝道。

"哟，梁翻译什么时候又多了这么漂亮的一个表妹？我的手下吃点莲蓬吃点鱼还要付钱，看来梁翻译这表妹面子很大来头不小啊？"从走道里，突然走出来一个腰挎短枪的头目，阴阳怪气道。

"赵队长的耳朵真是灵啦！连老弟我的一点家务私事也关心关怀，你让我怎么感谢你呀？"梁翻译应对自如地嘲讽道。

坏了，伪军大队长赵布仁出场了，刚才院子里发生的一切都被他瞧见了。不能在这儿长久逗留，必须尽快摆脱！白荷赶紧给胡队长使了眼色。

"梁翻译，我看桃园酒馆就不用去了，不如就在我的食堂弄几个小菜，由我来做东招待你表妹和表妹夫。你说你这表妹长得水灵水灵的，谁看了都要起心动魄的。"赵布仁不怀好意，充满淫色的眼睛一刻也没离开白荷，肆无忌惮地从她的头上一直扫描到脚尖。

谁都知道赵布仁是个好色之徒，但是未曾想到他色得狗胆包天无所顾忌，完全不把旁人放在眼里。白荷被赵布仁意淫的目光盯得心里发毛，不好意思地低下头。

"走！"胡队长抓住白荷的手往外拽去，怒气冲冲地骂道："难怪老百姓骂当兵的没一个好东西！他们的饭吃不得。老婆，咱们惹不起还躲得起。"

梁翻译跟着追了出来，三个人并排而行，梁翻译装成送客一样，细细嘱咐一通，最后说："我一般晚饭后会在通顺河边走半个小时，你们想和我接头就在那儿等我。"

梁翻译说完，便转身而去。白荷回头一瞥，竟然看到余家祠堂门口赵布仁斜着眼睛站在那儿盯着他们。

四

坂田颇为沮丧，他亲自部署严格保密精心组织的"埋伏"行动收效甚微，只有两处"爆点"，另外一处居然"流产"，而且整个行动只活捉一名和击毙一名共匪游击队员。未必是"跑风漏气"走漏消息，让共匪游击队员早有觉察？显然不是，他策划组织的这次行动除了几位中队长，都是自己的"亲信"知道外，跟在自己身边的梁翻译不知道，连自己最最信赖的赵布仁也蒙在鼓里毫不知情。也就是说，这次行动完全避开了中国人，全部由皇军一手操纵。为了预防计谋被识破，他让三队人马早上就进入埋伏点埋伏下来，做得人知鬼不觉的，可谓万无一失。然而，成果微乎其微不值一提，与他的设想和预计相差甚远。

最让坂田不服气的是，他日思夜想捉拿归案的心头大患白荷花居然没有露面。这次绝密行动好歹冲她而来为她设计，然而连她的影儿都没见。难道她真如世间传说的那样神，是告知先觉的"女侠"现身？

"白荷花呀白荷花，不抓住你活捉你，我誓不为人！"坂田咬牙切齿，在心里狠狠地发着毒誓。

吉田一明敲门过后推门而入，向他禀报了审讯共匪游击队员的情况，最后束手无策道："大尉，所有刑具都用遍了，迷魂药也喷了，可他就是不开口，到现在我们连他的姓名都没摸清楚。都说支那人是贪生怕死的软骨头，我看他的骨头比钢铁还硬。要想撬开他的口，比登天还难。"

"人怎么样了？"坂田询问道。

"人处在昏迷之中。"吉田一明如实报告，继而进言道，"对这种油盐不进死活不顾的人，干脆——"吉田一明用手斜劈下来。

"你让军医带上药箱在监牢门口等着，我去审审看。"坂田吩咐道。

"恶人"他们做了，现在轮到自己做"好人"了。坂田来到监牢门口，在卫兵的引领下，带着军医走进潮湿发霉的监牢，映入眼帘趴在地上的哪像个人，完全像摊烂泥，衣服破烂难以避体，身上多处皮开肉绽血肉模糊。

坂田努努嘴，两个卫兵马上把那人架到椅子上坐下，军医对伤口进行了简单清洗和包扎。

坂田坐在那人的对面，诚恳道歉道："你是我们'友好邻邦'的同志，手下对你用刑施暴，对不起，我代他们向你致歉。"说完，脸上挤出一片笑意。

那人抬起沉重的眼皮，瞟了坂田一眼。

"其实你要自由很简单，只要开口回答一个问题：白荷花在什么地方？我们即刻放你。"坂田当即许诺道，接着进一步好言相劝晓以利害，"人，生来是享福的，不是生来受苦受罪的。"

那人依然没吱一声。

"你呀，脑子要灵光活泛一点，别要被什么这个信条那个主义的蒙蔽和毒害！"坂田孜孜不倦地训示之后，马上转换口气眉飞色舞地诱惑道，"你只要回答一加一等于二这样一个简单的问题，皇军立刻送你大洋三千。你可以堂而皇之地到汉口购置地产做做买卖，那可是享不尽的荣华富贵呀！"

那人眼睛里先是流露出鄙弃和轻蔑神情，接着喷射出的是一股仇视和坚毅的光芒。也许是支撑不住，那人从椅子上滑下，重新瘫倒在地上。

坂田没再深入下去，那股光芒太锐利太刺眼，让他打了"退堂鼓"。他走出监牢，他不想做"无用功"了，就按副官吉田一明的建议，秘密处死得了，至少可以解一解皇军的心头之恨，图个一时的畅快。这个想法从脑子晃过，立即被否掉了。杀掉那人易如反掌，比踩死一只蚂蚁还要简便还要容易。杀了他，是不是太便宜他？也许他巴望不得快死快寻求解脱呢？不能这么快遂其心愿。可是，留下他有何益处呢？他死猪不怕开水烫，紧咬嘴唇不开口，什么都审不出来，皇军的颜面何在？留下他不仅无用，而且还得专人看管，太得不偿失了。

他毕竟是共匪游击队员，他毕竟是自己精心策划组织行动而得到的"战利品"，他毕竟是能找到白荷花下落的"活口"。尽管他是"鸡肋"，但不能让他死。可以把他交到赵布仁手上，由他们去审。能够审出来当然是好事，审不出来自己还能拿赵布仁是问。对！就这么办。

坂田为自己想到这般良策而兴奋不已。到了办公室，他正要打电话让赵布仁过来，哪曾想到赵布仁不请自到。赵布仁神秘兮兮地向他报告了梁翻译见表妹的事，结尾，故意卖了个关子："我有一种预感，梁翻译的这个表妹很像是您找的那个女人。"

"你说白荷花。"坂田脱口而出。

赵布仁诡异地点点头。

"你别乱猜呀。"坂田故意批评道，"梁君是我老师给我推荐的留学日本的留学生，打了包票的，值得信任。"

"大尉，我只是怀疑，并不是确定。"赵布仁狡辩道。

"没有真凭实据，你不可瞎怀疑。"坂田警告道，其实他的心里对梁翻译也有戒备，只是他不能在赵布仁面前有丝毫表露，不然，话传到梁翻译耳里，两人的关系处起来会非常尴尬。

"我知道了。"赵布仁认错道。

"你地，对皇军忠心耿耿，皇军会给你记功授奖。"坂田先封官许愿，再压给担子，"皇军给你一个继续立功受禄的机会。前几天我们抓到的那个共匪游击队员，由于语言不通，在我们这里审不出什么名堂。所以，我要把他移交给你们，希望你们在他身上打开缺口，活捉白荷花！"

"皇军审不出来，我们就更没辙了，还是留在皇军监牢里更安全更保险。"赵布仁在自我贬低中表述出推却意思。他当然不乐意接手这"烫手山芋"，就好比一堆惹人眼羡的金钱财宝，惦记的盗匪多了，防不胜防的。要是新四军和游击队知道这个"俘虏"关在自己队部，队就别想消停别想安生了。

"这是皇军的安排！"坂田沉下脸，居高临下地命令道。

赵布仁只能接受下来，正要出去，被坂田叫住。待赵布仁走到身边，坂田耳语道："今晚半夜移交，弄得神秘一点。另外，从你的弟兄中物色一个和共产党游击队员长得相像的，关进皇军监牢。"

"高明！"赵布仁竖起大拇指，恍然大悟似的，心中的疑虑荡然无存。

"前几日我给你们交办了任务，完成得怎么样？"坂田重新坐回太师椅，问道。

赵布仁深知坂田的做事风格，对工作向来有布置有检查，最忌说大话放空炮不落实。所以，在来之前，他已经做了相应的准备，便实实在在地报告道："根据大尉的指示，我部三人一组，分成三十个小组，五个组在集镇，十个组在集镇周边，十五个组在湖区，开展拉网式的摸排巡查。全体人员身着便装，早上七点出发，晚上七点回营，晚上八点各个小组汇报情况。"

"你的工作做得很细，不错！"坂田表扬过后，询问道，"摸到有价值的线索没有？"

赵布仁摇摇头，便随口糊弄道："大尉的安排棋高一筹对症下药非常有效，虽然只运行了几天，但我们已经摸到关于白荷花和游击队的相关信息近二十条。只是——"

坂田一眼看穿了赵布仁在随口胡诌，但他没有当面戳穿，而是明确要求道："白荷花也好，游击队也好，多在夜间活动，你们要晚上出去，不得偷懒。另外，偏远渔棚，要格外留意！"

赵布仁心悦诚服地点头称是。

五

胡队长起大早就自个溜出去了，也不知道干啥去了。白荷很烦躁，站也不是，坐也不是……

太阳偏西时，胡队长才回到小屋。白荷和建军紧张、悬着的心才踏实下来。

"意外收获！意外收获！"胡队长兴冲冲地报喜道。

白荷冷着脸，不言不语。

建军赶忙出来打圆场，接茬道："有啥意外收获，快说呀。"

胡队长便滔滔不绝地讲起了上午的经历：

清早，我独自赶到集镇上姑妈家。我曾听说姑妈有一儿子也就是我的表哥在赵布仁手下的伪军大队部做事，想通过姑妈找到表哥打探一些消息。正在和姑妈套近乎时，表哥回来了。我问他怎么上午有空回家不当差呀？表哥哈欠连天，说昨晚折腾了大半夜，在集体宿舍睡不好，想回来补一觉。我很好奇地问，你就是赵布仁的勤务兵，有啥事还让你折腾大半夜的？表哥说这是部队的机密你不懂的。我缠住表哥偏要他说，表哥拗不过我，便告诉了我一个惊天秘密：昨晚他亲自带队，从日军监牢押解一个前几天被捕的共产党游击队员，转进了伪军大队的土牢。

"是金波吗？"建军打断胡队长的讲述，急切地问。

"当然是他。"胡队长肯定作答后，继续讲道：

听到这个消息后，我心里就盘算开营救金波的计划。只要不在日军监牢，金波关在其他任何地方都有营救的机会。于是，我旁敲侧击地开始打探赵布仁的情况。没想到一提到赵布仁，表哥就主动地没完没了地说起他的风流艳事，十分羡慕的神态和特别崇拜的语气。表哥很是炫耀地告诉我，赵布仁有个情妇叫罗婷婷，那个美呀，无法用言语形容，沉鱼落雁不为过，闭月羞花不为夸，是一个把男人盘得梭罗转的情场高手，除了和赵布仁有一腿，也是某位日军军官的姘妇，还被某位富商包养。赵布仁每周要到罗婷婷那里鬼混两个半天，一般定在周二、周五下午。去之前，先让表哥去打探虚实。在他们鬼混之时，表哥还要在那儿游动放哨。

"有罗婷婷的住址吗？"白荷对这个女人动了心思，凑进来问。

"杏花巷 65 号。"胡队长答道。

"虽然你提供了一些有价值的线索，但我还得要批评你不经批准擅自外出。"白荷面色严峻语气严肃地说过之后，当即提出疑问："金波同志关在日军监牢安全保险，为何要转移到伪军土牢？"

三个人面面相觑，给不出合理解释。

"看来只能找梁翻译寻求答案。"白荷说出这句话时，感觉极其无奈。

"白特派，你去找梁翻译接头，我和建军去摸一摸罗婷婷家周边的情况。"胡队长建议道。

白荷点头同意，分手时嘱咐道："只准摸情况，别动其他心思。"

傍晚六七点钟，在沙湖集镇的通顺河堤上，行走着一个披头散发、蓬头垢面、破衣烂衫的女乞丐。她东张张、西望望，痴痴傻傻的样子。一天、两天、三天，她没有见到梁翻译。直至第四天，她才和梁翻译接上头。在一僻静处，她开门见山地问："金波同志是否还关押在日军监牢？"梁翻译告诉她："不能确定，从表象上看，每天看见食堂给送牢饭。但有些反常情况，比如这几天没见人进去审讯，坂田和副官没有再谈论相关话题。准确信息有待进一步核实。"离开时，梁翻译提醒道："日军可能有重要军事行动，具体是什么，我还不清楚。你们要有思想准备。"

回到住地，胡队长和建军忙问接头情况，白荷摇摇头，有些迷惘。

胡队长拉着建军，凑到白荷面前，正儿八经请示道："白特派，我和建军经过商量，想组织人手劫狱，救出金波。"建军立马跟风道："金波在牢里受苦受罪，我们要早点把他捞出来。"

白荷白了两人一眼，压住火气，尽量轻言慢语道："我和你们一样，也想尽快救出金波，但我们连关押的地点都没弄明白，也没有一个周密可行的营救方案，怎么可以急躁冒进莽撞行事呢？"

"这也怕，那也怕，只怕一事无成。"建军嘟哝道。

"是呀，我表哥提供的信息准错不了，你特派员就是一个字：怕。"胡队长激将道。

"这不是怕与不怕的问题，而是在对敌斗争中如何减少失误避免牺牲的问题。坂田奸诈，赵布仁狡猾，都是极难对付的角色。金波秘密转移，内中必有阴谋。我们贸然营救，可能他们已经张开袋口，等着我们自投罗网。"白荷心平气和，耐心地做着说服工作。

"大道理谁都会讲，危害性人人尽知。但是，我们管不了那么多。我们现在一门心思就是营救金波同志。"建军要起横枪，态度极为强硬。

"如果白特派瞻前顾后怕这怕那，我们沔东游击队组织劫狱，今晚行动，大不了拼个鱼死网破！"胡队长接着建军的话，一唱一和，表现出来的那个固执劲，十牛九驴也拉不回。

两个"吃了扁担、横了肠子"的战友，已经偏执得跑岔了道，冒进得离了谱，摆事实听不进，讲道理说不通。有啥法子呢？游击队嘛，没有经过正规训练，也没有受过系统教育，平时野惯了岔惯了，想到哪出是哪出，没啥组织观念和纪律意识。让她特别失望的是，前几天因为判断出错决策失误导致金波被俘，伤口未合，痛感犹在。然而，他们不吸取教训还要故伎重犯。再这么无条件地容忍无原则地妥协下去，还有完没完？

她一反常态，放开嗓音，高声阻止道："我作为新四军驻沔东游击队特派员，坚决反对你们幼稚鲁莽的营救行动！"

"反对无效！"胡队长毫不示弱地回击道，"营救金波是我沔东游击队的第一大事，我有权决定立即行动展开营救。"

"你们不是去营救，而是去送死！"白荷口不择言地吼道，"你们死了，没人为你们收尸！"

"为救战友，死又何妨？没人收尸，就做个游动鬼得啦。"建军轻飘飘地说，表现出一副蛮不在乎吊儿郎当的模样。

越说越没正形，越来闹越对立。委屈、孤单、无助，多味杂陈，欲哭之念，油然而生。

她奔出小屋，来到湖边，号啕大哭起来。

两个人挪脚顿手，不知所措。

建军扯扯胡队长的衣袖，努嘴道："你快去劝呀。"

胡队长慢慢挪到她的身边，低声求饶道："别哭了，我的小祖宗！"接着如实坦白道，"其实我们对你没啥意见，只是想逗你玩的。"

她未予理会，让眼泪奔涌而下。虽是泪眼朦胧，但余光中，她看到一个渔民模样的陌生人闪身而过，心里头瞬间飘过一片疑云。

建军也走过来，拉起她的手不住地摇动，像做了错事的小孩在大人面前用撒娇的方式承认错误一样，"白特派，我们错了，不该这样顶撞你。今后我们一切听你的。"

低头、认错、求情、道歉，两个男人放下自尊，该使的招数都使出来了。但她还不能原谅他俩，脑子里一晃过他俩刚才表现出来的那种藐视和绝情的样子，她觉得必须让他俩长长记性。她转身跑进小屋，动手收拾包袱。

建军跟着跑进屋，夺下她的包袱，带着哭腔道："白特派，你万万不能走呀。胡队长，白特派收拾包裹要离开我们，你快进来拦着。"

胡队长冲进屋堵在门口，掏心掏肺情真意切道："白特派，我们都非常非常喜欢你，你真舍得离开我们呀？你走了，谁来领导我们背鬼子的'西瓜'？"

两个人如此诚心诚意，如此襟怀坦荡，连心中的那点"小九九"也全盘亮出，还有什么不能原谅他俩呢？白荷顺驴下坡道："既然你们这般挽留，我就不走了。但是，你们必须答应我一个条件——"白荷突然顿住。

"什么条件？你快说呀。"建军有些急不可耐了。

"不要再提'单独行动'这四个字。"想起这四个字她就心烦，所以说出这四个字时她好似得到解脱一般。

"永不再提！再提是王八。"胡队长赌咒发誓道。

"口说无凭，诚意不足，空的。"白荷依旧不依不饶。

"那我们立据为凭。"建军边说边找出纸笔，当即写下"永远不提'单独行动'之类的话，沔东游击队所有行动听从白荷特派员指挥！"一行字。白荷提醒道："还得署上你俩大名。"建军重新提笔，写下自己的名字后，交给了胡队长。

胡队长也签了名，双手呈给白荷。

白荷扫过一眼，满意地点了点头。蓦然，耳边隐隐传来汽艇之声，联想到刚才在湖边那个陌生渔民鬼鬼祟祟一晃而过的身影，立马意识到临时指挥所可能被"盯梢"了。她拎起包袱，推着胡队长和建军，命令道："赶快撤离！"

被蒙在鼓里的两个人随白荷飞快地跳上船，建军荡开双桨，拼命向渔棚后边不远处的芦苇荡划去。

汽艇声越来越尖利，白荷敦促道："快一点！快一点！"

很快，三个人在芦苇荡里隐藏下来，从间隙里望望这边，但见三艘汽艇停在渔棚边，十几名荷枪实弹的鬼子包围了渔棚。

"好险！差一点就成瓮中之鳖了。"建军摸着心口，喘着粗气。

"白特派，神了，你是怎么知道鬼子要来？"胡队长平复一下心绪，一头雾水地问。

"凭听觉、感觉和判断。"白荷道。

"说具体一点，也好让我们长长见识。"建军虚心求教道。

白荷便把自己所看、所听以及如何判断——讲了。

"看来咱们不服不行。"建军旁敲侧击话中有话道。

胡队长没再吱声。

下午，白荷再次把自己打扮成普通农妇模样，头裹蓝色布头，上穿青色大襟棉上衣，下穿黑色棉便裤，脚穿青缎绣花鞋，手挎碎花布包袱，来到集镇西头的奎阁庙。这是近一个月来，她第三次到接头点取情报，前两次均是空手而归。

进得庙内，环顾四周，但见香客稀少。白荷先向功德箱里塞进一元钱，接着从土布包袱里抓出几把莲米，盛满供祀盘，再到取香处取出三三九炷香，在燃烧的白蜡烛上点燃，插进香炉，然后跪在蒲团上，作三个揖磕三个头，口中"阿弥陀佛"念念有词一番。

　　履行完这些程序，白荷在庙里前后左右走了一圈。她得多长个心眼，寺庙里三教九流过往人多，保不准谁是探子呢？何况，坂田也是一个伪佛教徒，曾多次光顾奎阁庙，并且他们俩还撞见过，只是相互瞟了一眼，未有过多的交集。

　　白荷正要折身往西厢房那边去，大门口突然走进来身着便装、嘴上留有小胡子的坂田，两人目光相遇，山火电石，吱地碰撞，震撼无比。

　　白荷心里怦怦直跳，她担心自己今天的穿着打扮与上次两人撞见时一模一样，精明的坂田是否会看出端倪？她装着若无其事一般，折身向东厢房那边走去。而坂田的踌躇只在刹那间，他目不斜视地走向正殿。

　　白荷坐在东厢房那边石墩上，眼光瞟着进出大殿的那条路，心里七上八下难以平静。她不敢走动只能耐心等待，直至看到坂田回转走出庙门，她才起身前往接头点——西厢房。瞟下四周，没见一人。

　　她轻轻伸手从厢房的窗格里，摸索出一张纸条，迅速含在嘴里。走出厢房，却突地看到一个小和尚在那儿清理烛台。

　　小和尚的出现让她心里多了一分担忧。

　　她走进后边的厕所，从口里吐出纸条，展开，上面写着："武汉日军支援长沙，近日阿兰调配坂田部队挥师侏儒山，务必拖住坂田，新四军和游击队合而歼之。另，据沙湖伪军内线报，金波已转移至伪军大队部土牢。"她反复看了几遍，确信记住后，从布包袱里取出火柴，点燃纸条。片刻，纸条变成黑色灰烬，她扔进粪池。随后，她又从包袱里拿出备好的衣服和裤子以及包头，重新换装，变成另外一副样子。

　　当她蹑手蹑脚、小心谨慎地重新来到西厢房时，看到小和尚在自己获取情报的窗格上寻找和摸索。

　　接头点暴露了，小和尚一定是坂田指派的探子。反思自己的言行，白荷认为自己获取上级组织指示心切，导致行为冒失、方式简单。好在是没受什么损失，不然，付出的代价可惨痛了。她走出庙门，飞快地向新找的临时指挥所赶去。

胡队长和建军候在屋里，看到她归来，忙分立左右询问情况，白荷原原本本复述了新四军的指示。

考虑了片刻工夫，胡队长率先发言："按新四军的指示，我们的第一任务是拖住坂田，然后配合新四军，把日军消灭在救援侏儒山的路上。"

"那金波呢？我们不管了？"建军不满地反问道。

白荷拍拍建军肩膀，安抚道："营救金波的事，我们当然要管。"思虑片刻，她当机立断道，"今日是周四，我们下午到杏花巷65号去'捉奸'。"

"'捉奸'与营救金波和拖住坂田有啥关系？"胡队长疑惑不解。

"我想分三步走。"白荷不慌不忙、沉着冷静地部署道，"第一步：'捉奸'搞定赵布仁。第二步：营救金波。第三步：以假乱真迷惑坂田。今天我到奎阁庙取情报，接头点被坂田的探子发现了。深夜，我们索性放进去一份假情报……"

"特派员同志，你的计谋无懈可击，但得建立在坂田部队行走陆路的前提之下，假如坂田部队通过东荆河进入长江走水路呢？"胡队长多了个心眼，咄咄逼人地问。

"坂田部队走水路有三大弊端。其一，陆军上船，如遇伏击，无招架之能，更无抵抗之力。其二，水路沿途多有新四军、游击队频繁活动，坂田不会去冒这个险。其三，水路行进多耗时一天多。综合考虑，坂田走水路的机率微乎其微。"白荷缜密分析过后，下结论道。

"哪怕只有百分之一的可能，你特派员也得拿出预备方案。"胡队长杠上了，追逼道。

"白特派一向料事如神，我看没有其他可能。"建军毫不犹豫地撤出胡队长的"同盟"，加入进了白荷的"阵容"。

多亏建军及时倒戈，没让她陷入窘境。

"既然白特派如此坚定，我没啥说的。咱们就准备下午的'捉奸'行动吧。"胡队长感到自己寡不敌俩，没再继续抬杠下去。

下午三点钟，在集镇杏花巷，胡队长和站哨巡逻的"表哥"打招呼引开视线，白荷在建军的引领下，轻车熟路地从罗婷婷家后院翻墙而入，轻悄悄用小刀拨开后门，飞脚踹开房门。正在苟合的赵布仁和罗婷婷大惊失色，慌忙用毯子裹住赤身裸体的身子。

"你们是——"过了许久，赵布仁探出脑袋，声音发抖地问。

"白荷花！"白荷义正辞严报上姓名。

赵布仁身子像筛糠似地乱抖起来，结结巴巴问："你不是梁——翻——译的表——表妹么？"问过之后，立马哀求道："姑奶奶饶命！姑奶奶饶命！"

"要想保命，乖乖听训！"建军举着手枪，敲了敲赵布仁的额头。

"我听着咧！"赵布仁乖乖帖帖道。

"请你立刻释放金波同志。"白荷郑重要求道。

"哪个金波同志？"赵布仁满脸狐疑佯装不知。

"从日军大牢转过来的那名游击队员。"建军提醒道。

"日本人活捉的俘虏，怎么可能转交给我看管呢？"赵布仁继续打着马虎眼。

"在前天半夜发生的事，你不会得了'健忘症'吧。"白荷直白挑明道。

"没有的事，没有的事。"赵布仁咬口抵赖道。

"装——装——"建军盯住赵布仁，厉声警告道，"你别敬酒不吃吃罚酒。"说完，把枪口顶在赵布仁的太阳穴上。

"你这个死鬼，前天给我提过这件事呀，还说什么坂田狡猾，搞移花接木。"罗婷婷看到建军好像要动真的，便抖抖索索地揭露道。

赵布仁横了罗婷婷一眼，知道瞒不过了，满口答应道："放，马上就放。"迅即面露难色，"只是坂田大尉那里我不好交代。"

"你我都是中国人，咱们联手，还怕他狗日的坂田！"建军收起枪，给赵布仁鼓气道。

"可是——可是——"赵布仁额头冷汗直冒。

"有什么可是的，日本人烧杀奸淫无恶不作，你就不应该和他们合穿一条裤子，而应该和他们划清界限！"罗婷婷打断他，帮腔劝说道。

赵布仁还在犹豫。

"赵布仁，我警告你：日本侵略者终究要被消灭，你不可能当一辈子汉奸走狗卖国贼。你已经罪大恶极罄竹难书，只有借此机会改过自新立功赎罪，才是你的唯一出路！"白荷字字珠玑、正反对比地点醒道。

"别说了，我不是一个傻子，这些道理我都懂。我得考虑用什么法子释放金波不被识破？"赵布仁开诚布公道。

"好吧，留点时间给你考虑。"白荷说完，丢给建军一个眼色，走出房门。

两人一会进来，看到赵布仁和罗婷婷已经穿戴齐整，人模狗样地坐在床的两头，低头不语。

赵布仁咂了咂嘴巴，深思熟虑道："坂田明早召集我们开会，我想以进湖捕捉'白荷花'为由头，由副官带二十个弟兄，让金波引路。行至湖中，游击队员们对我们实施包围，然后救走金波。双方不过度纠缠，只朝天开枪应付过关。"

"行！你的想法和我们的构想不谋而合。"白荷即时给予肯定，接着特别强调道，"你的副官必须立刻回到集镇，到坂田开会的现场，报告军波被我和游击队劫走往胡家台的消息。"

"没问题。"赵布仁一口答应下来。

"这是一次绝佳的立功机会，希望你好好珍惜认真把握！"建军拍拍赵布仁的肩膀，像哥们一样嘱托道。

六

坂田起了个大早。

昨天傍晚，接到武汉阿兰将军的电报，令他今日出发，带领全部人马火速驰援侏儒山。对于上峰指令，他从不怠慢，何况是恩师阿兰将军发来的呢？所以，他当即回复了"明天出发"的电文。

这一去也许不再回返，他的部队有可能被派往别地。只是在沙湖这个地方，白荷花这个令他蒙羞令他汗颜令他难过的"心结"，像一块石头硌在心里，压得他极不舒服。"斗谁都胜，却没斗过一个女人"，他的心里实在不甘更无法平衡。

昨晚九点多钟，他让卫兵把罗婷婷秘密弄到住所，这是他破天荒第一次，为了注意影响保持军纪，以往他是周日让罗婷婷深更半夜自己悄悄地来。在罗婷婷身上，他几近变态地发泄兽欲，折腾将近一个小时。他把所有怨忿、所有仇恨、所有不平都发泄在罗婷婷身上，他把她当成了白荷花。他累得满头大汗几近虚脱，罗婷婷被折磨得精疲力竭快要昏厥。妖冶风骚的罗婷婷赤裸身体玉体横陈床上娇喘歇息，白肤香肉，煞是诱人，可明天却要成为别的男人的美味佳肴。他翻身起床，抽出挂在墙上的军刀，直刺女人的胸膛。女人连呻吟都没一声就呜呼哀哉而去。

他闻到了血腥味。他喜欢这股血腥味。在中国，他辗转了三个地方，这是他杀死的第三个女人。"既然我难占有，别人休想拥有！"这是他给和他有过缠绵的女人的临别礼物。

他让卫兵连同棉絮一块卷走了那个女人，却没有卷走那股血腥味。在那股熟悉的味道中，他靠在光床板上，迷迷糊糊处于浅睡状态。刚刚深睡进入，可恶的白荷花带着一群女人侵梦而来，人人携棍带棒，个个青面獠牙，将他团团围住……他立马惊醒，背脊心冒出一阵冷汗。

天麻麻亮，坂田起床，在院子里走了几圈。想到在这个院子里驻守将近两年，他的心里溢满浓浓的感伤和遗憾。建设"平安共荣新沙湖"的愿景没有实现，还让白荷花带着游击队夺走了七个兄弟的性命……

八点钟，吃完早餐后，他走进办公室，站在地图前，察看东进侏儒山的线路。如果从水路走，就从集镇出发，行走五公里，在东荆河上船，进入长江口，顺流而下，到城陵矶登岸。这个得耗时近两天时间。倘若从陆路走，就得"破"湖到胡家台，经何帮，过周帮，即达侏儒山。如能星夜兼程，一天半夜可达。他左看右看上瞧下瞧，拿不定主意选取哪种方案。

门口有人敲门，他拉开门，奎阁庙里的探子闪身而入，向他呈上了一张纸条，告之是早上在接头点取到的最新情报。

探子走了，他打开纸条，赫然看到"白荷花遵命，九日赶赴胡家台，与沔东游击队会合"的字样。

就是今天啦！他呵呵笑了，胡家台就在陆路行进的路径上。他心里的天平已经倒向了"陆路行进"这一边。

虽然天平有所偏向，但他还是不太放心，拟好"从东荆河乘船进长江，到城陵矶登岸，一路是否好走？"的电文，让机要秘书发给驻簰州湾日军大队长黑泽秀。黑泽秀是他的同学，对长江流域情况了如指掌。

九点钟，副官吉田一明、赵布仁、梁翻译依次而入。待各位坐定，坂田开宗明义道："昨晚接到武汉总部电报，让我部今日出发，火速支援侏儒山。我察看了地图，到达侏儒山，有水路和陆路两条行进线路。请你们三位来，就是商定我部走哪条线路更安全、更快捷。"

话音一落，吉田一明马上发言："我建议走水路，虽然用时稍微长一点，但稳靠，少有骚扰。"显然，吉田一明事先做了"功课"。

"我不同意。"赵布仁当即反驳道："走水路时间长不说，根本就不稳靠。如遇岸上埋伏，只有被动挨打。"

"你的意思是——"坂田故意问。

"破湖过去，经胡家台走陆路。"赵布仁不容置疑道。

"走陆路会遭新四军埋伏。"吉田一明申明道。

"新四军三旅是在西流河周边活动，但是，只有部分小股部队，作为侏儒山战役的策应，不足挂齿，勿用担心。"赵布仁很为武断道。

意见完全相左。坂田将眼光投向梁翻译。梁翻译笑笑道："我对这周边的地形地貌完全不熟，没有发言权。我认为两人说得都在理，还是由大尉定夺吧。"把皮球又踢到坂田脚下。

虽然赵布仁夸夸其谈锋芒毕露，说得的确在理，但并没有完全打动坂田。发自内心，他对中国人有一种天然的不相信。

他有些举棋不定。

恰逢此时，卫兵推门进来，说赵布仁的副官在门外恭候有要事报告。坂田示意让他进来。

副官浑身湿漉，满脸泥垢，一副残兵败将的模样，进门后扑通跪地，一把鼻涕一把泪地哭诉道："赵队长，我该死，您让我带着那个游击队员去捉白荷花，不曾想到在湖中遭游击队埋伏，白荷花劫走那个游击队员，驾船往胡家台方向逃了。"

赵布仁走过去，高声怒骂道："饭桶，都他娘的饭桶！亏你还有脸来给老子汇报，滚远点！"说完，提脚狠狠地向副官胸口踹去。

随着"啊"的一声惨叫，副官连滚带爬跑了出去。

坂田严厉地盯着赵布仁。

赵布仁狠狠地抽了自己两个嘴巴，沉痛检讨道："大尉，按您指示，我们分成多个小组收集白荷花的信息，昨晚接到两路人的消息，告之白荷花隐藏在'湖心岛'。早上我准备亲自带人围剿，活捉白荷花，献给您一份惊喜。实在没有想到，副官窝囊无能指挥不力，又让白荷花侥幸逃脱。"

坂田脑里回旋着千万个疑问，但他没有问。他没有时间再追究下去。他现在的首要任务是确定行进线路，保证下午出发，不误上峰之令。如果没有赵布仁的副官演的这一出，他也许会选择行走陆路。然而，这一出来得太巧合太富有戏剧性，让他感到疑窦重重。本来已经偏头的天平却偏向了另外一头。

坂田还在犹豫，迟迟没作决断。虽然只是一条线路，但却涉及一百多名皇军士兵的生死存亡，不可贸然行事，必须慎之又慎！早上从奎阁庙得到的情报也好，刚才赵布仁副官所述也好，似乎都在向他暗示：白荷花就在胡家台附近。这都是支那人提供的情报和信息，自己能够彻底相信吗？不能，绝对不能！再说，白荷花做事一向无影无踪无声无息，怎么这次把行踪彻底公开暴露无遗呢？显然，个中有诈，不得不防。"走水路吧。"一个声音在冥冥之中给他昭告。是呀，往往最英明的决策是在关键时刻反其倒而行之。

"副官，备船，走水路，下午出发。"坂田下令道。

"大尉，走水路入长江，非小船可达，而征调大船还没着落。"吉田一明双手一摊，摆出困难。

"赵队长，你应该有办法的。"坂田转而对赵布仁说。

"大尉，现在联系，到大船开过来，起码得花一天时间。"赵布仁如实回答道。

坂田正在为难之际，机要秘书推门进来，递给他一份电报。他扫了一眼，只有短短四个字："此路不通！"没有理由，没有解释。自己可以不相信中国人，但得相信老同学黑泽秀呀。他心里的天平再度发生偏移。

天绝水路，唯有"破"湖行走陆路。虽然心里一百个不乐意，但只能从好的方面着想往好的方面努力了。兴许探子提供的情报是准确的呢？兴许赵布仁的副官报告的是真实情况呢？兴许能在胡家台逮住白荷花呢？一想到能够逮住白荷花，坂田感到无比慰藉无比释然。所以，在布置撤离分配任务时，他的声音显得特别高亢斗志显得特别昂扬。

吃过午饭，一百三十五名日军士兵列队集合，在坂田"出发"的号令声中，杀气腾腾地向侏儒山开拔。走在日军队伍之前的是中国民工组成的三十人"人弹墙"。这是受坂田之命，上午让赵布仁在沙湖集镇上抓来的中青年壮丁。每次大战，坂田都会现抓一些人，除了为日军搬运后勤保障物资和协运辎重武器外，更多时候是战斗打响时充当"挡箭牌"和"敢死队"的角色。

在沙湖码头，所有人员和装备乘上二十多条木船，在三艘汽艇的掩护下，"破"湖向胡家台进发。三艘汽艇上，立着三挺虎视眈眈的机关枪和直视前方匍匐船舱严阵待命的枪手。

坂田站上船头，举起望远镜，四周巡视一遍，映入眼帘的是一望无垠的百里沙湖，清凌凌的湖水，像绿地毯铺开而去的荷叶以及随处可见的芦苇荡，真是湖美水美荷美。这种美景是他在日本没曾看见过的。他在心里不止一次地问：上帝把这种鬼斧神工的美景怎么给支那人？为什么不给大日本帝国呢？当占有它时，他觉不出什么，而一当要离开这片湖区，想到再也吃不上湖里盛产的鲫鱼、鲤鱼、鲢鱼、鳊鱼、鳜鱼、财鱼、黄牯鱼、桂花鱼、刁子鱼、小龙虾等鲜鱼肥虾，吃不上莲蓬，喝不上藕汤，尝不到泥蒿和菱果等野菜野果时，他的心里是一片怅然一片不舍。

船队驶入一片开阔湖面，但见湖水清幽，秋波浩渺，湖天一色，给人一种豁然开朗、心旷神怡的美感，远处的小舟上，隐隐有歌声传过来：

> 白荷花，白荷花，
> 风吹雨打都不怕。
> 身出淤泥而不染，
> 芙蓉园里吐芳华。

要是往常，坂田会令部下逮住这个唱歌的人，格杀勿论。而此时此刻，他已经没有这份心思了。

坂田几乎沉默一路，满脑子回旋的都是白荷花的影子。

傍晚时分，坂田率部在胡家台登岸。由赵布仁安排的两名提前到达的探子向坂田报告：一个小时前，他俩真真切切地看到了一个年轻女子在胡家台上岸。为了确定身份，待女子走过后，他俩找村里人对着她的背影进行辨认核实，村里人说她叫白荷。

"是白荷还是白荷花？"坂田不耐烦地盘问道。

"白荷就是白荷花!"两名探子灵机一动,异口同声咬牙坚持道。

"她人呢?"

"潜入村里去了。"

"继续跟踪寻找。"坂田命令道。

胡家台村处在一东西走向的狭长地形之上,前面是河,后边是湖。在有限的干坡上,老百姓家家户户种满高粱、芝麻和黄豆。高粱、芝麻和黄豆收割了,但秸秆还铺散在坡上,冬天时用来夹壁子铺屋面挡风御寒。坂田率部走进湾子,所见房屋都是清一色的茅草棚子。

在一幢写着"胡家祠堂"的三间茅草房前,坂田停下,命部队驻扎下来。

副官吉田一明把坂田拉到一边,建议道:"大尉,别驻扎了,还是赶路吧。"坂田否认道:"夜晚新四军和游击队活动猖獗,不可赶路。再说,我要活捉白荷花。"吉田一明提醒道:"大尉,这前河后湖的,如果敌军封锁两头,我们就插翅难逃了。"坂田自信满满道:"我们有轻机枪、重机枪数挺,敌军进犯有来无回。有啥可怕的。副官,安排一部分人搜寻白荷花,安排一部分人搜罗全村人到这胡家祠堂的台上集合。"吉田一明站着没动,大胆进言道:"大尉,活捉白荷花是你的夙愿,但你不能为实现自己的个人夙愿而影响整个驰援侏儒山的军事行动。"坂田狠狠瞪了吉田一明一眼,声色俱厉道:"你懂个屁?活捉白荷花的意义不亚于驰援行动,可谓一箭三雕。首先,可以锉伤新四军游击队的锐气。第二,为我大日本皇军的七名士兵报仇雪恨。第三,这个女人是我们讨好阿兰将军的'宝贝'。快去,按我的指示办,不得有误!"吉田一明不为所动,继续立定没动,固执己见道:"大尉,还是连夜赶路要紧!"面对副官的近乎哀求,坂田没再发火,而是细说缘由道:"夜晚行军,会遭遇伏击,损兵折将不好。再说,我们是去增援,又不是我们的主战场,那么猴急猴急地去干什么?何况,我给阿兰将军作过汇报,将军表态同意我部驻扎一宿。听说我们能够活捉新四军的女特派员后送给他,将军非常高兴,承诺明早派直升机过来,掩护我部行进。"

吉田一明有些勉强地作安排去了。

不一会工夫,留在家里没有逃走的老人和小孩约几十人被强行逼到"胡家祠堂"前的台子上。

白荷花杳无音信、不见踪影。

坂田站在至高处，极其和善地讲道："乡亲们，你们别怕，我们皇军专门来捉拿白荷花。只要你们交出白荷花的地点，我们立马放你们回家。"

老百姓站在原地，没人理会。连平日调皮淘气上蹿下跳的那些孩子们，惊恐万分地抱着大人的腿，一动不动。

时间仿佛冻结，空气似乎凝固。

"机枪准备！"吉田一明耐不得烦了，高声命令道。

瞬时八挺机枪围着老百姓布列开来，黑森森的枪口仿佛狼要吃人时露出的凶狠的眼神。

"我数十下。十下数完，再不交出，统统枪毙！"吉田一明恼羞成怒，也许是用嗓过头，他的喉咙变得嘶哑。他用鸭公喉音慢慢数道："十""九""八""七""六""五""四"，数到"三"时，间隔时间明显变长，"二"……"一"字在吉田一明口里未喊出来，白荷泰然到来，宛如仙女下凡飘然而至。

坂田从上到下转着圈儿地把白荷瞧了个遍，眼睛恨不得要穿透她的五脏六腑。"果然是你！"坂田回想起奎阁庙的两次奇遇，懊悔地直跺脚：那个时候就有预感，怎么就没动手呢？不过，这个让他搔心、让他后怕、让他恶梦连连的女子，终于落在自己手里，也不算迟。把这个美人当"敲门砖"送给阿兰将军，阿兰将军一定是高兴得合不拢嘴，不定会怎样夸奖自己呢？想到这里，坂田全身流过一阵麻酥麻酥的感觉，放声大笑道："也就是个普通女人嘛，除了姿色出众，没啥特别的。绑起来！"

白荷被两个日本兵绑了起来。

望着白荷被五花大绑，坂田始终没闹明白，这个女人没有三头六臂，没有侠气仙道，没有特异功能，不过就是个平常之人寻常之女，何以声名远扬被传得神乎其神，而让皇军风声鹤唳闻之胆寒呢？

"你要找的人是我，放了他们吧。"白荷坦然要求道。

"放了他们？哼！我那被你和游击队'背西瓜'而死的七个弟兄在招魂呢。"坂田一把撕开和气、友善的面具，凶巴巴道："我要按照你们中国人'以命抵命'的做法，在他们之中选择七个人，为大日本帝国的皇军战友祭祀！"

七只麻袋里装有生石灰粉，整整齐齐地摆在台上。

"皇军万岁！"吉田一明高喊道，其余的日本兵齐声喊道："皇军万岁！"

坂田把白荷带进屋里，绑在中柱上。

外面顿时乱作一团。哭闹声、喊叫声、救命声，特别凄厉，特别刺耳。白荷挣扎着叫喊道："'背西瓜'是我的主张，与他们无关。有事冲着我来，你别伤害无辜！"

"哟，这个时候知道心疼他们了。"坂田拿手托住白荷的下巴颏，色眯眯地望着她，心旌荡漾道，"先让他们为你垫背吧，我得留下你。皇军需要你，阿兰将军需要你，千千万万的皇军将士需要你。可惜，这么漂亮迷人的女子，我却不能尝头口鲜，真是遗憾终生啦！"说着，坂田的手在白荷粉嫩的脸上拧了一下，馋涎从嘴角吊有半尺长。接着他的手掠过白荷的颈脖，逗留片刻，慢慢游走到她的胸前，正要无所顾忌地摸捏时，白荷低下头，嘴对着他的胳膊狠狠地咬了一口。坂田疼得大叫一声，暴跳如雷地抓住她的头发把头往柱上猛撞一下，气急败坏厚颜无耻道："你个贱货！皇军抚摸你，是你的荣幸。你他娘的还假装正经。你相信不相信，老子当着全体皇军将士的面，光天化日之下强奸你！"说完，扯开衣扣，露出黝黑结实的胸肌。

"呸！"白荷直喷一口唾沫，像白菊花贴在坂田脸上。

坂田恨得牙直咬脚乱跳，抽出军刀，恨不得剜掉她的眼睛割下她的舌头。但他马上克制住自己的冲动，既然要把她献给阿兰将军，总得送个完好无缺圆满无瑕的吧。

"好男不和女斗，算你狠！"坂田的情绪很快稳定下来，收起军刀，插回鞘内，意味深长地盯着她，阴笑道，"我不能在你身上享受，但阿兰将军会在你身上尽情享受，再之后，到了日军前线慰安所，千万个皇军士兵会在你身上尽兴地享受。到那个时候，你就会知道皇军的厉害！"

梁翻译走进屋，对坂田耳语道："大尉，吉田副官找您。"

坂田随梁翻译走出来，吉田一明请教道："大尉，士兵们要休息了，请作安排。"

夜色已深，秋意泛凉，小北风呼呼在刮。

坂田带着梁翻译和吉田一明前前后后转了一圈，但见高粱秸秆、芝麻秸秆、黄豆秸秆遍地都是。坂田的脸色有些阴沉。吉田一明提示道："大尉，胡家台这个湾子就是一杂柴堆，如果新四军游击队火烧起来，咱们——"坂田打断道："你别危言耸听！咱们的机关枪手轮番值守封锁两头，再加流动哨全夜巡查，新四军和游击队插翅难进。"吉田一明心里着急，继续犯谏道："大尉，这草枯叶黄秸秆成堆茅屋连片的，丁点火星就会将胡家台变成一个火场，您必须要防呀！"

吉田一明的担忧不无道理，坂田有些犯难，无奈，便把眼光投向梁翻译，"你是中国人，应该懂得如何防火？"

很多时候，梁翻译只是一个听众，大尉不发话，他从不逞能从不插嘴。大尉无计可施找他建言献策，他才紧开口慢开言，轻松地笑笑道："大尉，新四军亦好，游击队亦好，不会随意选择火攻，原因有二：一是有白荷花在，有三十名民工在，杀敌一千自损八百的事他们不会做。二是一把火一烧，就有百多家房屋被毁。冬天到了，老百姓住哪里？新四军游击队最顾忌老百姓的利益。"

坂田细细一想觉得颇有道理，不住地点头颔首。吉田一明心在"火"上，十分急切地追问道："要是他们万一烧呢？"

梁翻译依旧笑笑，不急不躁道："万一放一把火，他们只能从湾子的北头开始点火，火势随着北风烧过来，咱们做好防范就行了。所有皇军住在胡家祠堂往南的房子里，而往北的房子就让那些'人弹墙'的民工住几间，让白荷花住一间，把他们都安排在胡家祠堂的上风口。即便火来，最先烧着的是他们，咱们皇军完全有充足的时间撤离。"

"你的安排，大大地好！妙！"坂田夸奖过后，对吉田一明吩咐道："按梁翻译的安排去落实吧。"接着对梁翻译布置道："白荷花是我献给阿兰将军的'宝贝'，就把他关在胡家祠堂隔壁房里，你地，和赵布仁的几个手下，给我好好地看住她，千万千万不能出任何纰漏。"

梁翻译没有立刻答应，而是故意推却道："事关重大，大尉还是安排几名皇军看管她吧。"

坂田摆摆手摇摇头，"使不得，使不得。"继而无可奈何满腹苦衷道，"皇军士兵出来一两年，未近女色，如狼似虎，白荷花地，那么迷人，我怕美色难拒诱惑难挡。出点差错，岂不坏我大事。"

梁翻译心领神会，赶紧应承下来。

七

胡队长带着二十多名游击队员一路小跑赶至下查埠晏台村，和新四军三旅顺利会合。

周旅长管有三个团加一个独立支队，一团、二团赴杜家台执行任务，留下的第三团和独立大队也就三四百人。周旅长召集三团伍团长和独立支队张队长在一块，听取了胡队长的情况报告后，当即做出决定：独立支队分成两个部分，一部分开赴胡家台码头，切断日军后路；一部分集结在胡家台北头，阻止日军强行突围；三团和游击队埋伏在日军驻地的河对面。三方形成合围之势，得到号令，收紧包围圈，无一疏漏地全歼日军。

借着夜色的掩护，部队很快到达指定地点埋伏下来。

周旅长、伍团长和胡队长匍匐在一个土丘边，紧紧盯着河对面日军的动向。

"白荷同志单枪匹马身处敌营和坂田周旋，不简单啦！"周旅长发自内心地赞扬道。

"真是不简单！"胡队长由衷地应和道，又很为担忧地问，"坂田不会对她下毒手吧？"

"白荷同志身份特殊，坂田暂时不会对她怎样的。"周旅长猜测道。

"周旅长，咱们应该迅速发动进攻，尽快让白特派脱险。"胡队长急切地恳求道。

"我何尝不想这样。但坂田有机关枪，有迫击炮，他们的硬实力，让我们无法接近日军驻地。"周旅长观看阵势后，无可奈何道。

"要不我先派一个班去试探试探。"伍团长跃跃欲试道。

"不用试探，那样做会打草惊蛇。日军的机关枪形成了守护圈，往前冲等于是送死。"周旅长制止道。

"咱们总得有所动作吧？"伍团长等不及了，望着眼前的"肥肉"，他想快点动筷子撩进口里。

"只能静观其变。你让同志们原地休息随时听命。"周旅长指示道。

夜半时分，天上开始下霜，寒气渐浓，通过小北风往人身上一灌，像刀子在割。

三人打盹歇息之时，电报员送来军部电报。周旅长看了一眼，思索片刻，对电报员说："马上回电，电文内容是'保证完成任务！只是目前情况特殊，尚需等待'。"

伍团长和胡队长相继传看了电报："据可靠情报，天亮后，武汉方面派飞机掩护坂田部队行进。令你部在游击队配合下拂晓之前完成歼敌任务！"

时间紧迫，任务艰巨，三个人想破脑壳也没想出突破之计。

凌晨两点。伍团长像发现新大陆似的，热情高涨地惊叫道："旅长，我们可以用火攻！"

周旅长立马否认，"绝对不行！"

伍团长不服，"为什么不行？"

周旅长细心解释道："昨晚胡队长给我提过，我也想过。既然我们都想过，坂田深谙中国古代兵书，难道没作预防呀？再说，火攻确实行不通。第一，火攻不是只烧日本兵住的民房，白荷同志在里面，还有三十个民工在里面。你自己说说，能不能用火烧？第二，点火要从湾子北头开始，北风一吹，百十间草屋顷刻化为灰烬。在没有征得老百姓同意下，我们点火烧他们的房子，合不合理，合不合法？先念师长多次告诫我们：在战斗中，我们首先要考虑的是老百姓的生命和老百姓的利益！"

周旅长的一番苦口婆心说得伍团长心服口服，他没再坚持自己的主张，而是敦促道："旅长，这歼灭鬼子的时辰挺紧，你得抓紧决策呀。实在不行，我带领战士们硬闯硬冲。"

"不到万不得已，绝对不能拿战士们的生命冒险！"周旅长极其果断和冷静，接着自言自语道，"白荷同志在里面，梁翻译在里面，但愿他们能给我们一个惊喜。"

白荷被反绑双手系在房屋的中柱上，看管他的不是日本兵，而是赵布仁的手下，对她还算优待，除了在她的手和柱子之间留一段绳子可以自由行走一下外，还在柱子旁边放了一个凳子，让她能够坐下来休息休息。

午夜了，白荷清晰地听到隔壁屋里传来的日本兵熟睡的鼾声。她坐在凳子上，靠着柱子假寐。周旅长和胡队长他们怎么还不行动呢？是时辰未到？还是其他原因？她把日军的布防在脑里过了一遍，八挺机关枪架着，新四军和游击队难以突破。如果强行突破，伤亡会十分惨重。为什么不考虑火攻呢？只要大火一烧起来，日军方寸必乱，咱们的队伍就可以趁机冲杀进来全歼日军。想必周旅长和胡队长已经想到了，但他们之所以迟迟未动，可能更多想到的是三十名民工和自己的同志身处敌营，大火无情，担心烧着老百姓和自己人。

要是内部起火呢？脑子里闪过这个念头后，白荷欣喜无比。坂田防火攻，只防了外火攻，而没防内火烧。三十个民工住在自己这间屋的上风口，而日本鬼子全部住在自己这间屋的下风口，要是在自己住的这间屋里点火，北风会挟着火势向下风口的房屋席卷，烧着的是日本鬼子，住自己之上的三十个民工会毫发无伤。关押自己的这间茅屋无疑最先着火，自己有可能要葬身火海。想到自己要被活活烧死，她也有过短暂的恐惧。但是，脑海里闪过父母被日本鬼子炮火炸死的画面，亲哥被强征壮丁为日本兵"挡枪眼"而亡的画面，成千上万的同胞被日本兵烧杀奸掳的画面……那缕恐惧迅速烟消云散，身上立刻被一种崇高的使命感和神圣的责任感所笼罩。以自己一命换鬼子一百三十多人的命，这是多么划算多么值得的买卖！

白荷在等待时机。

梁翻译陪着吉田一明将驻地仔细巡查一遍后，回到屋里。搁在神柜上的灯忽闪忽闪的，逐渐暗淡下来，灯没油了。梁翻译取下油灯，又从外面提来一壶油，顺手拿起旁边的一件破衣服，隔着灯盏拧开灯芯，将油倒进灯盏，满了，油继续往破衣服上渗。梁翻译自言自语自责道："哎，咋把油倒在衣服上了？"盖上油壶盖，用破衣服揩了一把手，随手把衣服丢在茅草壁子旁边，接着把灯放在白荷面前的桌子上，对站在门口看管白荷的伪军说："好好看着别出岔子。"进屋时，他的眼光别有用意地望了白荷一眼。

梁翻译的一举一动，白荷尽收眼底。

凌晨三时，人最犯困的时候，白荷假装安睡过去，看管的伪军坐在门槛上抱着枪也昏昏入睡。

白荷睁开眼睛，掂量了一下油灯和那件破衣服的距离，便飞身一脚，油灯正好砸在那件破衣服上，喷地一下起火了，迅即茅草壁子烧着了，整个茅屋被火吞没。大火在北风的挟裹下，以迅雷不及掩耳之势，扑向胡家祠堂，扑向屋后堆积成山的秸秆，瞬间胡家台成为一片火海。

住在房里的几名看管伪军哪里见过如此大火，吓得惊慌失措逃之夭夭。

梁翻译给白荷解开绳索，两人赶到隔壁，撞开两间屋子的大门，放出了关在里面的三十个民工。

三方人马在周旅长的指挥下，迅速形成合围之势，里三层外三层地团团包围了日军。

大火熊熊燃烧，胡家台上浓烟滚滚。熟睡中的日军被烧得鬼哭狼嚎仓皇无措。

坂田在睡梦中被大火灼醒，烟雾呛得他透不过气。他拿条毛巾捂住嘴鼻，冲出火海，咆哮般地发布号令让大家镇静，让大家抵御。但是，他的指挥完全失灵，他的命令没人再听。眼见部下被烧得死的死，伤的伤，像丧家之犬上蹿下跳，像无头苍蝇东突西撞，坂田感到了绝望。

面对新四军游击队形成的铁桶阵样的包围圈，坂田仿佛看到末日来临。死不足惧，必须为皇军拼尽最后一丝劲，流尽最后一滴血。他褪下烧得焦糊的军服，甩掉军帽，脱掉军靴，拿刀削掉嘴上的小胡子。他扔掉军刀，只在腰间别上小手枪，把自己扮成一个普通的老百姓，睁着血红的眼睛搜寻藏身地点。

屋后被烧的废墟上，他发现了一个可以藏人的茅坑。趁着混乱之机，他躬身跑过去，毫不犹豫地跳进茅坑。臭味熏天，恶浊冲鼻，他克制住没让自己呕吐出来。他把下巴搁在茅檐上，眼睛一动不动地搜寻着他要寻找的目标。

想到自己带领的一百三十多个皇军士兵全部命丧胡家台，他的心里麻木得已经没有悲没有痛，有的只是奔涌不息的仇恨，对白荷花的仇恨。一个女人，一个再平凡不过再普通不过的女人，却让皇军的王牌大队全军覆没。这是天意所为？还是人祸所至？

他终于发现了白荷花。她和几个人凑在一起，好像在寻找什么。不用说，他们在寻找这一百三十多名皇军的指挥官。

而且，梁翻译也在其中。他们怎么会在一起，难道——

白荷花和梁翻译往这边过来了。哼！他拿出手枪瞄准梁翻译，准备先射杀这个内奸。等白荷花走得更近瞄得更准了，再射杀白荷花。必须要枪崩这个女人！在他勾动扳机的瞬间，后边有麻袋箍上了头，生石灰粉呛得他呼吸急促窒息而死。

胡队长和建军把装着坂田的麻袋扔在胡家祠堂的台子上，高兴地向周旅长报告道："首长，我们背了个大'西瓜'。"

"这还真是一个大'西瓜'咧。"周旅长欣喜地告诉大家，"胡家台大捷创造了新四军两个抗日之最：一是消灭日本鬼子最多。二是消灭鬼子指挥官级别最高。"

伍团长用脚踢踢麻袋，笑道："西瓜虽大，但不能吃，只能丢进湖里喂王八了。"

众人哈哈乐了，一片欢声笑语。

"你的这把火点得好啊！"周旅长握住白荷的手，"组织会给你记功。"

"多亏梁翻译的帮助。"白荷谦逊地说，接着眼泪涌出眼眶，"刚才他中了一枪，也不知他伤势如何。"

"没事，梁翻译只是肩胛受了伤，在战地医院进行处理，不会有大事。"伍团长安慰道。

"首长，我放火把三十多家老百姓的房子烧了——"白荷把周旅长拐到一旁，吞吞吐吐说了一半留了一半。

"你放心，我们已经电报请示先念师长，今天就拨钱过来，给每家每户发补贴，帮助老百姓快速重建家园。"周旅长洪亮而又清脆的声音响彻在胡家台上。

白荷秀美俊俏的脸，在朝霞的映染下，显得特别灿烂，分外美丽。